로크미디어가
유혹하는
재미있는 세상

ROK
MEDIA
로크미디어

바인더북

바인더북 1

2013년 5월 1일 초판 1쇄 인쇄
2013년 5월 6일 초판 1쇄 발행

지은이 산초
발행인 이종주

기획 팀 김명국
책임 편집 이정규

발행처 (주)로크미디어
출판등록 2003년 3월 24일
주소 서울시 용산구 원효로97길 46 5층
Tel (02)3273-5135 Fax (02)3273-5134
홈페이지 rokmedia.com **E-mail** rokmedia@empal.com

ⓒ 산초, 2013

값 8,000원

ISBN 978-89-257-3233-6 (1권)
ISBN 978-89-257-3232-9 04810 (세트)

BINDER BOOK

바인더북

1

산초 퓨전 장편소설

BINDER BOOK

작가의 말

　현 시대를 배경으로 한 시공 회귀물을 소재로 글을 만들어
간다는 것은 참으로 어려운 점이 많은 것 같습니다.

　이유는 어쩔 수 없이 실존 인물을 등장시켜야 하는 장면에
서 극히 조심스러워야 함은 물론 결코 있지도 않았거나 밝혀
지지 않은 사실을 가지고 글로 표현하면 절대로 안 된다는
점 때문입니다.

　다시 말해 만인에게 알려진 공인이라 할지라도 지극히 상
식적인 선에서 표현할 수밖에 없어 가공의 인물을 내세워 독
자들로 하여금 대리 만족의 마당으로 이끌어야 하는 어려움
이 존재한다는 것입니다.

　고로 현대 판타지의 특징을 고려해 다음의 말을 반드시 하
고 지나가야만 하겠습니다.

　먼저 본 소설이 작가의 전적인 상상에 의한 글임을 밝혀
둡니다.

　즉, 특정한 인물이나 특정 건물, 특정 단체, 특정 기업, 특정의 지명이나 장소 등을 음해하거나 모욕을 줄 목적으로 쓴 글이 결코 아니라는 점입니다.

　단지 IMF를 온몸으로 겪은 저자가 그 당시 '지금 알고 있는 걸 그때도 알았더라면' 하는 심정으로 쓴 글임을 재차 밝혀 둡니다.

　글의 주요 배경은 이렇습니다.

　IMF 당시 레이더스 같았던 외국 자본에 의해 대한민국의 자산이 헐값으로 매각되는 것을 두 눈 멀쩡히 뜨고 지켜봐야 했던, 또 적대적 M&A에 의해 건실한 중소기업들이 얼마 되지 않는 자본을 구할 수가 없어 분루를 삼키며 넘겨야만 했던, 위정자들의 잘못으로 인해 보통 시민들이 고통을 겪다 못해 실업자로 전락해 거리로 나앉아야 했던, 수입이 끊어진 가정의 파탄으로 인해 채 피지도 못한 소년소녀들이 가장으

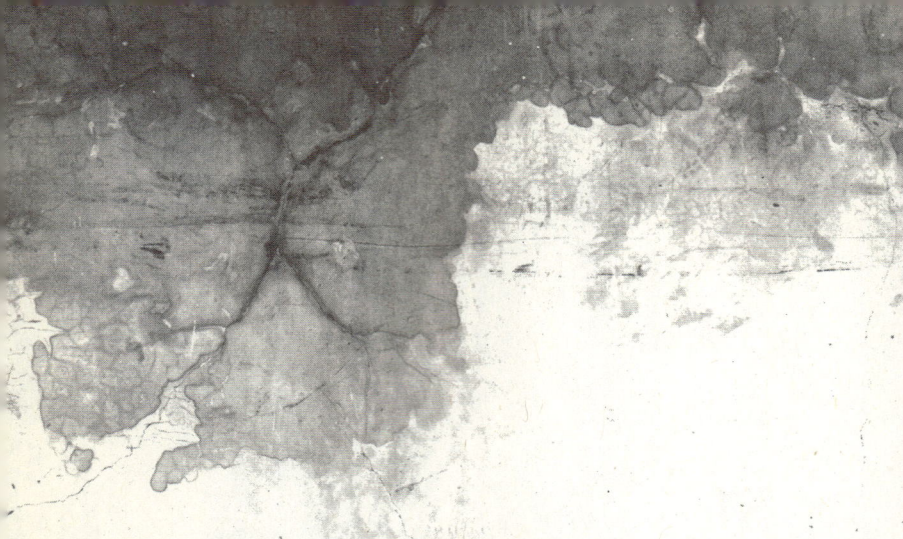

로 나서야만 했던, 이런 일련의 고통들을 낱낱이 파헤치고자
합니다.

　다음은 글의 주요 흐름입니다.

　시공을 회귀해 온 주인공은 학력도 보잘것없고, 금전도 없
으며 권력과는 인연조차 맺지 않은 지극히 평범하고도 소시
민적인 청년입니다. 즉, 독자 여러분 중 대다수가 주인공이
라는 거지요.

　물론 판타지인 만큼 재미를 구가하기 위해서라도 주인공
에게 약간의 이능이 주어지는 것이야 양념이라 하겠습니다.

　주인공은 자신이 조금이라도 알고 있는 기억들을 총동원
해 피도 눈물도 없이 핫머니를 무기로 단기 이익만을 추구하
며 잠식해 들어오는 외국 자본들과 이미 거대한 물결이 되어
버린 금융 대란을 상대로 그 홀로 부딪치며 분투해 나간다는
내용입니다.

바인더북

　아! 혹시라도 등장인물 중 동명이 나올 경우 그 역시 작가
의 상상 인물임을 밝혀 둡니다.

　더 할 말은 많지만 지면의 한계상 본문에서 하기로 하고
이만 접겠습니다.

　끝으로 본 글이 책으로 나올 수 있도록 애써 주신 로크미
디어 이종주 대표님과 기획, 편집 및 기타 관계자 여러분께
감사를 드리는 바입니다.

　그럼, 환절기에 건강하시기를…….

봄이 오는 길목에서 산초 드림

contents

BInDER
BOOK

프롤로그

1863년 인도 북부의 스리나가르Srinagar.

스리나가르는 잠무와 카슈미르 주의 여름 수도로 유명하나 인구에 회자되는 말은 낙원 그 자체였다.

하지만 그런 낙원도 100년 후부터는 인도와 파키스탄 간의 분쟁이 끊이지 않는 지역으로 변해 서서히 피폐되어 갔다.

하나 지금은 현존하는 최고의 성자만이 머물 수 있는 하늘 기둥이 있는 지역으로, 성스럽기 짝이 없는 성역이었다.

하늘 기둥이란 조물주의 걸작이라고 할 수 있는 높은 돌기둥을 일컫는 말이다.

꼭대기의 그리 넓지 않은 평평한 바닥에는 다 쓰러져 가는 움막 한 채뿐이었고, 머무는 이도 달랑 한 사람으로 140여 해를 살아온 두쉬얀단이란 성자였다.

두쉬얀단은 그렇게 인도인들에게나 수행자들에게 현존하는 최고의 성자라 불리고 있었다.

두쉬얀단이 하늘 기둥에 올랐다는 의미는 이생의 마지막을 준비하는 것이나 마찬가지였다.

즉, 평생을 바바(Baba : 수도승)의 삶에 헌신해 온 두쉬얀단이 마하사마디(대열반)에 들기 직전이라는 것이다.

깡마른 몸으로 가부좌를 틀고 있는 두쉬얀단의 눈빛은 심유했다.

생의 애착도 미련도 회한도 엿보이지 않는 무심한 눈빛.

하지만 내심에는 찌꺼기가 남았는지 입이 약간 벌어지면서 한숨이 새어 나왔다.

"하아……."

찌꺼기의 근원은 곧 조용히 중얼거리는 것으로 나타났다.

"절대의 영역에 계신 일곱 성자들께서 내게 모든 것을 비우라 하시는구나. 숫타니파타 싸리붓따 품."

새어 나오려는 한숨을 특유의 주문으로 갈무리한 두쉬얀단이 입을 쩍 벌리더니 꼭 비눗방울 같은 투명한 구슬을 뱉어 냈다.

투명한 구슬은 공기보다 가벼웠는지 비눗방울처럼 허공을 둥둥 떠다니며 두쉬얀단의 주위를 돌았다.

바인더북

"숫타니파타 싸리붓따 품. 가거라. 어떤 결과로 귀결될지는 일곱 성자들만이 아실 것이나 나는 아직 너와 인연이 닿는 연자가 언제 어느 때의 누구인지는 알지 못한다. 한 가지, 내 평생의 정화로 응축된 차크라Chakra가 세상에 해를 끼치지 않기만을 바랄 뿐이다."

두쉬얀단이 차크라라 명명한 투명한 구슬이 알아들었다는 듯이 정언적 명령을 수행하듯 두쉬얀단의 머리 위를 천천히 선회했다.

이어서 남실대는 바람결을 따라 서서히 멀어져 갔다.

자신의 원념이라고 할 수 있는 차크라가 떠나는 모습을 잠시 눈에 담았던 것으로 이생의 의무를 다한 두쉬얀단은 그제야 심신이 한결 가벼워진 듯 비로소 입가에 은은한 미소를 띠었다.

"헐헐헐. 이리 비우면 되는 것을…… 왜 그리 집착을 했을꼬."

조금 전보다 한층 편안해진 기색의 두쉬얀단은 하늘을 올려다보며 중얼거렸다.

"일곱 성자여! 뜻대로 하옵소서!"

그 말을 끝으로 스르르 눈을 감은 두쉬얀단은 그때부터 숨결도, 가슴의 기복도 없이 오래도록 미동도 하지 않았다.

그저 빈한한 수행복만이 바람결에 가볍게 나부낄 뿐이었다.

TV에서는 가로수가 강풍으로 마구 흔들리는 장면을 배경으로 여성 아나운서가 급박한 뉴스를 전하며 시끄러울 정도로 떠들어 대고 있었다.

―……팔만여 가구가 정전되는 사태가 발생했습니다. 15호 태풍 볼라벤은 현재 목포 앞바다를 지나 서해안으로 계속 접근하는 중이며 중심기압은 955헥토파스칼로 초속 44미터의 강풍으로 발달해 있는 상태입니다. 이런 속도라면 서울 경기 일원에 도착하는 시간은 오후 2시 반에서 3시 사이가 될 것으로 예상됩니다. 뿐만 아니라 타이완을 강타했던 14호 태풍 덴빈이 방향을 틀어 한반도로 향하고 있다는 소식입니다. 자세한 태풍 소식을 기상청을 연결해 알아보도록 하겠습니다. 기상 센터 나와 주십시오.

화면이 바뀌면서 여성 아나운서의 옆쪽으로 기상 통보관의 증명사진이 나타나면서 곧 굵직한 음성이 흘러나오는 것으로 태풍에 관한 말들이 계속 이어졌다.
차라락! 차라라락!
대형 창문으로 태풍이 가까이 접근하고 있음을 알리는 빗줄기가 부딪치면서 요란한 소리를 냈다.

바깥 상황과는 관계없이 실내는 얼핏 보기에도 고급스러운 사무실이었다.

OA 사무기기들은 제쳐 두고라도 차세대 광원이라고 불리는 LED 형광등 빛으로 밝혀진 조명만으로도 그 분위기를 능히 짐작할 수 있었다.

실내에 있는 사람은 모두 세 사람.

오너인 듯한 오만한 태도의 중년 사내와 맞은편에 앉은 왜소한 사내 그리고 출입문에 문지기처럼 서 있는 건장한 사내였다.

"……그러니까 건물의 내용 연수를 감안한다고 해도 리노베이션이 워낙 잘되어 있어 밸류에이션(가치 평가) 결과만으로도 가격의 거품은 없다고…….."

자신 있는 목소리로 한창 설명을 하던 중 노크 소리가 들려와 방해가 됐는지 왜소한 사내가 말을 멈췄다.

똑똑똑.

"들어와!"

다분히 신경질이 섞인 어투에 출입문이 열리고 또 한 명의 건장한 사내가 들어섰다.

90도 각도로 허리를 꺾은 사내가 말했다.

"혼자 온 것이 맞는 것 같습니다. 밖에 일행으로 보이는 자가 아무도 없습니다."

"그래? 뭐. 중간에 약속 장소를 바꿨으니 신경 쓸 일은 없겠지."

　오너인 듯한 중년인이 사내의 말을 듣자마자 갑자기 안색을 굳히더니 차가운 어조로 내뱉으며 일어섰다.

　"이제 더 들을 것도 없겠군."

　"……!"

　중년인의 갑작스러운 태도 변화에 왜소한 사내는 영문을 몰라 놀란 눈빛을 자아냈다.

　"쯧! 애초 네놈을 보자고 한 본론은 그따위 매물을 보자는 게 아니었어."

　차갑게 말을 뱉은 중년인의 시선이 출입문으로 향하더니 턱짓을 했다.

　"처리해!"

　"옛!"

　중년인의 한마디에 건장한 사내 두 명이 복창과 함께 90도 각도로 허리를 접더니 곧 왜소한 사내를 향해 걸어왔다.

　그 기세가 자못 위압적이고도 흉악스러워, 영문을 모르는 왜소한 사내가 심상찮은 분위기에 앉지도 일어서지도 못한 엉거주춤한 자세를 취했다.

　"아니, 왜……?"

　출입문으로 향하는 중년인을 좇던 왜소한 사내의 눈빛이 경악으로 물든 건 두 덩치의 입가에 맺힌 비릿한 조소 때문이었다.

별안간 엄습해 오는 공포가 뇌리를 강타한 것도 그때였다.

"헉!"

털거럭!

쿵!

왜소한 사내가 갑자기 일어나는 통에 그의 엉덩이를 받쳐 주던 의자가 나동그라지면서 거친 소음을 냈다.

한데 앉아 있을 때는 어딘가 왜소하다 싶었던 사내가 일어서자 의외로 훤칠한 키다.

아마도 바짝 마른 체형의 영향으로 그렇게 보인 듯했다.

"어헉! 왜, 왜 이러십니까?"

얼핏 보아도 가녀린 체구의 사내가 갑작스럽게 들이닥친 사태에 극한의 공포를 느꼈는지 두 손을 앞으로 내민 채 뒤로 주춤주춤 물러섰다.

사내의 몰골은 꼭 피죽만 먹고 살아온 것처럼 깡말라 있었다.

그래도 사색이 된 얼굴과는 달리 색이 바랠 정도로 낡은 건 아니었지만 감색 넥타이에 카키색 양복이 전형적인 세일즈맨을 연상케 하는 단정한 차림이었다.

전형적인 세일즈맨의 차림새.

이를 증명이라도 하듯 의자와 함께 널브러져 있는 검은색 가방과 마호가니 책상 위에 반듯하게 제본된 서류가 펼쳐져 있었다.

"아!"

설핏 놀란 왜소한 사내가 그 와중에도 뭔가 잊었다는 듯 잽싸게 다가가 바닥에 내팽개쳐진 녹색의 낡을 대로 낡은 두툼한 바인더북을 챙겨서는 얼른 물러섰다.

마치 잃어서는 안 되는 가보라도 되는 양 바인더북을 재빨리 품속에 집어넣었다.

그때였다.

'번쩍!' 하고 번개가 치는가 싶더니 형광 막대처럼 뻗친 한 줄기 광채가 사내에게 비쳤다가 찰나간에 사라졌다.

한데 착시인가?

사내의 가슴 어름에 푸른빛이 감도는가 싶더니 이내 스며들 듯 사라져 버렸다.

마치 옷에 잉크를 쏟았다는 생각에 얼른 살펴보니 실제로는 자신의 착각에 불과한 것처럼 말이다.

실제로도 두려움에 떠는 왜소한 사내나 음흉한 조소를 띠는 두 덩치 역시 아무런 반응을 보이지 않았다.

즉, 세 사람은 공히 번개가 쳤다는 것은 알았지만 푸른빛이 스며든 것을 왜소한 사내는 느끼지 못했고, 두 덩치는 보지 못했던 것이다.

한데 기이하게도 번개가 쳤음에도 불구하고 으레 뒤따라와야 할 천둥소리는 들려오지 않았다.

그러나 실내의 그 누구도 거기에 신경 쓰는 사람은 없

었다.

뚜둑!

천천히 다가서는 두 명의 건장한 사내가 내딛는 구둣발에 검은색 가방이 짓밟히면서 내용물이 박살 나는 소리가 났다.

"왜, 왜…… 제가 무슨 잘못을……?"

왜소한 사내는 한창 상담 중에 느닷없이 벌어진 상황이 이해가 되지 않는지 더듬거리며 말을 내뱉었지만 두 덩치는 묵묵부답인 채 위압적인 자세로 다가서고 있었다.

언제 준비했는지 손에는 각각 질겨 보이는 비닐 봉투와 가는 노끈이 들려 있었다.

얼핏 봐도 교살을 목적으로 한 도구로, 이미 계획된 행동인 듯했다.

숨결이 닿을 정도로 가까워진 사내들의 눈에서 살기가 번들거리자 그제야 사내가 악을 써 댔다.

"야, 양 회장님! 대, 대체 왜 그러십니까?"

"푸훗!"

출입문을 막 나서던 중년인이 사내의 외침에 비틀린 웃음을 내지으며 야멸친 목소리로 말을 이었다.

"왜 그러냐고? 좋아. 마지막 가는 길에 선심을 쓰도록 하지. 네놈은 스타빌딩을 매매하지 말아야 했어."

"스, 스타빌딩! 그, 그게 왜……?"

공포의 와중에서도 의문의 눈빛을 자아낸 사내의 뇌리로

찰나간에 파노라마처럼 스치는 기억이 떠올랐다.

스타빌딩에 관한 일은 불과 열흘 전에 일어났다.

사내의 생애에 있어 최대의 매매 사건인 천사백억짜리 딜
(Deal : 거래)을 자신이 직접 성사시킨 건물이 바로 강남의 요지
에 소재한 스타빌딩이었던 것이다.

잔금을 치르기까지는 아직 6개월이란 긴 시간이 남아 있
는 상태였지만 계약 이후 10일 만에 이미 반 이상의 돈이 건
네진 특약 조건의 계약이었다.

여기서 사내에게 중요한 점은 빅딜인 만큼 성공 보수인 용
역비가 적지 않았다는 점이다.

하지만 아직 용역비를 건네받기 전이라 단 한 푼도 손에
쥐지 못한 상태다.

그러나 6개월만 지나면 사내의 38년 인생에 단 한 번도
만지지 못했던 금액이 수중에 들어오는 것은 기정사실이
었다.

그뿐인가?

40일 전에는 일본 노무라 증권과 맺은 강남 사거리의 노른
자 땅 역시 계약이 일사천리로 진행 중인 상태라 거액의 용
역비가 바로 눈앞에 있는 실정이었다.

그런데 기가 막힌 호사다마라고나 할까?

길고 긴 고난과 불행 끝에 찾아온 행복을 맞이하기도 전에
이 무슨 날벼락이란 말인가?

바인더북

"그, 그게 왜⋯⋯?"

"쯧! 귀찮군."

여전히 영문을 모르겠다는 표정을 자아내는 사내를 본 양 회장이란 중년인이 혀를 차고는 내뱉듯 말했다.

"빨리 처리하지 않고 뭐하나!"

"옛! 곧 처리합죠."

명령이 떨어지자, 우악스러운 두 덩치의 손이 바들바들 떨고 있는 사내를 사정없이 덮치더니 다짜고짜 비닐 봉투부터 덮어 씌웠다.

"아아악! 사람 살려어―!"

사내가 있는 대로 발악하며 비명을 질러 댔다. 하지만 들어오면서 보았던 사람들이 분명히 있었건만 아무런 반응이 없었다.

"우읍. 우우읍!"

생사의 기로에서 발버둥을 쳐 보지만 사내는 두 덩치의 우악스러운 힘에 옴짝달싹도 하지 못했다.

'끄으으⋯⋯.'

벌써부터 노끈에 의해 호흡이 가빠 오면서 목이 졸리는 고통이 전신을 지배하기 시작했다.

그러기를 잠시.

"켁! 켁! 케⋯⋯."

입안에 마지막으로 남았던 숨이 터지면서 탁한 기침이 뱉어졌다.

하나 이 역시도 얼마 지나지 않아서 사내들의 강력한 목 조름에 가녀린 목뼈가 더 이상 버티지 못하고 '뚜둑!' 소리를 냈다.

"끄극. 끄으⋯⋯."

얼굴색이 조금씩 검게 변해 가는 상태에서도 사내는 얕은 가래 소리를 힘겹게 내뱉었다.

마치 칠흑 같은 어둠이 가슴에서 우러나와 스스로 경기에 짓눌리는 것 같은 기분이 느껴질 때, 사내의 뇌리로 불현듯 환감처럼 동생들의 모습이 떠올랐다.

실제가 아닌데 실제처럼 느껴지는 감각은 바로 사내의 마지막 남은 의식이었다.

'린아, 수야, 인아, 민아⋯⋯.'

마지막 의식의 끝은 마침내 눈이 툭 불거지면서 안색이 새 파랗게 변하는 것으로 귀결되더니 이내 무릎이 꺾였다.

털썩!

목과 무릎이 꺾인 사내의 전신이 잠시 바들바들 경련을 일 으킨다 싶더니 서서히 잦아들었다.

현실 같은 체험

"으으으……."

악몽을 꾸는지 몸을 뒤척이며 이마에 잔뜩 주름을 짓던 사내가 식은땀을 쫙쫙 흘리며 헛소리에 이어 헛손질을 마구 해 댔다.

그러다가 기어코 가위에 눌렸는지 목을 부여잡고 연방 컥 컥대며 몸부림을 쳐 댔다.

"끄윽. 끄윽. 끄으…… 아악! 아, 안 돼!"

급기야 숨이 막히는지 연방 꺽꺽대던 사내가 비명 같은 고 함을 지르더니 벌떡 일어섰다.

"뜨흑!"

기도를 꽉 틀어막았던 숨을 순간적으로 내뱉은 사내의 눈이 툭 튀어나올 정도로 커졌다.

사내는 벌떡 일어난 그 자세 그대로 넋이 나가 버렸는지 한동안 입을 떡 벌린 채 미동도 하지 않았다.

눈동자는 초점을 잃어 흐리멍덩한 데다 전신은 물에 흠뻑 젖은 듯 머리카락까지 진땀으로 찰싹 달라붙어 떡이 진 모습이다.

차림은 감색 넥타이에 카키색 양복이었다.

아마도 피곤했던 나머지 퇴근하자마자 출근했던 옷차림 그대로 쓰러져 잠이 든 듯한 모습이다.

그렇게 얼마나 지났을까?

꼬끼오—!

어디선가 자지러지게 홰를 쳐 댄 닭이 목을 길게 늘어뜨리고 우는 소리가 들려왔다.

화들짝!

"헉!"

닭의 울음소리가 정신을 일깨웠는지 사내는 제풀에 흠칫 놀라고 말았다.

부르르르……

갑자기 경기라도 들린 듯 한바탕 몸서리를 쳐 댄 사내가 그제야 정신이 돌아오기 시작하는지 풀렸던 눈동자의 초점이 제자리를 잡았다.

그리 넓지 않은 실내는 끄는 걸 깜박하기라도 했는지 형광

등 불빛으로 인해 환했다.

"……?"

비로소 시야에 잡히는 낯선 환경에 사내의 눈은 온통 의혹의 빛으로 만연했다.

하나 잠시 낯설어하긴 했지만 어딘지 모르게 더없이 익숙한 환경이었다.

"엉? 이, 이게…… 어찌 된……?"

한껏 곤혹스러운 눈빛이 된 사내.

두리번두리번.

연방 주변을 둘러보던 사내는 이내 말문이 막혔는지 몸이 그대로 굳어 버렸다.

도를 넘은 심적인 충격에 또다시 굳어 버린 사내의 표정은 온통 의문의 빛으로 가득했다.

그러나 시간이 흐를수록 너무도 익숙한 실내 환경에 눈이 점점 화등잔만 해지면서 입술이 파르르 떨렸다.

"대, 대체……?"

사내의 눈에 들어온 실내의 정경.

수납장이 달랑 두 칸뿐인 싱크대, 낡은 주방 집기들, 박스 테이프로 겨우 견뎌 내고 있는 창문의 틈을 비집고 들어온 LPG 가스관 그리고 낡은 밥솥 등등이 별빛이 쏟아지듯 눈에 들어와 화인처럼 박혀 들었다.

파르르르……

상쇄시키지 못한 충격에 격동을 참지 못했는지 사내의 눈초리가 심하게 떨렸다.

"지, 집?"

불현듯 드는 생각에 사내는 얼른 자신을 돌아보았다.

"응? 으으…… 으아아아."

국방색 매트리스 위에 홑이불 하나 달랑 덮고 있는 출근 차림의 자신을 발견하고는 징그러운 뱀을 본 어린아이처럼 후다닥 물러섰다.

"이, 이게 대체……?"

적지 않은 충격을 받았음인지 말도 제대로 잇지 못하고 입술만 연방 파르르 떠는 사내는 그 와중에도 주변을 살피는 것을 게을리하지 않았다.

흘깃. 흘깃. 흘깃.

두려움에 정면을 직시하지 못함인가?

곁눈질로 연방 흘깃거리다가 발견한 것은 세 개의 문이었다.

꾸울꺽!

마른침을 억지로 삼킨 사내는 이때부터 마음이 갈급해지기 시작했다.

힐끗.

가자미눈으로 얼른 우측 방문부터 살펴보았다.

방문 가운데 문패처럼 달아 놓은 하트 판에 적힌 예쁜 글씨체가 한눈에 들어왔다.

노크하세용^^

글자와 함께 눈웃음치는 이모티콘을 앙증맞게 그려 놓은 모양.

'흐흡! 리, 린아, 인아!'

새어 나오려는 말을 황급히 틀어막은 사내는 또다시 주춤 물러서며 눈빛이 금세 혼탁해져 버렸다.

두려운 기색이 너무나도 완연한 눈빛.

"후웁! 후우웁!"

연방 방망이질을 해 대는 가슴에 두 손을 얹고는 급하게 심호흡을 해 대던 사내의 시선이 이번에는 왼쪽으로 홱 돌았다.

으레 그랬었다는 듯 한눈에 들어온 방문.

색이 바래다 못해 군데군데 페인트칠까지 벗겨진 초라한 방문이었다.

그렇지만 너무도 눈에 익은 방문인 것을 안 사내의 입에서 더는 참을 수 없었던 목소리가 튀어나왔다.

"수, 수야, 민아!"

어찌 모를 수가 있을까?

비록 작고 초라한 반지하 셋방이지만 이 모두 다섯 남매가 무려 13년을 살아온 집 안의 풍경이 아니던가?

기억의 저편이 현실이라고 가정하면 그러했다.

사내의 고개가 다시 돌아갔다.

세 개의 출입문 중 남은 하나의 문.

그것마저도 눈에 익을 대로 익은 광경이 아닐 수 없다.

그리고 큰방도 작은방도 쓸 수 없었던 자신의 잠자리가 바로 거실이라는 것도.

그 자리엔 늘 그래 왔듯 자신이 덩그러니 자리하고 있는 것이다.

여동생 둘에 남동생 둘 그리고 자신까지 모두 다섯 남매.

그렇게 다섯 남매가 13년을 살아온 보금자리였던 것이다.

"하아. 이게 대관절……."

심연 저 깊은 곳에서의 섬뜩함이 아직도 가시지 않았던 사내의 입에서 확인이라도 하듯 다시금 이름자가 흘러나왔다.

"린아, 수야, 인아, 민아."

다시는 부를 수 없을 것이라 여겼던 동생들의 이름.

첫째가 육혜린, 둘째가 육담수, 셋째가 육혜인, 막내인 넷째가 육담민이었다.

나이는 혜린이 23세, 담수가 21세, 혜인이 18세, 막내 담민이 15세였다.

그리고 자신의 이름은 육담용이며 나이는 25세인 것이다.

이제 막 여명이 터 오는 시각.

바인더북

동생들은 한창 꿈나라를 헤매고 있는 중이라 집 안은 적막감이 감돌고 있었지만 담용은 도무지 현실 같지 않은 상황에 스스로를 추스르지도 못하고 있었다.

이유는 감정으로 느껴지는 것과 눈에 보이는 모든 것이 익숙함보다는 생경함이 훨씬 더 컸기 때문이다.

"아아! 이게 꿈이냐, 생시냐?"

너무도 생생했기에 도무지 믿기지 않는 상황은 가장 먼저 자신부터 확인하게 했다.

더듬더듬.

머리카락을 시작으로 얼굴과 가슴 그리고 배를 쓰다듬고 사지를 더듬으며 자신이 정말 실재하는지를 점검하고 또 점검했다.

하나 아무리 더듬어 보아도 자신은 엄연히 존재했고, 눈에 보이는 모든 사물 역시 현실임을 각인시켜 주고 있었다.

문득 목이 타는 듯 마르다는 느낌이 들었다.

'어제 술을 너무 마셨나?'

그러고 보니 입에서 숙취로 인한 단내가 나는 것도 같다.

그렇다 하더라도 두 번 다시 꾸고 싶지 않은 꿈이라니.

'아! 자리끼!'

습관처럼 얼른 머리맡을 돌아본 담용의 눈에 앉은뱅이책상이 들어왔다.

'하!'

또 한 번 익숙해진 기분에 마음이 약간 상기됐다.

한쪽 모서리 바로 밑에 동생인 혜린이 가져다 놓은 머그컵이 쟁반에 받쳐져 있었다.

언제나 한결같이 오라비를 위해 가져다 놓는 자리끼는 혜린의 몫이었던 것이다.

"아!"

감탄인지 탄식인지 모를 감정의 찌꺼기를 내뱉은 담용은 목이 말랐던지 물을 벌컥벌컥 마셔 댔다.

차가운 물을 마시고 나자 정신이 조금 또렷해졌는지 표정에도 여유가 생긴 듯해 보였다.

그와 더불어 으스스한 기운이 한꺼번에 전신을 엄습해 왔다.

'추워.'

꿈인지 생시인지 헷갈리는 상황에도 온몸에 한기가 찾아들고 있었다.

몸도 추웠지만 마음은 더 추웠다.

얼른 홑이불 속으로 기어 들어간 담용은 또다시 끔찍했던 공포가 고개를 쳐드는 것을 알았다.

'헉! 그, 그래. 난 죽었었어.'

그것도 우악스러운 손길에 목이 졸려 죽었었다.

한바탕 악몽을 꾼 것이 아니라 목이 조이는 고통을 생생하게 겪으면서 말이다.

절로 몸서리가 쳐졌다.

목이 졸리는 느낌이 현재 진행형인 듯 아직도 가시지 않는 것만 같았다.

그것도 영원히 사라지지 않을 천형의 화인처럼.

아마도 이생에서의 명이 다할 때까지 잊히지 않을 것만 같은 기분이 들었다.

마치 평생을 악머구리처럼 달라붙어 다닐 전과자 딱지처럼.

'두, 두렵다.'

담용의 솔직한 심정이었다.

극한의 공포를 생생하게 체험한 담용이다 보니 그 감정을 쉽게 떨치지 못했다.

아울러 무척이나 혼란스러운 이 감정을 어떻게 받아들여야 할지 감을 잡을 수가 없었다.

한바탕의 꿈이 이리도 멀쩡한 사람의 정신을 뒤흔들어 놓을 수도 있다니.

마치 본래의 의지는 속박되어 흔적도 없이 사라지고 의식은 어느 구석에 처박혀 있는지 알지도 못하는, 그저 밀랍 인형이 된 것만 같은 기분이다.

하지만 언제까지 이런 공포스러운 감정을 지닌 채 주눅이 들어 있을 수는 없었다.

설사 사실이었다고 해도 정신을 차려야 했다.

하지만 생각조차 하고 싶지 않은 공포는 너무나도 또렷이 기억 저편에 똬리를 틀고 있어 쉽게 잊히지가 않는다.

'안 돼!'

생각하고 싶지 않은 기분만큼이나 세차게 고개를 흔든 담용은 자신을 관조하려 애썼다.

워낙 황당한 일을 당했다 보니 잠시 자신감을 잃어버린 담용이었지만 결코 녹록지 않은 군 생활의 경력을 지니고 있었다.

바로 '안 되면 되게 하라'는 특전혼特戰魂으로 무장된 대한민국 특전사 출신이었던 것이다.

그것도 도약기이자 전성기 시절인 1990년대 후반의 검은 베레 출신이었다.

이를 반영이라도 하듯 소매가 없는 셔츠 차림에 그대로 드러나는 근육질의 몸매가 간단치 않았던 군대 생활을 말해 주고 있었다.

이제 제대한 지 2년이 채 안 된 시점이라 아직 군인 정신이 왕성하게 살아 있을 때였다.

178cm의 훤칠한 키에 팔등신처럼 쭉 빠진 체격.

그 어디에 내놔도 나무랄 데가 없어 보이는 몸매였다.

천리행군을 기본으로 시작해 C−47 수송기에서의 강하 훈련, 후방 교란, 요인 납치, 테러 진압 등등의 모질디모진 훈련을 온몸으로 견뎌 낸 특전중사인 것이다.

한데 마치 미래의 자화상을 미리 보여 주기라도 한 듯 기억 저편의 악몽은 진저리가 쳐질 정도로 끔찍했다.

'그래도 그렇지, 내 몸이 그렇게 빈약했었다니 생각만 해도 끔찍하군.'

꿈이라 할지라도 기억의 저편에서 본 자신은 찌든 삶을 살아왔는지 왜소한 데다 마음도 심약하기 짝이 없는 인간이 되어 있었던 것이다.

부르르…….

재차 삼차 떠오르는 자신의 비참한 모습에 담용은 다시 한번 진저리를 쳐 댔다.

'으음. 악몽이 자꾸 생각나서 안 되겠어. 차가운 물로 세수라도 해야겠어.'

마음이 일자 지체 없이 자리를 박차고 일어나 욕실로 향했다.

휘청.

갑작스럽게 일어나서인지 다리에 힘이 주어지지 않아 몸이 제 마음대로 흔들거렸다.

악몽의 여파는 걸음걸이마저도 간섭하고 있었다.

끼이이익.

화장실 문이 열리는 소음이 귀기스럽게 울려 왔지만 아이러니하게도 지금은 더없이 반가운 소리로 들렸다.

'이거 손봐야겠는걸.'

낡은 집이라 부드러운 마찰음을 기대한 건 아니었지만 경첩에 녹이 잔뜩 슬었다는 건 역시 좋은 기분은 아니었다.

그러나 그런 기분은 욕실 안을 보자마자 말끔히 사라졌다.

'깨끗하구나.'

반지하의 좁은 욕실임에도 곰팡이 자국 하나 없이 깔끔했다.

모두가 깔끔을 떠는 혜린의 잦은 손길이 미친 결과다.

'응? 이, 이것 때문에 가위에 눌렸나?'

느슨하게 늘어져 있는 넥타이가 그런 생각을 갖게 했다.

그럴 가능성도 있다며 자위를 해 보지만 감정까지 건들지는 못했다.

'일단 씻고 생각해 보자.'

담용은 넥타이를 풀어 걸쳐 놓고는 수도꼭지를 틀자마자 샤워기로 머리부터 적셨다.

시리도록 차가운 물이 머리에 닿자, 다시금 정신이 번쩍 들었다.

내친김에 샴푸를 묻혀 머리까지 감았다.

세수도 하고 이빨도 닦았다. 그것만으로도 전신이 싸해지며 어느 정도 현실로 돌아오는 기분이 들었다.

전면 거울에 비친 얼굴.

20대 중반의 젊은 나이가 거기에 있었다.

'헛! 젊어진 건가? 아, 아니, 내가 왜 이러지?'

젊어진 것이 아니라 기억이 너무도 생생했기에 자꾸만 착각을 하게 된다.

'어? 그러고 보니······.'

담용은 새삼 오늘이 며칠인지도, 무슨 요일인지도 도통 기억이 나질 않는다는 것을 알았다.

그것만으로도 가슴이 또 두근거리려는 징조가 느껴졌다.

수건을 목에 두른 채 얼른 욕실을 나선 담용은 서둘러 자신의 앉은뱅이책상으로 다가갔다.

얼른 탁상 달력을 손에 들었다.

1999년 12월.

1000년 단위로 연도를 끊는 두 번째 밀레니엄Millennium 시대를 코앞에 둔 마지막 연도였다.

그것도 한 해가 저무는 12월, 마지막 달임에도 일상의 기억이 떠오르지 않는다.

아니, 생각이 날 듯 말 듯 가물가물하다는 것이 맞았다.

'맙소사! 13년 전이라니!'

가까스로 진정되어 가는 정체성에 또다시 혼란이 오기 시작하는 것이 두려워 얼른 날짜부터 살펴보았다.

'오늘이 며칠이지?'

칸칸이 메모가 되어 있는 탁상 달력은 불과 사흘을 남겨 놓은 28일에서 멈춰 있었다.

이래서는 오늘이 며칠인지 알 수가 없었다.

탁상 달력이란 것이 이미 계획이 되어 있는 일들을 요점만

간략하게 적어 놓는 기록지이기에 지금으로썬 언뜻 판별이
가질 않는다.

시선이 일요일인 12일에 멈췄다.

24기 특전사 동지회 송년 모임
17:00~20:00
장소 : 영등포 신성회관

'기억에 없는 걸 보니 참석을 하지 않았……어?'

생각을 해 놓고 보니 아직 도래했는지 하지 않았는지 알지
못함에도 자연스럽게 말이 튀어나오는 것에 어리둥절했다.

마치 실제 있었던 것처럼…….

한데 기이하게도 남가일몽 같았던 꿈에서 2012년 8월
28일의 기억이 저절로 떠올랐다.

'헛!'

마치 어제 있었던 일처럼 연도와 월은 물론 일자까지 분명
한 기억에 담용은 자신도 모르게 헛바람을 불어 냈다.

더불어 그 달의 대표적인 이슈인 이명박 대통령의 전격적
인 독도 방문도 떠올랐다.

그로 인해 일본 노다 수상 이하 각료들의 망언이 봇물
터지듯 쏟아져 나온 것도 기억이 났다.

'헉! 이, 이게 어찌 된 거지?'

기억을 더듬던 담용은 제풀에 놀랐지만 그럴 기력도 없는지 망연자실한 표정으로 석고상이 되어 버렸다.

꿈이 어찌 현실이 될 수 있단 말인가?

될 수 있다고 해도 확률이 지극히 희박할 것임에도 이토록 생생하게 기억되다니!

그런데 마치 직접 경험한 것처럼 갖가지 사건 사고들이 현기증이 일도록 수없이 떠오르는 것은 또 뭐란 말인가?

띠잉ㅡ. 휘청!

"으으……."

급기야 봇물 터지듯 한꺼번에 쏟아지는 기억들을 감당하지 못한 담용이 몸의 중심을 잃고 비틀거리다가 벽을 짚고 겨우 중심을 잡았다.

그러나 기다렸다는 듯 계속 밀려드는 기억의 편린들로 인해 담용은 한동안 그렇게 꼼짝없이 서 있어야 했다.

'꾸, 꿈이 아니었단 말인가?'

꿈이라고 하기엔 너무도 생생한 기억들.

예지몽 따위와는 비교도 안 되게 또렷한 기억의 파편, 파편들…….

그런 혼란의 와중에도 문득 눈에 띄는 탁상 달력의 한쪽 귀퉁이에 인쇄된 2000년!

다음 연도가 밀레니엄의 시작인 2000년임을 표시하고 있는 것이다.

담용은 본능적으로 가장 신경을 써야 할 연도라고 여기며 무슨 일이 있었나를 떠올려 보았다.

'2000년이면……. 아! 6.15 남북 공동 선언!'

2000년을 떠올리자 가장 먼저 생각나는 사건이 바로 김대중 대통령과 북한의 김정일 국방위원장이 합의하여 발표한 공동 선언이었다.

당시 갓 제대하고 사회에 첫발을 내디딘 담용에게 가장 인상 깊었던 사건이라 퍼뜩 떠올릴 수 있었던 것이다.

으레 그렇듯 해마다 많은 일들이 일어나지만 일일이 뇌리에 챙겨 두고 기억하려 애쓰는 이들은 거의 없다.

하지만 바쁜 삶 중에도 굵직한 사건 몇 가지 정도는 기억하고 있기 마련이고, 담용도 예외는 아니어서 계기만 생기면 떠올릴 수 있을 것이다.

아직은 정체성의 혼란으로 인해 현실인지 아니면 한바탕의 리얼하게 꿨던 꿈인지 판단이 서지 않는다.

하지만 또렷이 떠오르는 끔찍한 기억 하나는 바로 어제 있었던 일처럼 너무도 선명했다.

부르르르…….

담용은 기억이 떠오르는 순간, 저도 모르게 몸서리를 쳤다.

그만큼 기억에 남는 것조차 싫을 정도로 큰 충격을 줬던 그날, 바로 태풍 볼라벤이 불어닥친 날이었다.

바인더북

아울러 담용이 살아 있는 한 영원히 잊지 못할 이름 하나.

"양경재!"

부지불식간에 내뱉어진 이름에는 담용의 격한 감정이 실려 있었다.

인상착의도 또렷했고, 원래부터 알고 지냈던 사람처럼 어디에서 무슨 사업을 하는 사람인지도 잘 알고 있는 인물.

아니, 태풍 볼라벤이 오던 그날이 첫 만남이었기에 겉으로 드러난 면만 알고 있을지도 모른다.

자신이 하는 일에 방해가 됐다고 사람을 아무렇지도 않게 죽일 정도로 잔인한 자라면 겉으로 보이는 것들 모두가 빙산의 일각일지도 모른다.

"2012년 8월 28일 화요일 오전 9시 30분!"

방금 일어났던 일처럼 너무도 또렷이 기억되는 그날의 일은 자신이 이 세상을 하직한 날이기도 했다.

비록 꿈이라고 해도 기분은 더러웠다.

'근데 내가 양경재란 사람을 알고 있었던가?'

현실은 자신과 양경재란 인물 사이에 그 어떤 인연도, 연결고리도 없다는 사실이었다.

쓰잘데기없는 개꿈이라고 해도 낯선 이름이 뇌리에 남아 있다는 것은 이상한 일이긴 했다.

'후우—! 당최……'

담용은 복잡한 심사를 내뱉기라도 하듯 한숨을 길게 불어

내 봤지만 양경재란 이름은 거머리처럼 끈질기게 달라붙고 있었다.

'1999년 12월이라면 난 평범한 샐러리맨일 뿐인데⋯⋯.'

담용 자신은 현재 무역 회사에 다니고 있는 평범한 월급쟁이일 뿐이었다.

그것도 이제 갓 입사한 지 1년도 안 된 병아리 사원이었다.

고로 양경재란 인물과는 길을 가다가 우연히 부딪친 적도 없는 관계인 것이다.

그럼에도 불구하고 남가일몽처럼 한때의 헛된 꿈으로 치부해 버리기에는 너무도 잔인한 기억이었기에 양경재란 인물이 신경 쓰이지 않을 수 없었다.

악몽을 떨치려 도리질을 쳐 댔다.

세차게 머리를 흔드는 것으로 악몽을 잊고 싶었다.

뇌리에서 일어나는 일을 한낱 몸짓 따위로 떨칠 수는 없었지만 억지로라도 그래야만 했다.

그러지 않으면 견딜 수가 없을 것 같았다.

떠오르는 기억들을 휴지처럼 구겨서 쓰레기통에 처박을 수만 있다면 천만번이라도 하고 싶은 심정이었다.

담용은 한동안 애를 써 봤지만 결국 떨치지 못했다.

악머구리처럼 달라붙는 기억들은 급기야 의혹으로 바뀌면서 확신이란 놈이 슬며시 고개를 내밀기 시작했다.

'정말 경험했던 일인가?'

그러고 보니 이외에도 뚜렷하게 기억에 남는 사건들이 있었다.

'워, 월드컵! 4강 신화!'

다름 아닌 2002년도에 개최된 제17회 월드컵에서 대한민국 축구가 4강 신화를 이룬 일이다.

그것을 시작으로 2000년 이후의 몇 가지 굵직한 정치적 사건들도 연달아 기억이 났다.

연도를 일일이 열거하지 않아도 16대 대통령 선거에서 의외의 인물이라 여겨지던 노무현 씨가 대통령으로 당선된 사실과 임기가 끝난 노무현 전 대통령이 자진한 일 등이었다.

아울러 박근혜 씨가 새누리당 대선 경선에서 압승하여 최초의 여성 대통령을 바라보고 있다는 기억 외에도 2008년쯤 숭례문이 방화로 소실된 사건 그리고 천안함 피격 사건 등등.

그것도 생생한 체감으로 기억되고 있었다.

그렇듯 담용의 심정은 마치 지금으로부터 10여 년을 앞서 살았다가 시공을 초월해 서기 1999년으로 회귀한 것처럼 느껴지고 있었다.

아니, 실감하고 있다고 표현해야 옳았다.

한데 그럴 리가 없지 않은가?

차라리 지난밤에 죽었다가 염라대왕이 사람을 잘못 죽였다며 다시 돌아가라는 통에 기뻐한 나머지 헛소리를 해 대며 깼다는 말도 안 되는 소리가 오히려 이보다 더 신빙성이 있을 것 같았다.

극한에서 오는 정체성의 혼란 때문인지 또다시 어지럼증이 일었다.

띵—!

이어 둔기에 한 대 심하게 얻어맞은 듯이 갑자기 눈앞이 노래지면서 사지가 노곤해졌다.

털썩!

"윽!"

힘없이 푹 주저앉던 담용은 엉덩이에 뭔가 딱딱한 것이 걸리는 바람에 비명을 질렀다.

"……?"

엉덩이를 꽤나 아프게 한 물건을 주워 들었다.

'어? 이, 이게 왜 여기 있지?'

낡고 바랜 두툼한 바인더북.

비록 낡긴 했지만 모서리를 쇠로 마감해 놓은 탄탄한 바인더북은 제대할 당시 후배들이 겉표지에 소속과 기수는 물론 특전사 로고까지 새겨서 선물해 준 전역 기념품이었다.

담용은 기분도 전환시킬 겸 책장을 넘겼다.

첫 페이지에는 당연히 후배들의 연락처가 빼곡히 적혀 있었다.

그런데 분신처럼 끼고 다니는 바인더북에서 어딘지 모르

바인더북

게 이질감이 느껴졌다.

담용이 나름대로 애지중지하며 소중히 간직하고 있는 바인더북이었지만 평소에 보던 것과 달리 조금 이상했다.

그런데 뭐가 이상한지 딱히 꼬집어 낼 수가 없었다.

'젠장. 이상한 꿈을 꾸고 나서 그런가?'

고개를 갸웃하던 담용이 다시 한 페이지를 넘기려고 할 때였다.

엄지와 검지에 잡힌 종이가 빳빳하지 않고 낡은 데다 때가 잔뜩 묻어 있는 것이 아닌가?

"엉? 왜, 왜 이렇게 낡았지?"

무역 회사에 입사한 후부터 본격적으로 사용하기 시작했던 터라 길어야 1년 정도 사용한 바인더북이다.

그런데 아직은 새것이어야 함에도 녹색이었던 바인더북이 칠이 벗겨져 갈색빛을 띨 정도로 낡은 데다 낱장들은 손때가 잔뜩 묻어 있는 것이 아닌가?

'이, 이겐 어찌 된……?'

눈살을 있는 대로 찌푸린 담용이 신경질적으로 책장을 넘겼다.

파라라락.

"엉?"

멈칫.

바인더북이 4분의 1쯤 남았을 때 책장을 넘기던 담용의 손이 멈췄다.

어딘지 낯설면서도 눈에 익은 기이한 기분에서였다.

이유는 빼곡하게 적여 있는 글씨로 인해서다.

그것도 낱장마다 깨알 같은 글씨로 기록된 채 바인더북의 4분의 3을 차지하고 있다는 이유로 말이다.

'뭐, 뭐야? 이게……'

담용의 눈살이 더 심하게 찌푸려지면서 눈동자가 불안한 빛을 띠기 시작했다.

또다시 악몽과 겹쳐지려는 조짐에 눈을 질끈 감고는 얼른 바인더북을 덮어 버렸다.

그러나 눈을 감았어도 바인더북이 생경하다기보다는 눈에 많이 익다는 점이 더 부각되어 왔다.

심하게 낡긴 했어도 그 점만은 분명해서 남의 것을 잘못 가지고 왔다는 생각이 들지 않았다.

'그래. 들춰 보면 알 일.'

생각은 잠시, 곧장 눈을 뜨고는 바인더북의 뒷장을 펼쳤다.

파락.

뒤쪽의 겉표지를 펼치니 한눈에 들어오는 이름.

성명, 주소, 연락처란이 인쇄되어 있는 곳에 '육담용'이란 이름이 버젓이 적혀 있지 않은가?

필체 역시 분명히 자신이 직접 쓴 것이었다.

바인더북

자신의 것이라 확신은 했지만 불현듯 의문이 드는 악몽이 물밀 듯이 뇌리를 잠식해 와 전신에 소름이 돋았다.

'하, 하면 꿈이 아니었단 말인가?'

머엉―.

일시 뇌리가 텅 빈 듯 멍청한 표정을 짓는 담용.

마치 시간을 비껴 나와 다른 곳으로 순간 이동을 한 것 같이 정지된 기분이다.

'이, 이럴 수가!'

꿈이었다고 치부해 버리려 애쓰던 악몽이 낡은 바인더북으로 인해 다시금 정체성에 혼란이 오고 있었다.

이어서 또다시 끔찍한 기억 속으로 되돌아가려는 생각을 거부할 새도 없이 담용의 뇌리는 어느새 2012년 8월 28일 오전 9시 30분을 떠올리고 있었다.

아니, 불수의근처럼 저절로 떠올랐다는 것이 맞았다.

끄집어낸 기억은 죽음의 공포 속에서도 황급히 바인더북을 챙기던 자신의 모습이 마치 어제 일처럼 생생하다는 것이다.

'맞아! 당시의 바인더북이 꼭 이런 상태였어.'

불현듯 감정이 북받쳤는지 손때가 묻은 바인더북을 꼭 끌어안은 담용은 코끝이 찡해 왔다.

너무나도 소중한 바인더북이었기에 담용은 잠시 숨죽여 울었다.

죽음의 공포 속에서도 챙겨야 했던 바인더북은 담용의 인생 10여 년 역사가 고스란히 담겨 있는 일기장이었던 것이다.

죽어 가면서도 바인더북을 챙겨야 할 이유도 거기에 기인했기 때문이다.

바인더북에는 단순히 업무적인 내용만이 적혀 있는 것이 아니었다.

양친을 모두 잃은 후 자신과 동생들이 살아오면서 겪어야 했던 희로애락이 고스란히 녹아 있었기에 담용에게는 그 무엇보다 소중한 보물이었던 것이다.

물론 바인더북이 아무리 두툼하다고 해도 10년 동안의 일기를 써내려 갈 분량으로는 무리가 있다.

하나 의외로 섬세한 면이 있는 담용은 아예 작정하고 깨알 같은 글씨로 기록해 놓았던 터라 아직도 여백이 남아 있을 정도로 애지중지해 왔던 바인더북이다.

물론 일기라고 하기에는 무리가 있는 메모 형식으로 간략하게 적어 나간 덕분이기도 했다.

덜덜덜덜…….

낡은 바인더북이 자신의 것임이 확인된 것을 안 담용이 뭔가를 예감했음인지 손을 수전증 걸린 사람처럼 심하게 떨어댔다.

'서, 설마?'

감내하지 못할 그 무언가가 두려워져 버린 담용이 눈을 질끈 감고는 바인더북을 펼쳤다.

막연한 생각이 현실이 될 것을 두려워하는 표정이 역력한 담용의 입술이 심하게 떨리고 있었다.

파락. 파라락.

중간쯤 넘겼다 싶었을 때, 검지로 한 부분을 짚은 담용이 눈을 떴다.

이어서 한눈에 들어오는 글자.

깨알 같은 글자였지만 담용의 눈에는 그 무엇보다도 선명하게 들어오는 글씨다.

2004년 10월 3일 수요일, 맑음. 개천절.

혜린이 파혼.

혜인이, 담민이에게 늦었지만 추석빔을 사 주다(112,000원)

담수야, 이 형이 미안해. 네 것은 다음에 여유가 생기면 꼭 사 주마.

"흐아악!"

일기의 내용을 읽은 담용은 기절초풍하며 입을 떠억 벌렸다.

뭐라고 표현하기 어려운 감정에 담용은 입을 떠억 벌린 채 한참 동안이나 정신을 못 차리고 석고상이 되어 버렸다.

'아아아……'

모를 일이었다.

정말 모를 일이었다.

악몽이 사실이었다니!

어찌 그럴 수가!

기절하고 싶은 심정이었지만 바인더북에 적힌 글자의 유혹이 더 컸다.

'저, 정신 차리자.'

퍼뜩 정신을 차린 담용은 바인더북의 내용을 몇 번이고 곱씹고 곱씹으며 읽어 보았다.

토씨 하나까지도 빠뜨리지 않고 읽고 있긴 하지만 2004년 10월 3일 개천절에 있었던 일은 엄연한 사실이었고, 그 누구보다도 자신이 더 잘 알고 있는 일들이었다.

'그, 그럼…… 꾸, 꿈이 사실이었단 말인가?'

의문부호를 붙여 보지만 사실에 무게를 두는 뉘앙스가 짙은 말투다.

하나 도무지 믿기지 않는 사실에 오히려 사색이 되어 버린 담용은 참을 수 없는 감정의 격동에 몸을 가늘게 떨어야 했다.

'이, 이래서 그토록 잊히질 않았던가?'

기억이 너무도 또렷하다는 것에는 이렇듯 이유가 있었던 것이다.

바인더**북**

몸을 떨어 대는 건 아마도 강력한 부인에 대한 반발로 온몸이 아우성을 쳐 대는 것일 게다.

바인더북의 기록은 자신이 직접 겪은 생생한 체험의 속일 수 없는 증명서였던 것이다.

딱히 반박할 명분도 없는…….

그렇다면!

어째서 이런 일이 생긴 걸까?

그것도 그 많은 인구 중에 하필이면 자신에게 말이다.

70억의 인구 중에서 인간의 잣대로는 상상할 수 없는 불가사의한 일들이 적지 않다지만 시공의 회귀라니!

이건 애초부터 문제가 달라도 너무 달랐다. 아니, 그 어떤 불가사의한 일과 비교해 보아도 차원이 다른 문제인 것이다.

하지만 현실이 번연한 이상 그 누가 믿든 믿지 않든 이미 일어난 일이었고, 번복할 수 없는 일이기도 했다.

혹여 지나가듯 조물주의 계시 같은 것이라도 있었다면 덜 혼란스러웠을지도…….

"휴우─! 불가사의한 일에 개연성을 적용하기 어렵다만 평생을 두고 연구해도 이번 일은 납득이 가지 않을 것 같구나."

현실임을 인정하고 나니 외려 마음이 조금 차분해지는 기분이다.

"그러고 보니 지금 이 차림이 그때의 차림과 똑같군."

인정하고 나니 기억이 더 또렷해지면서 마지막으로 만났던 양경재란 중년인의 모습도 생생하게 그려졌다.

"쯧! 오래도 입었군."

그럴 수밖에 없는 것이, 해진 곳들을 짜깁기한 카키색 양복이 담용의 단벌옷이었던 탓에 선택의 여지가 없었을지도 몰랐다.

그러니까 꿈이 사실이라면 무려 13년 동안 양복 한 벌로 견뎌 왔다는 얘기다.

겨울이든 여름이든 달랑 양복 한 벌, 와이셔츠 두 벌, 넥타이 두 개, 구두 한 켤레, 검정색 가방 하나.

조촐한 정도를 넘어선 입성이었지만 이것이 담용이 출근할 때 사용하는 전부였다.

'근데 하필이면 좋지 않은 기억이 적힌 이날을 펼칠 게 뭐람?'

무작위로 펼친다고 펼친 바인더북의 내용.

짤막한 일기의 내용을 본 담용은 마치 방금 본 영화처럼 그날의 일들이 주마등처럼 뇌리를 스치자 눈시울이 붉어졌다.

2004년 10월 3일은 담용에게 가장 충격적인 날 중 하나로 기억되고 있었다.

스물여덟 살 혜린의 파혼.

사랑하는 여동생의 행복이 깨진 날이기도 한 이날을 어찌 잊을 수가 있을까?

바인더북

'그놈!'

기억은 최영호라는 혜린과 동갑 나이의 직장 동료라고 말하고 있었다.

이가 갈리는 사연이 있었지만 아직은 놈과 조우하기 전의 일이라 분노를 폭발시킬 수도 없다.

꾸우욱.

'만약 체험했던 삶처럼 그대로 진행된다면 혜린이가 그놈과 만나는 일은 없을 것이다.'

아니, 만나는 걸 말릴 수는 없다고 해도 약혼까지는 가게 하지 않을 것이라고 담용은 다짐했다.

'빌어먹을 자식.'

생각할수록 화가 치미는지 담용은 저도 모르게 주먹을 꽉 쥐었다.

'그래. 결국 가난이 죄였어.'

예쁘고 똑똑한 데다 심성도 착한 혜린이었지만 돈의 벽을 넘지 못했다.

'하긴 그놈이 무슨 죄가 있겠어. 졸부를 부모로 둔 탓이 더 크지.'

상견례 때 본 최영호의 부모는 딱 그 정도였다.

마마보이는 아니었지만 우유부단한 성격이라 더 나은 신붓감이 나타나자 부모의 종용으로 미련 없이 돌아서고 말았던 것이다.

똑똑한 혜린이었지만 당시는 사랑 앞에서 일시 눈이 멀었는지 최영호의 모든 것을 마냥 좋게만 보고 있었다.

'혜린아, 이제 두 번 다시는 그런 모욕을 네게 남겨 주지 않으마. 이 오빠가 반드시 반듯한 청년을 만날 수 있도록 조건을 만들어 놓을 것이야.'

새 삶을 얻었다고 확신한 담용의 결심은 그렇게 혜린으로부터 시작되고 있었다.

그러나 아직은 딱히 방안을 모색해 놓은 것이 아니어서 마음만 굳힐 뿐이었다.

'근데 가방이⋯⋯?'

담용이 앉은뱅이책상과 주변을 샅샅이 살펴보았지만 분신처럼 가지고 다니던 가방이 눈에 띄지 않았다.

'사무실에 놓고 왔나?'

그랬던 적이 한 번도 없었지만 통 기억이 나지 않는다.

'출근해 보면 알겠지.'

아무튼 이제는 완전히 현실임을 자각하고 정체성을 찾은 담용이 양경재란 인물과 관계됐던 일자를 찾아보려 바인더북을 더듬을 때다.

'삐걱' 하고 방문이 열리는 소리에 심장이 '덜컥!' 하고 내려앉았다.

연이어 얼른 바인더북을 치우고는 떨리는 심정으로 고개를 들었다.

바인더**북**

서서히 방문이 열리고 잠옷 차림의 전신이 드러났다.

까치발까지 들고 살금살금 행동하는 걸 보면 한창 자고 있을 그를 배려하는 행동임을 알 수 있었다.

머리카락이 헝클어질까 봐 머리 수건을 두른 채 형광등 불빛에 찡그린 눈을 비비며 나오는 소녀는 다름 아닌 셋째 동생인 혜인이었다.

자신을 발견한 혜인의 눈동자가 별안간 커졌다.

"어머! 크, 큰오빠, 언제 왔어요?"

"응? 으, 으응. 조, 조금 늦었다."

깜짝 놀라는 여동생을 대하자 새삼 감정의 선이 울컥해진 담용의 말투가 살짝 떨려 나왔다.

아울러 그제야 담용은 1999년 겨울방학쯤 이런 장면이 있었음이 어렴풋이 기억나는 것도 같았다.

하지만 어렴풋할 뿐 정확한 날짜는 여전히 오리무중이다.

그러다가 문득 생각나는 일이 있었다.

'아! 혹시 혜린이가 동계 캠프를 간 날이 아닐까?'

바로 아래 여동생인 혜린의 대학 동계 캠프라면 특별한 일이었던 터라 기억이 난다.

'그렇구나. 혜린이가 집에 없다면 오늘이 12월 19일 일요일이라는 얘긴데…….'

차츰 과거의 기억이 떠오르면서 담용 자신이 시공을 초월해 과거로 회귀했음을 인정하지 않을 수 없었다.

'그렇다면 어제가 회사에서 마련한 송년 모임이었을 것이고……'

그랬다.

바로 아래 여동생인 혜린이 12월 18, 19일 그러니까 토, 일요일 합쳐 1박 2일로 동계 캠프를 간 날이었다.

아르바이트를 하느라 하계 캠프에 불참했던 혜린에게는 동계 캠프가 마지막 기회였다는 것이 선명하게 기억났다.

동계 캠프는 대학 4학년인 혜린에게는 반드시 참여해야 하는 취업 프로그램이었던 것이다.

혜린은 못난 오빠지만 속이는 것이 한 가지도 없었다.

담용은 혜린이 동계 캠프를 떠나기 전 날에 한 말까지도 똑똑히 기억이 났다.

─오빠, 동계 캠프가 뭐냐면요, 취업을 앞둔 4학년들이 취업 전략과 스킬에 집중하는 프로그램을 말하는 거예요. 사실 말씀은 안 드렸지만 하계 캠프는 빠졌더랬어요.

─왜 빠졌어? 가지.

─후훗. 취업에 신중한 학생들은 동계 캠프를 통해 기본적인 역량을 내재화시키는 것이 더 낫거든요.

─근데 스킬이 뭐냐? 내가 아는 것과 다른 의미냐?

─훗! 대학 4학년생에게 스킬이란 면접이나 자기소개서를 말하는 거예요.

―그렇구나.

그렇듯 말간 웃음을 머금은 입술까지 또렷이 기억이 나는
담용이었다.

고등학교 졸업이 학력의 전부인 담용에게 혜린은 오빠가
경험하지 못한 대학 생활의 많은 것을 알려 주는 착한 동생
이었다.

공부도 썩 잘해서 장학금을 도맡아 놓고 타는 것은 물론
이미 취업을 확정해 놓은 기업이 있는 상황이다.

그럼에도 조금 더 마음에 드는 직장을 구하기 위해 동분서
주하는 혜린이었다.

"……!"

혜인이 갑자기 자신의 홑이불 속으로 파고들어 오자 담용
은 퍼뜩 상념에서 깨어났다.

"헤헤. 미안해요, 큰오빠. 기다리다가 그만 잠이 들었나
봐요."

"괘, 괜찮아."

이제 고등학교 2학년인 혜인에게서 풋풋한 살 냄새가 풍
겨 왔다.

"근데 언제 오셨어요?"

"그렇게 많이 늦진 않았다."

"에구, 술 냄새. 많이 마셨어요?"

"아니다. 소주 한 병 정도?"

"송년 모임에 그 정도면 많이 마신 건 아니네요. 헤헤."

실실 웃던 혜인이 발딱 일어났다.

"큰오빠, 제가 술국 끓여 드릴게요."

"할 줄은 알고?"

"헤헤헤. 내 특기인 쓱탕이면 해장 정도는 될 거예요."

"쓱탕?"

"네. 말 그대로 쉬워요. 달걀 풀어서 소금 간 하고 그냥 끓이면 되니까요."

"하하. 이왕이면 콩나물도 넣고 끓이렴. 담수와 담민이도 먹게."

"알았어요. 어디 보자. 콩나물이 있나?"

냉장고를 여는 혜인을 보고 담용이 자리를 털고 일어서며 말했다.

"없을 거다. 내가 사 오마."

"가게 문 열었을까요?"

"이 시간이면 두부 아저씨가 와."

벌써 익숙해졌는지 자연스레 말이 나오는 담용이다. 그만큼 이런 생활에 젖은 탓이리라.

"아! 맞다. 그럼 두부도 사 오세요."

"그러마."

양복을 벗고 거실에 걸린 트레이닝복으로 갈아입은 담용

은 거실 문을 열고 밖으로 나갔다.

　나서자마자 한겨울의 차가운 기운이 확 밀려왔다. 바닥은 며칠 전 내린 눈으로 꽁꽁 얼어 있었다.

　"후흡! 상쾌하구나."

　반지하 연립이었지만 거실 문 쪽으로는 1층이라 계단을 오르는 수고는 하지 않아도 되었다.

　딸랑딸랑딸랑…….

　마침 희뿌옇게 밝아 오는 아침을 알리는 두부 장수의 종소리가 들려왔다.

현실이 된 바인더북

"히히. 큰형님, 용돈 좀……."

아침을 먹고 난 후, 막내 담민이 헤죽대며 손을 슬쩍 내밀었다.

담용이 대답도 하기 전에 가방을 멘 채 방문을 열고 나오던 담수가 듣고는 대뜸 핀잔을 주었다.

"인마! 쪼그만 놈이 돈이 왜 필요한데?"

"작은형은 맨날 나보고 쪼그맣대. 키가 173이나 되는데 쪼그맣다면 내 친구 놈들은 전부 난쟁이 소리 듣겠다."

"키만 멀대같이 크면 뭐해?"

톡톡톡.

"여기에 든 게 없는데."

"씨이."

담수가 담민의 머리를 두드리자 입이 삐죽 튀어나온 담민이 눈을 흘겼다.

"짜식. 여기 있다. 아껴 써."

"잉?"

씨익 웃던 담수가 선심 쓰듯 만 원짜리 한 장을 불쑥 건네자 담민의 눈이 동그래지더니 빼앗듯 얼른 챙기고는 헤실거렸다.

"히! 고마워, 작은형."

"너…… 애들하고 몰려다니면서 약한 애들 삥 뜯고 그러면 안 돼!"

"에이. 그게 언제 적 얘긴데 여태……."

"뭐? 불과 2개월 전 얘기가 언제 적 얘기냐고?"

"아, 알았어. 알았다고. 이젠 그딴 치사한 짓 안 해. 용돈 달라고 하는 걸 보면 몰라?"

"좋아. 두고 보겠다."

담민을 한번 째려본 담수가 돌아서면서 신발장을 뒤졌다.

"형님, 도서관 다녀올게요."

동생들이 하는 짓을 물끄러미 바라보던 담용은 '삥'이란 말에 한동안 고생했던 일들이 떠올라 내심 쓴웃음을 짓다가 담수의 목소리에 퍼뜩 정신을 차렸다.

"곧 입대할 텐데 좀 쉬지 그러냐?"

"전산응용기계제도기사 2급 자격증을 입대하기 전에 따 놓으려고요."

"2월에 있다는 시험 말이냐?"

"예. 그건 필기시험이고 3월에 실기 시험이 있어요."

'3월? 쯧! 편히 쉬어 보지도 못하고 군댈 가겠군.'

2학년 기말 고사가 끝나자마자 휴학계를 낸 담수는 아예 친구 아버지가 운영하는 알루미늄 새시 회사에 임시직으로 근무하는 상태라 늘 바쁜 나날을 보냈다.

형으로서 일요일만이라도 쉬었으면 했지만 그게 또 여의치가 않았다.

제 앞길 스스로 가리겠다는 데야 무슨 할 말이 있을까?

그저 기특할 뿐이었지만 시험과 군 입대가 맞물린 3월이라 편히 쉴 짬이 없다는 것에 애잔해지는 마음을 지울 수가 없었다.

"실기가 3월이면 빠듯하겠구나."

"하하. 조금 그렇긴 해요."

원래 낙천적인 성격인 듯 이빨까지 내보이며 환히 웃는 담수였다.

"흠. 이제 고작 2학년을 마친 상태인데 괜찮겠어?"

"고등학교 때부터 보던 것도 있고 선배들에게 자료를 많이 얻은 덕분에 조금만 열심히 하면 합격할 것도 같아요."

"그래. 딸 수 있을 때 따 놔야지. 몇 시에 올 거냐?"

"왜요? 무슨 일 있어요?"

"아, 아니다. 그만 가 봐라."

"예. 다녀오겠습니다."

"그래."

"헤헤헤. 큰형님, 저도요."

담민이 이때다 싶었는지 잽싸게 담수의 뒤를 따라나섰다.

"늦지 마라."

"옙!"

쿵!

늘 걱정을 끼쳐 마음을 쓰게 하는 담민의 대답을 끝으로 현관문이 닫혔다.

담용은 막내인 담민이 성장 과정에서 으레 겪는 성장통이라 여기고 기를 죽이는 말이나 체벌 같은 것은 일절 가하지 않았다.

그렇지 않아도 여덟 살 때 모친마저 잃은 담민이라 항상 애잔한 마음을 가지고 있는 아이여서 더 그랬다.

―애비 애미 없는 자식이 다 그렇지, 뭐.

친구들과 어울려 학생의 본분을 벗어난 짓을 벌였다가 피해 학생 부모에게 수도 없이 들었던 말이다.

그럼에도 담용은 담민에게 꾸지람은커녕 매도 들지 않

았다.

그저 머리를 쓰다듬으며 '잘해'라고 한마디 했을 뿐이다.

그런 형의 마음을 아는지 요즈음은 그런 짓을 하지 않는 눈치다.

그러나…… 그러나…….

형들 앞에서는 저렇듯 순진함을 보이는 담민의 심중에 불 같은 성정이 똬리를 틀고 무럭무럭 자라고 있었을 줄이야.

큰형이 고생한다고 제 스스로 선택한 실업계 고등학교로 진학한 담민은 고등학교 3학년 여름방학을 며칠 앞둔 무렵 결국 대형 사고를 치고 만다.

결과만 말하면 열두 명이 중상인 대형 사고였다.

이는 소위 일진이라고 불리는 패거리들의 주도권 다툼이 타 학교 간의 패싸움으로 벌어진 일이었다.

그 일이 벌어지고서야 담용은 담민에 대해 어느 정도 알게 되었고, 동시에 SK파의 장이 바로 담민이었다는 것이 담용 에게는 커다란 충격으로 다가왔던 때였다.

SK파란 세경 공업고등학교의 이니셜을 따서 이름을 붙인 것이다.

고등학교 일진들의 패싸움으로 인한 사건은 곧 각종 매스 컴의 1면을 장식할 정도로 사회적 이슈로 거론됐고, 그로 인 해 경찰들이 각 학교별로 일진파들을 대대적으로 단속하고 일제 소탕하는 단초가 됐다.

담민은 결국 징역 3년에 봉사 활동 1년이라는 중형을 구형받아 소년원에 수감됐다.

담용과 동생들이 변호사를 선임하고 백방으로 뛰면서 경찰과 검찰, 법원은 물론 각 관계 부처에 탄원을 하는 등 무진 애를 써 봤지만 세경파의 장, 즉 두목이라는 딱지의 벽을 넘지는 못했다.

벽을 넘지 못한 이유에는 또 하나의 무시하지 못할 원인이 있었다.

상대방 일진 중에 중상을 당한 학생의 아버지가 담민을 살인 미수범으로 몰아 1심에서 받은 2년이 항소심에서 3년으로 늘어났던 것이다.

추후에 알게 된 사실이었지만 상대는 IMF를 틈타 우후죽순처럼 생기기 시작한 사체업계의 대부라는 것을 소문으로 알았다.

어쩐지 나타날 때마다 어깨라 불릴 만한 덩치들을 대동해 함께 움직이는 것이 조금 이상하긴 했다.

그러나 아직은 옷깃조차 스치지 않은 상태라 감정만 앙금으로 남아 있을 뿐이다.

아무튼 그렇게 담민은 영어의 몸이 되어 3년을 꽉 채우고 소년원을 나왔다.

하나, 갱생 교육이 실효가 없었는지 아니면 스스로 삶의 의지를 잃어버렸는지 방황에 방황을 거듭하던 담민은 결국……

바인더북

여기까지 회상하던 담용은 제풀에 감정이 격해졌는지 한 차례 부르르 떨더니 버럭 소리를 질렀다.

"안 돼—!"

"엄마야!"

혜인이 외출할 채비를 하고 나오다가 담용의 고함에 놀라 그만 주저앉고 말았다.

"엉?"

"크, 큰오빠! 무, 무슨 일이에요?"

"아아. 아무것도 아니다."

담용을 쳐다보는 혜인의 눈에 두려움이 내려앉아 있는 것 을 본 담용이 씨익 웃어 보였다.

"하이구. 간도 콩알만 한 녀석. 괜찮아. 오빠가 잠시 딴생 각을 하다가 그랬다……."

나오지도 않는 웃음을 억지로 내보이며 혜인의 불안한 눈 빛을 지우려 애쓰는 담용이다.

"정말 아무 일 없어요?"

"그렇다니까."

"헤헤. 난 또……. 깜짝 놀랐네."

억지웃음이라도 효과가 있었는지 비로소 제 표정을 찾은 혜인이 배시시 웃었다.

"아이. 나도 도서관 가야 되는데 작은오빠가 먼저 가 버렸네."

"넌 또 왜?"

"요리 계통의 책을 좀 찾아보려고요."

'아! 혜인이가 조리과였지?'

"컴퓨터로는 안 되냐?"

"제가 원하는 레시피(Recipe : 음식을 만드는 방법) 자료가 얼마 없어요. 그리고 부팅이 안 되는 걸 보면 고장 났나 봐요."

"고장?"

"네."

"담수에게 고쳐 달라고 하지 그랬냐?"

"어제까지는 괜찮았는데 조금 전에 켜 보니 고장이네요. 이따가 저녁에 부탁하죠, 뭐. 어머! 큰오빠, 나 늦었어요."

"응. 그, 그래. 금방 갔으니 뛰어가면 만날 수 있을 거다."

"다녀올게요."

"차 조심! 미끄럼 조심!"

"히히. 염려 마요."

혜인까지 집을 나서자, 홀로 남은 담용이 어깨를 으쓱하며 중얼거렸다.

"거참. 컴퓨터를 좀 배우려고 했는데 다 나가 버리는군."

컴퓨터를 전혀 몰라서가 아니었다.

직업군인이었던 터라 컴퓨터를 다룰 기회가 적었던 탓에 문서 작성이 서툴러 곤욕을 치를 때가 있었기에 조금 더 배워 두려는 것이다.

졸지에 더 썰렁해져 버린 집 안을 둘러보던 담용이 기지개를 한껏 켰다.

"으아! 과음한 것도 아닌데 왜 이리 찌뿌듯하지? 나도 산에나 갔다 와야겠구나."

술자리를 마다하지는 않으나 주량이 별로인 담용은 숙취해소도 할 겸 가볍게 등산할 마음을 먹었다.

더불어 등산으로 땀을 흘리다 보면 해괴한 악몽도 숙취와 함께 떨쳐 버릴 수 있을 것 같았다.

그 생각을 하자 마음이 조급해지는 담용이다.

"마음먹은 김에 갔다 올까?"

어차피 트레이닝복 차림이라 열쇠만 챙기면 되었다.

"12시까지 돌아오려면 지금 나서야겠군."

열쇠를 챙겨 주머니에 넣고 신발장에서 낡은 운동화를 꺼내 신던 담용이 멈칫했다.

어쩐지 이대로 훌쩍 집을 나서기에는 마음이 꺼림칙했다.

스윽.

앉은뱅이책상으로 고개를 돌린 담용의 시선에 바인더북이 들어왔다.

"그래, 오늘 무슨 일이 더 있었는지 보고 가는 게 낫겠어."

이제는 꿈을 현실로 받아들이기 시작한 담용이 용기를 내어 책상 앞으로 다가갔다.

그러다가 무슨 생각이 들었는지 멈칫한다 싶더니 우뚝 섰다.

"허! 그러고 보니……."

동생들이 외출한 방금 전의 모습과 똑같은 장면이 두 번이나 반복된 느낌이라는 것을 그제야 깨달았다.

"기분이 참으로 묘하구나."

혜인이 자신의 이불 속으로 들어온 것은 가끔 있는 일이니 그럴 수 있다고 치더라도 서로가 아침 인사를 하면서 시작해 아침 식사를 거쳐 외출할 때까지 일련의 과정들이 마치 가족 전부가 드라마를 재연하듯 똑같은 행동 패턴이었다는 점이 담용의 가슴을 또 한 번 설레게 했다.

하지만 문득 드는 생각이 있었다.

담용 자신의 조그만 변화가 혹시라도 동생들에게까지 파급되어 잘못되지나 않을까 하는 조바심이었다.

'이거 신중해야겠는걸.'

지나친 노파심일지는 모르겠지만 그런 생각이 들자 불안감이 엄습해 오는 느낌이었다.

'마냥 좋아만 할 일은 아닌 것 같군.'

생각을 거듭하고 보니 새삼 두려운 마음이 들어 시간이 흐를수록 전신에 전율이 일어날 정도로 심각해진다.

'아아. 생각해 보니 내가 조심할 일들이 한두 가지가 아니구나.'

담용은 본능적으로 일상의 틀을 함부로 바꿔서는 안 된다는 것을 깨달았다.

그와 동시에 잠시 들떴던 마음이 순식간에 차갑게 가라앉았다.

담용은 기도하듯 신중한 기색으로 책상 앞에 앉았다.

문제의 바인더북을 한참이나 노려보던 담용이 오늘, 즉 1999년 12월 19일자의 일기가 적힌 페이지를 조심스럽게 펼쳤다.

1999년 12월 19일 일요일, 맑음

금년 들어 가장 추운 날씨라고 함(영하10도).

혜린, 밤 10시 동계 캠프에서 귀가.

담수, 도서관 감(기능사 시험 준비)

혜인, 담수와 같이 도서관 감(요리 레시피 자료 수집).

담수, 혜린과 혜인 모두 함께 귀가.

담민 많이 늦음.

성주산 등산 중 곰방대 어르신 낙상 소식을 들음.

익일 오전 9시 반월 공장 고철 매각 예정.

오후 4시. 바이어 매튜 슬레이프와 미팅 예정이나 참석할지는 미정임(장소 에미어트 호텔).

내일도 그녀를 만날 수 있을까?

"후우! 다행히 동생들에게는 평온한 하루였구나."

별 특별한 내용도 없는 간단한 일기였지만 확인하다 보니 이날의 일들이 주마등처럼 떠올랐다.

자신이 직접 경험하면서 지나친 날이었다고 해도 세월이 흘러 막상 그날의 기억을 떠올려 보라고 하면 과연 몇 사람이나 기억을 해낼 수 있을까?

단연코 거의 없다고 자신 있게 말할 수 있다.

그러나 이렇듯 메모 형식으로나마 간단한 내용의 일기를 써 놓는다면 그것을 근거로 그렇게 된 원인과 결과를 도출해 내는 것은 그리 어렵지 않을 것이다.

그 외에 파급되는 사건들을 어렴풋이나마 아는 것도 어렵지 않을 것이다.

"후후후. 혜린이 녀석. 동계 캠프를 무사히 끝낸 것을 기념해 술을 좀 마시고 귀가하겠지."

오늘 저녁 혜린이 상기된 얼굴로 귀가했던 기억이 자연스럽게 떠오른다.

이렇듯 만금으로도 살 수 없는 바인더북을 소지했다는 것에 담용은 깊은 안도의 한숨을 내쉬는 것으로 뭐라고 표현하기 어려운 감정을 대신했다.

"동생들에게 평안한 날이라니 다행이로군."

이로써 미래의 일기가 존재한다는 것 자체가 튼튼한 몸뚱이밖에 없는 담용에게 새삼 큰 힘이 되고 있음을 자각하는 계기가 됐다.

"아! 그러고 보니……."

담용의 시선이 마지막 글귀에서 멈췄다.

내일도 그녀를 만날 수 있을까?

"쩝!"

뭘 생각하는지 설핏 계면쩍은 미소를 흘린 담용의 얼굴이 약간 상기됐다.

기억의 저편에서도 이름조차 몰랐던 그녀는 당연히 담용 홀로 마음앓이를 하고 있는 여인이다.

스스로 자격이 없다고 여겨 감히 말을 붙이지도, 접근하지도 못하고 있는 여인은 출근할 때마다 보는 얼굴이었다.

그러나 이제는 이 역시 달라질 수 있을 것도 같았다.

"이번에는 꼬옥······."

담용은 말을 붙여 보지도 못하고 물러났던 못난 기억을 바꿔 보겠다고 결심했다.

"에미어트 호텔에 가긴 가는데······. 가도 걱정이군."

당시 담용이야 모르고 있었지만 지금은 바이어인 매튜 슬레이프에 대한 평이 별로 좋지 않았다는 것을 알고 있었다.

동종 업계에서 무지 뺀질거리고 바람둥이라는 소문까지 파다한 인물이다 보니 전화가 와도 골치다.

설사 운 좋게 미팅이 이루어져 계약이 성사된다고 해도 소화를 해낼 수 있을지도 의문인 바이어라 걱정이 안 될 수가 없다.

"하지만 이제는 다르지."

미리 잘 대처한다면 허무하게 주저앉는 일은 없을 것이다.

"흠. 이건 등산을 갔다 와서 방법을 모색해 보자."

내일 미팅에서 일어날 일은 이따가 돌아와서 해도 늦지 않을 것 같아 담용이 자리를 털고 일어섰다.

"그럼 가 볼까?"

마음이 한결 가벼워진 담용이 바인더북을 덮으려고 할 때 얼핏 스치듯 들어오는 글귀가 있었다.

성주산 등산 중 곰방대 어르신 낙상 소식을 들음.

"아—!"

별안간 탄성을 내뱉은 담용의 안색이 급격히 변했다.

"고, 곰방대 어르신!"

부지불식간에 소리를 버럭 내지른 담용이 얼른 출입문으로 향했다.

"어, 어르신이 위험하다!"

담용이 갑자기 서두르는 이유는 다름이 아니었다.

곰방대 어르신이 낙상한 다음 날 사망을 했기 때문이다.

벽시계를 올려다본 담용은 벌써 9시 30분이 지나고 있음을 확인했다.

"이런! 시간이 없다."

마음이 급해서인가?

창백하던 얼굴이 대번에 벌겋게 달아오른 담용이 서둘러 겉옷을 걸치고는 집을 나섰다.

성주산은 부천 심곡본동에 위치한 나지막한 산이다.

즉, 담용의 집 바로 뒷산을 말함이었고, 자신의 집 역시 성주산 언저리에 지어져 있었던 것이다.

고작 해발 210m에 불과한 나지막한 산이었지만 여인의 치맛자락처럼 넓게 펼쳐진 광대한 면적이라 운동할 수 있는 여건은 충분했다.

곰방대 할아버지 댁.

"영감, 당신이 올해 들삼재가 끼었으니 외출은 삼가지 그러우?"

"들삼재라고 해도 여태 괜찮았는데 별일이야 있을까?"

"그러니 하는 말이 아니우? 올해도 며칠 남지 않았으니 잠시만 참으면 좀 좋우? 오늘 날씨가 올 들어 가장 춥다고 하지 않우? 그러니 그냥 집에서 조용히 쉬시구랴."

"어허! 거참. 괜찮대두 그러네."

현관에서 등산화 끈을 묶고 있는 남편에게 부인인 안성댁

이 마뜩잖은 어투로 말리는 것을 곰방대 할아버지가 대수롭지 않다는 듯 고집을 부리고는 말을 내뱉었다.

"내 임자 걱정 때문에라도 퍼뜩 다녀오리다."

삐이걱!

출입문을 여는 곰방대 할아버지의 뒷주머니에 대가 짧은 곰방대가 꽂혀 있었다.

곰방대이긴 했지만 연초로 쟁이는 것이 아닌 일반 담배를 꽂아서 피우는 형태였다.

"생각보다 그리 춥지도 않구먼 할망구가 그리도 성활세 그려."

"하이고. 인자 보름만 있으몬 삼재가 끝나는데 어찌 저리 고집을 피울꼬."

"허허. 임자, 내게 고집이 없었다면 여태껏 살았겄어? 복장이 터져서 진즉에 죽어 뿌렸제. 케헴. 다녀오리다."

"영감, 정 가시겄다몬서 지팡이는 왜 두고 가우?"

"아! 깜빡했구먼."

곰방대 할아버지가 신발장 옆에 둔 등산지팡이를 챙겨 들고는 큰기침을 해 대며 집을 나섰다.

"후욱! 훅!"

가빠진 호흡을 군대에서 배운 복식호흡으로 진정시켜 가며 산을 연방 오르락내리락하는 담용의 시선은 주변을 살피기에 여념이 없었다.

날씨가 조금 풀려서인지 삼삼오오 산행을 하는 등산객들이 제법 많아 담용은 사람들을 일일이 확인해 가며 곰방대 할아버지를 찾느라 평소의 몇 배는 뛰어다녀야 했기에 숨이 턱에까지 차오르는 상황이었다.

담용이 이렇듯 숨이 턱에 받치도록 뛰어다니는 이유는 당연히 곰방대 할아버지의 낙상을 막기 위해서였다.

"하악! 하악! 학! 오늘은 안 오셨나? 아 참, 그럴 리가 없지."

바인더북에 분명히 그렇게 적혀 있었으니 그런 사고가 일어날 것이라는 것을 담용은 믿어 의심치 않았다.

그래서 확실을 기하기 위해 곰방대 할아버지가 등산을 하기 전에 말릴 심산으로 동네 어름에 있는 슈퍼에서 집을 물어 찾아갔지만 이미 떠난 뒤였다.

―저…… 할머니, 여기가 혹시 곰방대로 담배를 태우시는 할아버지 댁 아닌가요?

―맞는구먼.

―지금 계신지요?

―조금 전에 등산 간다고 나섰다우. 근디 무슨 일로 우리 영감은 찾는 거유?

―아, 아닙니다. 안녕히 계십시오.

　이렇듯 간발의 차로 곰방대 할아버지를 놓친 담용이라 서두는 것이다.
　딱히 곰방대 할아버지와 평소에 잘 알고 지냈다거나 특별한 인연이 있는 것은 아니었다.
　단지 동네 어르신이라 길에서 뵙게 되면 인사만 하고 지날 정도의 친분, 딱 그 정도였다.
　곰방대 할아버지라는 별명도 곰방대를 항상 뒷주머니에 차고 다니며 담배를 피우셨기에 동네 사람들이 '곰방대 할아버지' 아니면 '곰방대 어르신' 이라고 불러서 담용도 그러려니 하며 알고 있을 뿐이다.
　그럼에도 불구하고 앞일을 알고 있는 담용은 마음이 여간 불안하지 않았다.
　"헉! 헉! 헉!"
　벌써 두 개의 산행로를 오르락내리락한 터라 숨이 턱에 차는 것은 물론 다리에 힘도 점점 빠지고 있었다.
　"고작 이 정도 뛰어다녔다고 다리에 힘이 빠지다니. 마음이 급해서 그런가?"
　군대에서 전역을 한 이후에도 습관처럼 훈련을 게을리하지 않았던 담용이지만 마음이 급한 탓인지 거의 두 배는 더 빨리 지치는 기분이었다.

바인더북

그렇다고 해도 자존심이 조금 상했다.

"이거…… 훈련의 강도를 더 높여야겠는걸."

그동안 늦은 시각까지 회사 일에 매달리느라 매일같이 하던 훈련을 자주 빠뜨린 것이 단박에 표시가 나는 기분이었다.

훈련이라는 것은 다름이 아니라 바로 담용이 군대에서 배운 유일한 격투기인 특공 무술이었다.

시범단 단원까지 지낸 바 있는 담용의 특공 무술은 기본적으로 살상을 위주로 한 무술이었다.

다시 말해 철저하게 일격 필살을 위주로 하는 격투술이라는 것이다.

당연히 상대의 급소를 가격해 그 자리에서 무력화시키거나 죽이는 살상력이 곁들여져 있었다.

이를테면 가장 흔한 급소인 눈 찌르기와 낭심 타격 등등의 잔인한 기술이 태반인 것이다.

이것이 제대 후에도 습관이 되어 버린 담용의 유일한 훈련이었다.

더구나 시범단 단원이 되면 6개월 이상을 밤낮없이 훈련에 매진하기 때문에 지금도 위험에 직면하면 버릇처럼 살인 기술이 나올 정도로 익숙해져 있는 상태였다.

게다가 충정봉 하나만 손에 쥐면 웬만한 칼잡이 몇 명 정도는 찜 쪄 먹을 수준이기도 했다.

그랬던 담용의 체력이 지금은 그동안 게을렀던 표시가 확 드러나고 있었다.

문득 덩치들에게 목이 졸려 죽어 가던 당시 배배 비틀려 말라 있는 무말랭이 같은 자신을 떠올리자, 정신이 번쩍 들었다.

"으음. 또다시 그렇게 되면 안 되지."

물론 담민의 느닷없는 자살로 인해 심신 상실 상태를 벗어나지 못하고 몸을 함부로 굴린 탓이라지만 새삼 생각해 보면 그조차 핑계라 여겨졌다.

어쨌든 잠시 호흡을 고른 담용의 시선이 다시금 산 정상으로 향했다.

이곳 산행로도 오가는 사람들이 제법 많았다.

한데 막 발걸음을 옮기려던 담용이 멈칫했다.

잠시 숨을 돌린 것뿐임에도 착각처럼 몸 상태가 조금 이상해진 느낌이 들었다.

"……!"

담용의 이맛살이 살짝 찌푸려졌다.

아직은 한창 젊은 시기인 데다 제대한 지도 얼마 지나지 않아 자신의 몸 상태를 누구보다도 잘 아는 담용이다.

그런데 산을 몇 번이나 오르내린 상태라 이 정도면 지쳐 있어야 함에도 호흡과 근육이 이상할 정도로 지극히 안정된 상태라는 점이 낯설었다.

운동량을 봐도 그리 쉽게 회복될 성질의 것이 아님을 잘 아는 담용이기에 기이하게 여기는 것은 당연했다.

'이상하네.'

혹시라도 자신이 잘못 알고 있었는지 곰곰이 생각해 봤지만 오늘만큼은 평소보다 운동량에서 무리한 것만은 틀림없었다.

그 증거로 방금 전까지만 해도 숨을 가쁘게 내쉬었다는 것으로도 알 수 있었다.

'그래도 그렇지, 그동안 운동을 통 못 했는데…….'

연말이라 마감해야 할 업무가 많아 열흘 이상은 산 근처에도 오지 못했던 담용이다 보니 기이하지 않을 수 없었다.

'스트레칭 때문인가?'

산을 오르지 못하는 대신 몸이 굳지 않도록 스트레칭을 해주는 것을 잊지 않았던 담용은 단지 그 덕분이라 여길 뿐이었다.

달리 이유를 찾기엔 별로 특별한 것이 없는 탓이다. 그렇다고 보약을 복용하거나 특별히 따로 보신을 한 적도 없으니 말이다.

하지만 원인 없는 결과란 없는 법.

그것은 담용이 꿈에서조차 알 길이 없는 기이한 일로 인해 발단이 됐다.

바로 담용의 나이 38세인 2012년 8월 말경에 발생한 일로,

마침 태풍 볼라벤이 불던 날이었다.

1863년 그러니까 약 150년 전 인도의 대성자였던 두쉬얀단이 마하사마디(대열반)에 들면서 그가 이생에 남겨 둔 차크라가 오랜 세월을 떠돌다가 하필이면 태풍 볼라벤을 타고 흘러와 당시 막 숨을 거두기 직전이던 담용의 몸에 스며든 것이다.

차크라는 두쉬얀단이 평생을 두고 쌓아 온 생명의 원천이라 그것이 지닌 묘용이 어떨지는 아무도 모른다.

하물며 자신의 몸에 두쉬얀단의 차크라가 스며들었는지도 모르고 있는 담용이 알 길은 없는 것이다.

나아가 지금의 현상이 등산로를 쉬지 않고 몇 번이나 오르내리며 몸을 혹사하는 사이 담용의 몸속에 은밀히 숨어 있던 차크라가 약간 반응한 것임은 더욱 모를 수밖에.

거기에 더하여 두쉬얀단의 차크라로 인해 시공을 초월해 회귀했음은 더더욱 알지 못했다.

아니, 그런 일이 있었다는 것조차 영원히 알지 못할 것이다.

'참! 지금 이럴 때가 아니지.'

퍼뜩 자신의 할 일을 떠올린 담용이 얼른 산을 올려다보았다.

"하아! 평소에는 잘 모르겠더니 사람을 찾고자 하니 엄청나게 넓구나."

바인더북

비록 작은 산이라고는 하나 산자락이 워낙 넓어 담용도 산행로가 몇 개인지 알지 못할 정도로 많았다.

심지어는 시흥(경기도)에서도 하우고개를 넘어 오르는 산행객들이 있을 정도였으니 그 범위를 능히 짐작할 만했다.

하지만 곰방대 할아버지가 사는 동네 위치로 보아 고작해야 세 곳의 산행로가 전부라 이제 한 곳만 더 찾아보면 될 것같았다.

"마음이 바쁘니까 목까지 빨리 마르는 것 같네."

급한 마음에 산에 올랐던 터라 필히 지참했어야 할 물통도 없어 목을 축이지도 못하는 처지였다.

그러나 한 사람의 생사가 걸려 있는 터라 한가하게 목이 마르다는 핑계로 주저할 수는 없었다.

"쯧! 별 특징이 없는 할아버지라 더 찾기가 어렵네."

키가 작다거나 뚱뚱하다거나 아니면 훤칠하기라도 했다면 그런 사람들을 중심으로 유심히 살펴보면 되겠지만 곰방대 할아버지는 키도 체격도 체구도 보통 사람들과 비슷해 찾기가 난해했다.

"이럴 줄 알았으면 평소에 유심히 볼걸."

쓰고 있는 모자나 입고 다니는 등산복의 색깔이라도 알고 있었다면 도움이 될 것이지만 불행하게도 기억나는 것이 전혀 없었다.

산행을 하더라도 항상 만나는 것도 아니고 설사 만났다고 하더라도 인사만 하고 무심코 지나쳤던 탓에 뚜렷하게 기억에 남는 것이 없었던 것이다.

"아! 지팡이!"

나이가 드신 노인이라 지팡이가 언뜻 떠올랐지만 담용은 이내 고개를 저었다.

지팡이야 등산객이라면 거의 가지고 다니는 필수품이니 별로 특이할 부분이 아니었기 때문이다.

부지런히 걸음을 옮기던 담용의 뇌리로 문득 떠오르는 것이 있었다.

"가만! 사고가 난 지점이 어디였더라?"

걸음을 멈춘 담용이 기억을 더듬으려 애썼다. 하지만 선뜻 떠오르질 않는다.

그도 그럴 것이, 담용 자신도 하산을 하던 곰방대 할아버지가 미끄러운 산행로에서 낙상해 병원에 실려 갔다는 말만 들어 알고 있는 일이었기 때문이다.

그리고 그다음 날 세상을 떠나셨다는 소식도 소문을 듣고서야 안 일이었다.

그런 지경이었으니 사고가 난 지점은커녕 사고가 난 시간도 잘 모르는 터였다.

그러나 한 가지 막연하나마 가정할 수 있는 것은 정상까지 기껏해야 40~50분이면 오르내릴 수 있는 거리였던 탓에 연세가 드신 곰방대 할아버지도 1시간이면 너끈하다는 점이었다.

고로 오전에 사고가 났을 것이라 짐작됐다.

"으음, 이대로는 곤란한데…….'

조금은 허탈해진 담용은 무작정 찾아다니기보다는 보다 효율적인 방법을 모색하기 위해 턱을 괴고 곰곰이 생각에 잠겼다.

"실례합니다."

"아! 예예, 죄송합니다."

자신도 모르게 산행로를 가로막고 있었다는 것을 몰랐던 담용은 얼른 사과를 하고는 옆으로 비켜섰다.

"하하. 그럴 수도 있지요."

담용의 황급한 사과에 오히려 미안해하는 중년의 등산객이 뒤를 따라오는 부인에게 말했다.

"여보, 여기서부터는 조금 가파르니 조심하구려."

"알고 있어요. 당신도 앞에 바위가 얼어 있을 것이니 조심해요."

"알았으니까 당신은 내가 디딘 발자국만 딛고 오시오."

"염려 말고 어서 올라가기나 해요."

중년 부부가 서로를 조심시키며 천천히 정상으로 향했다.

그러고 보니 중년 부부도 가끔씩 본 얼굴들이다.

그런데 중년 부부의 대화를 듣고 난 담용이 퍼뜩 눈에 이채를 띠었다.

"마, 맞다! 저 위에 바위가 있었지."

왜 그 생각을 못 했을까?

성주산이 거의 완만한 경사로 이루어져 있어 딱히 사고가 날 만한 지점이 거의 없었지만 바위를 거쳐야만 하는 이곳 산행로만은 가장 취약 지점이라 할 수 있었다.

그렇다고 바위가 항상 사고가 날 정도로 가파른 것도 아니어서 여태껏 불미스러운 일이 일어났다는 말은 듣지 못했다.

하지만 눈이 온 뒤끝이라 표면이 얼어 있다는 것이 곰방대 할아버지 같은 노인들에게는 위험할 수도 있었다.

"가 보자."

문득 예감이 이상해진 담용이 망설이지 않고 빠른 걸음으로 오르기를 서둘렀다.

시간도 얼추 11시가 다 되어 가는 때라 지금의 이 산행로가 마음이 바쁜 담용으로서는 마지막 희망인 셈이었다.

혹여 불미스러운 일이 재연된다고 해도 끝까지 최선을 다해야 마음이 편할 것 같았다.

'앞일을 조금 알고 있는 것뿐임에도 왠지 두렵다는 생각이 드는구나.'

하지만 어쩌랴?

사고가 날 것을 알고 있으면서도 모른 척한다는 것 자체가 양심에 이반되는 짓인걸.

담용으로서는 평생을 두고 감내하지 못할 일이었다.

"곰방대 할아버지가 이곳으로 내려오셔야 할 텐데……."

그 누구도 의무를 쥐여 주지는 않았지만 곰방대 할아버지의 운명이 자신에게 달렸다는 책임감이 전신을 짓누르는 기분이 된 담용은 속도를 내기 시작했다.

아직은 산행로에 사고의 징후가 없다는 것이 천만다행이었지만 단 1초라도 빨리 도착해 기다리고 있어야만 했다.

타타닥. 타다다닥.

"허! 그 친구 빠르기도 하구먼."

"그, 그러게요. 젊어서 그런가?"

스치듯 잽싸게 지나쳐 오르는 담용의 몸놀림을 본 예의 중년 부부가 탄성을 내뱉었다.

그러는 사이 담용은 중년 부부의 시야에서 까마득해졌다.

"헉! 헉! 저기다."

담용은 자신의 발놀림이 평소보다 배는 빠르다는 것도 자각하지 못한 채 벌써 손이 닿을 듯한 지점에 그의 키 세 배는 됨 직한 바위를 보고 있었다.

두 개의 산행로를 거의 뛰다시피 해서 오르내린 데다 마지막 산행로마저 속력을 낸 터라 지칠 법도 했지만 담용의 호흡은 그리 가쁜 것 같지 않았다.

하나 담용은 여전히 이를 인식하지 못하고 단숨에 내달아 마침내 바위 밑에 도착했다.

"후아! 하아!"

담용은 으레 지쳤으려니 하며 습관처럼 손으로 무릎을 짚고 가빠진 숨을 조절하느라 애를 썼다.

하지만 마음이 바빴던 터라 금세 허리를 펴고는 바위를 올려다보며 재차 걸음을 떼었다.

"아직이신가?"

다행히 아직은 바위 어름에 사람의 그림자도 비치지 않고 있었다.

시계도 휴대폰도 지니지 않은 담용은 태양의 위치로 시간을 대충 가늠해 보았다.

오전에 일어난 사고라면 얼추 시간이 된 듯해 보여 마음이 금세 초조해지기 시작했다.

"여기가 아닌가?"

아니라면?

그 또한 피할 수 없는 운명이 아니겠는가?

그러나 그렇게 치부해 버리기엔 마음의 빚을 너무 크게 지는 기분이었다.

'할아버지, 제발 이곳으로 오세요.'

나름대로 최선을 다한 담용이다 보니 결말이 좋게 끝나기를 기도하는 마음으로 기다릴 수밖에 없었다.

행여 한눈팔다가 실수라도 할까 싶었던 담용의 눈에 점점 힘이 들어갈 때였다.

때마침 눈부신 햇살이 정면으로 비치는 곳에 실루엣 같은 인영이 중심을 잃고 기우뚱하고 있는 모습이 잡혔다.

이어서 '어이쿠!' 하는 늙수그레하면서도 신음 같은 목소리
가 들려왔다.

"엉?"

신음 소리에 화들짝 놀란 담용이 뭐라고 할 새도 없이 빠
른 속도로 주르륵 미끄러지던 인영이 바로 머리맡으로 떨
어지는 것이 아닌가?

"악!"

새된 비명을 지른 담용은 순간적으로 곰방대 할아버지임
을 직감하고는 양팔을 뻗는 것과 동시에 무릎을 구부린 채
다리에 힘을 실었다.

퍼억—!

무릎에 가슴이 세차게 부딪친 순간 엄청난 충격이 가해
졌지만 담용은 곰방대 할아버지를 끌어안는 데만 온 힘을 쏟
았다.

"커억!"

"어쿠야!"

쿵!

담용과 추락하던 곰방대 할아버지가 동시에 비명을 질
렀다.

연이어 담용은 바닥에 엉덩방아를 심하게 찧었고, 곰방대
할아버지는 그런 담용을 쿠션으로 삼았지만 나름의 충격을

받았는지 함께 나뒹굴었다.

"어어? 저, 저런!"

"어머나! 저걸 어째?"

때마침 뒤따라 오르던 중년 부부가 깜짝 놀라서는 득달같이 달려왔다.

"아이구. 할아버지, 괜찮으십니까?"

"초, 총각. 괘, 괜찮아요?"

바로 눈앞에서 느닷없이 벌어진 사태에 중년 부부가 더 당황해서는 급히 다가와 두 사람을 부축했다.

"으윽!"

"아구구구."

충격이 적지 않았던지 담용과 곰방대 할아버지의 입에서 고통스러운 신음이 연방 흘러나왔다.

"으으…… 저, 전 괜찮습니다. 어, 어르신부터…… 커억, 컥!"

두 손으로 가슴을 부여잡는 담용이 말도 제대로 잇지 못하고 컥컥댔다.

미끄러진 지점에서 순간적으로 가속도가 붙었는지 곰방대 할아버지의 무릎에 정통으로 부딪친 가슴이 호흡을 일시 곤란하게 했던 터라 담용은 숨을 고르기에 바빴다.

"그, 그래요."

담용이 고통스러운 와중에도 어르신부터 챙기라는 소리에 아주머니가 남편에게 말했다.

"여보! 어르신은 어때요?"

"아! 다행히 조그만 찰과상 외에 크게 다친 곳은 없는 것 같아."

"아아. 나, 난 괜찮소. 나보다 저 젊은이가 어떤지 먼저 살펴봐 주시겠소?"

"정말 괜찮으십니까?"

"무릎과 허리만 조금 아플 뿐 다른 덴 이상 없는 것 같소이다. 저 젊은 친구가 많이 다친 것 같으니 부, 부탁하오."

"그러겠습니다. 혹시 모르니 마음이 진정될 때까지 가만히 앉아 계십시오."

"고맙소."

곰방대 할아버지를 살피던 중년의 아저씨가 주의를 주고는 담용에게로 다가왔다.

주변에는 그사이 산행객들이 제법 모여들어 걱정스러운 눈길로 쳐다보고 있었다.

"여보게, 괜찮은가?"

"예. 가슴만 조금 아플 뿐이지 크게 다친 곳은 없는 것 같습니다."

"조금 전에 어르신의 무릎이 자네 가슴팍을 치는 걸 봤네. 먼저 크게 심호흡부터 해 보게."

"예."

담용은 시키는 대로 서너 번 크게 심호흡을 했다.

첫 호흡에 갈비뼈 부분이 약간 결리는 기운이 느껴진다 싶었다. 그러나 두 번째 호흡부터는 그마저도 희미해지더니 세 번째 호흡부터는 결리는 것 없이 정상적으로 숨을 쉴 수가 있었다.

"이제 괜찮아진 것 같습니다."

"그럼 내가 잠시 만져 볼 테니 그대로 있게."

"……?"

가슴을 만져 본다는 말에 담용이 의혹의 눈빛을 띨 때 중년인은 갈비뼈를 위에서 아래로 누르며 차근차근 점검해 나갔다.

"흠. 촉진으로 봐서는 별 이상이 없는 것 같네."

"감사합니다."

"그래도 모르는 일이니 병원엘 가 보게. 지금이야 괜찮다고 해도 시간이 지나면 후유증이 있을 수 있으니 내려가는 대로 엑스레이라도 찍어…… 아! 오늘이 일요일인가?"

말을 해 놓고 머쓱한 표정을 짓는 중년의 아저씨에게 담용이 설핏 웃으며 말했다.

"괜찮습니다. 정 견디지 못할 정도면 세진병원으로 가면 됩니다."

"그러는 게 낫겠군. 아니면 이 길로 내 병원으로 갈까?"

"의사셨습니까?"

"허허. 그저 조그만 클리닉을 운영하고 있다네."

"아, 예. 그런데 굳이 그럴 필요까지는 없을 것 같습니다. 아무튼 두 분께 감사드립니다."

"하하. 우리야 뭐, 부축만 해 줬을 뿐인걸."

담용이 언제 그랬냐는 듯 가뿐하게 일어서며 곰방대 할아버지 쪽으로 갔다.

"어르신, 정말 괜찮으세요?"

"젊은이 덕분에 큰 이상은 없는 것 같으이. 고마우이."

"별말씀을요. 이제 하산하시지요."

"그래야지."

곰방대 할아버지가 자리를 털고 일어나면서 중년 부부에게 눈길을 주었다.

"고맙소이다."

"원 별말씀을요."

"어디 사시오?"

"예. 본동 동사무소 옆의 농협 인근에 살고 있습니다."

"난 정성 고등학교 쪽이라오. 혹시 명함 지닌 것이 있으면 주겠소?"

"아, 등산하느라 지니지 않고……."

"여보, 제가 가지고 있어요."

부인이 허리에 찬 파우치 백을 뒤지더니 명함 한 장을 곰방대 할아버지에게 건넸다.

"여기 있어요, 어르신."

명함을 건네받은 곰방대 할아버지가 보지도 않고 주머니에 넣고는 말했다.

"내 일간 연락 한번 하리다. 괜찮겠소?"

"그럼요. 일요일이나 평일 오후 7시 이후에는 언제든지 연락 주시면 응하겠습니다."

"그럼 좋은 산행이 되길 바라겠소."

"예. 조심해서 가십시오."

"어르신, 살펴 가세요."

"그러리다. 젊은이, 이제 내려가세."

"예. 제가 부축해 드리지요."

"정말 괜찮은가?"

"예. 젊어서 그런지 금방 회복된 것 같습니다. 너무 걱정하지 않으셔도 됩니다."

"이 길로 곧장 병원에 가 보세."

"하하. 그럴 필요 없습니다. 이상이 있으면 그때 가 보지요."

담용이 여전히 근심 어린 눈길을 거두지 않고 있는 곰방대 할아버지의 팔을 잡았다.

"가시지요."

"고맙네."

곰방대 할아버지를 부축하는 담용은 사실 내색은 하지 않았지만 심하게 뛰고 있는 심장 박동을 진정시키기에 바빴다.

소소한 가족사로 잠시 확신이 들긴 했지만 그래도 미심쩍음이 없지 않았던 담용은 이번 일로 바인더북의 내용을 절대적으로 확신하는 계기가 됐다.

누가 뭐라고 해도 한 생명을 구한 일은 결코 작지 않았기에 그 무엇으로도 바인더북의 내용을 반박할 수가 없는 것이다.

'으음. 더더욱 조심해야겠구나.'

담용은 한편으로는 기쁘다가도 다른 한편으로는 경계심을 가졌다.

나비 효과라는 것이 있다.

카오스 이론을 대신하기도 하는 이 말은 상식이 되어 버린 지 오래지만 나비의 작은 날갯짓이 지구 반대편에선 큰 폭풍우의 원인이 된다는 뜻이다.

물론 단순히 기후에만 관계되는 것은 아니며 어떻게 생각하면 사람의 일상생활에 더 많이 적용되지 않나 싶다.

자신이 무심코 저지른 일이 파급을 거듭해 향후에는 예기치 못한 상황으로 발전되어 큰 봉변을 당할 수 있듯이 담용의 일상에도 자칫 하나가 틀어지면 온 가족이 그 영향 아래에 놓일 수 있음을 경계해야 했다.

그 모든 출발이 담용 본인으로부터 시작됨을 항상 유념하면서 행동해야 할 것이다.

그런 맥락으로 곰방대 할아버지의 일 역시 영향을 끼칠 수 있음을 경계해 여기서 끝내는 것이 좋았다.

'욕심을 버려야 해.'

담용은 곰방대 할아버지의 생명을 구한 것을 계기로 다시 한 번 결심을 굳혔다.

'그래. 만약…… 만약에 바인더북이 조물주의 유희 중 하나로 세상에 던져진 것이라면 결코 욕심을 부리라고 준 것은 아닐 거야.'

그렇게 재삼재사 내심으로 다지고 또 다지며 곰방대 할아버지를 부축해 산을 내려가는 담용이었다.

가깝고도 먼 그녀

1999년 12월 20일 AM 06:00 신도림역.

이른 시각임에도 환승역인 2호선 신도림역은 각자 일터로 출근하기 위해 제법 많은 사람들이 줄을 몇 겹으로 서서 기다리고 있었다.

모두들 반복되는 일상에 지루함과 피곤함을 채 지우지도 못한 얼굴들인 것만 같다.

물론 담용도 예외는 아니었다.

뿌아아앙—!

—지금 내부 순환선 열차가 들어오고 있습니다. 승객 여러분께서는……

전철 특유의 경적에 이어 녹음된 장내 아나운서의 멘트가 흘러나오자, 추위에 잔뜩 웅크리고 있던 승객들이 조금씩 노란 선으로 바짝 좁혀 들었다.

승객들 속에 낀 반코트 차림의 담용도 저절로 떠밀려 조금씩 앞으로 나아갔다.

키가 큰 편이라 많은 사람들 틈에서도 유독 눈에 잘 띄는 담용이다.

단 한 번도 지각이나 조퇴가 없었던 담용은 1년을 하루같이 이 시간이면 신도림역에서 회사로 데려다 줄 전철을 기다렸다.

강남 삼성역 인근에 소재하고 있는 회사와 집의 거리는 꽤나 멀었다.

그래서 집을 나오는 시각은 너무 이르다 싶은 새벽 5시 정각이다.

새벽이라 시간이 일정치 않은 마을버스를 타고 부천역에 내려 전철로 갈아탄 뒤 신도림에 도착하면 대략 5시 50분 정도가 된다.

지상에서 곧바로 지하 2층으로 내려가면 바로 이맘때인 것이다.

회사에 도착하면 6시 50분 아니면 7시쯤이다.

고로 담용의 출근 시간은 아침 7시로 고정되어 있다.

이는 1년을 하루같이 변함없이 지켜진 출근 시간이어서 회사의 문을 여는 것 역시 담용의 몫이 되어 버렸다.

이처럼 기계적인 움직임이라고 할 수 있는 담용은 전철을 타는 위치도 중간쯤으로 언제나 지정석처럼 정해져 있었다.

무역 회사에 입사한 이후로 출근하는 내내 한결같이 선 자리는 바로 발판에 '4—3'이란 숫자가 박혀 있는 곳이었다.

그 이유는 언제나처럼 이 시간이면 약간 상기되는 담용의 얼굴에서 찾을 수 있었다.

'오늘도 그 자리에 앉아 있겠지?'

이 역시 늘 마음 설레며 내심으로 뇌까리는 말이다.

담용이 이렇듯 마음이 설레다 못해 얼굴까지 상기되는 원인은 바로 잠시 후면 자신에게 꼭 맞는 이상형의 여인과 조우하기 때문이었다.

여인은 언제나 그날의 바인더북 말미에 쓰이는 '내일도 그녀를 만날 수 있을까'란 내용의 주인공인 것이다.

뿌앙—!

그런 담용의 마음을 아는지 이윽고 전철이 정류장으로 진입하면서 경고성 경적을 울리며 서서히 느려진다 싶더니 마침내 덜컹하고 멈춰 섰다.

이어 스르르 문이 열리고 하차하는 승객들이 우르르 몰려 나왔다.

수도권 지하철 가운데 승객들의 왕래가 가장 많은 곳 중한 곳인 신도림역이다 보니 개개의 사정이야 어떻든 이른 시각부터 활기에 차 있는 역사다.

쿵쿵쿵쿵…….

꼿꼿이 서 있는 자세는 정적인 데 반해 담용의 심장은 방망이질을 해 대듯 이미 폭풍이 되어 몰아치고 있었다.

꼭 이때면 심장은 주책없이 한창 청춘인 담용으로 하여금 이성異性을 찾아 헤매게 했다.

아마도 성도 이름도 모르는 그녀를 향한 청춘의 몸부림이 아닌가 싶다.

승객들의 하차가 채 끝나기도 전에 대기하고 있던 사람들이 성급하게 안으로 들어서기 시작했다.

그 덕분에 출입문에서 세 번째 서 있던 담용이 자동적으로 떠밀려 들어섰다.

담용은 안으로 들어서자마자 습관처럼 우측으로 돌아서는 몇 발자국만에 손잡이를 잡고 섰다.

설 자리를 고르지도 않는 재빠른 동작이었다.

시선은 애써 밖으로 향했지만 마음은 이미 바로 앞에 다소곳한 자세로 문고판의 책을 읽고 있는 여성에게로 가 있었다.

가히 자동 시스템이 따로 없을 정도로 정확히 멈춘 자리는 그녀의 정면이었다.

그녀의 기역자로 굽어 있는 무릎과 뻣뻣이 서 있는 담용의 정강이가 닿을 듯이 위태롭다.

제 눈에 안경인지 모르지만 그녀는 오늘따라 목도리 사이로 살짝 비치는 하얀 블라우스가 너무도 잘 어울려 보이는 차림새를 하고 있었다.

아담한 키의 여성은 기실 썩 예쁘다거나 늘씬한 팔등신의 몸매라고 하기에는 약간의 무리가 있는 체형이었지만 거의 1년 가까이를 보아 온 담용에게는 그 어떤 여성보다도 마음에 쏙 들었다.

말 한마디 건네지 못한 상태에서도 그녀의 인상은 그렇게 다가와 담용의 가슴에 화인처럼 틀어박힌 지 이미 오래였다.

그 원인은 담용의 여성을 보는 시각에 기인하고 있었다.

담용이 그 무엇보다도 가장 중요시하는 부분이 바로 현숙함이었기 때문이다.

물론 성정을 확인하기 전의 인상만 가지고 내린 결론이긴 했지만 그녀는 누가 봐도 현숙함의 표상이라 할 수 있는 관상이었다.

이는 담용만이 느끼는 감정만은 아니었다.

'쯧! 오늘도 경쟁자들이 어김없이 몰려들었구나.'

담용의 내심처럼 굳이 곁눈질을 하지 않아도 그녀의 주변이 사내들로 둘러싸여 있는 것만으로 알 수 있었다.

거의 1년 동안 이런 식의 출근이다 보니 이제는 서로가 말만 섞지 않았지 눈에 익어도 한참 익은 사람들이었다.

어쩌다 길에서 만나면 '어!' 하고 서로 악수를 나눠도 어색하지 않을 사람들이라고 해도 과언은 아니었다.

그리고 그녀를 안주 삼아 술 한잔을 나누며 이야기를 해도 충분한 사이였다.

'후우, 그녀에게 사랑하는 사람이 있을지도 모르건만……'

담용으로서도 이것이 가장 큰 고민이었지만 결코 떠올리고 싶지 않은 생각이었다.

미장가인 팔팔한 청년들의 시선이 의식되지 않을 리가 없는 그녀였지만 이미 익숙해졌는지 너무도 차분한 모습이다.

그것이 더 함부로 접근하기 어렵게 만드는지도 몰랐다.

담용처럼 청년들 역시 서로가 눈에 보이지 않는 경쟁을 하고 있다는 것을 의식하고 있을 것이다

즉, 지금 담용이 선 자리도 치열한 경쟁하에 쟁취할 수 있었으니 더 말해 무엇할까?

'저런 여인을 아내로 맞이할 수 있다면……'

여한이 없을 것 같았고, 스스로도 평생을 두고 잘한 일이라고 여길 것 같았다.

하지만 스스로의 처지가 곤궁하다 보니 설사 이루어진다고 해도 고생만 시킬 것이 빤한 그림의 떡이나 다름없었다.

그렇게 과감하게 대시하지 못한 결과는 앞으로 2년 후쯤부터 그녀를 만나지 못하게 됨으로써 끝을 맺는다.

아마도 시집갔을 것으로 짐작됐다.

담용이 왜 이렇듯 '현숙' 이란 단어에 집착하는지는 당연히

그럴 만한 동기가 있었다.

　현숙賢淑.

　'여자의 마음이 어질고 정숙하다'는 사전적 의미가 아니라 특전대 시절에 딱 한 번 갔던 성당에서 군종신부님께 들었던 성경의 한 구절이 항차 아내가 될 사람을 고르는 데 지표가 되었기 때문이다.

　—누가 현숙한 아내를 얻겠느냐? 그 값은 진주보다 더하니라.

　이어서 하신 말씀 역시 토씨 하나 틀리지 않고 기억하고 있는 담용이다.

　군종신부님 왈.

　—자매 여러분, 자신의 틀 안에서 만든 잣대로 남편의 결점이나 약점을 들추어 정죄하려 하지 마십시오. 세상의 수많은 남편들은 집이나 회사에서 설 자리를 잃고 방황하고 있습니다. 그들은 집에서나마 남편이며 아버지임을 주장하고 싶어 합니다. 이럴 때 '나는 당신의 능력을 믿어요. 당신이 벌어 오는 돈으로 어려움 없이 살 수 있으니 낙심하지 마세요'라고 용기를 북돋워 주십시오. 이렇듯 사랑과 이해심이 넘치는 몇 마디 말로 남편을 위로하는 자매님들이 바로 이 시대

가 요구하는 현숙한 아내인 것입니다.

담용은 내용이 쏙쏙 들어오는 군종신부님의 말씀을 들은 후, 한 가지 결심을 했다.

'나는 반드시 현숙함을 덕으로 아는 여자를 아내로 맞을 것이다.'

제대 후, 1년이 지난 지금까지도 그 말을 금과옥조처럼 여긴 나머지 제아무리 아름답고 늘씬한 팔등신의 여성을 대해도 눈길 한번 주지 않은 이유가 거기에 있었다.

물론 담용 스스로의 처지가 있어 언감생심 꿈도 꾸지 못하는 측면이 없지 않았지만 아내가 될 여성에 대한 확고한 신념만은 항상 지니고 있었다.

그러던 차에 눈앞의 여성과 조우한 것이다.

그것도 2호선 전철 안에서 이렇게 서로가 말을 섞기는커녕 눈길조차 마주치지 않은 채로 말이다.

담용으로서는 안타까운 시간이 아닐 수 없었다.

어느새 시간이 흘렀는지 스피커에서 차임벨 소리가 울리고 안내 멘트가 흘러나왔다.

딩동댕—!

—다음은 구로공단역입니다. 내리실 문은 오른쪽입니다.

담용은 기억의 저편에서 구로디지털단지역이란 말을 자주 들어서인지 구로공단역이란 안내 멘트가 조금 낯설었다.

바인더북

언제나 그렇듯 그녀는 안내 멘트를 듣자마자 책을 핸드백에 챙겨 넣고는 담용의 눈치를 슬쩍 본다.

담용은 그 즉시 공간을 열어 주었다.

살짝 목례를 해 보인 그녀가 출입구로 향하고 잠시 후 문이 열리자마자 또각또각 소리를 내며 담용의 시야에서 멀어져 갔다.

곧 그녀의 멀어지는 뒷모습마저 인파에 파묻혀 버렸다.

그사이 그녀가 떠난 자리를 아주머니 한 분이 잽싸게 차지하고 앉았다.

담용은 뭔가 잃어버린 것 같은 허전함에 속으로 한숨을 내쉴 뿐이다.

'후우, 오늘도 이렇게 그녀를 보내고 마는구나.'

언제나 똑같은 일상에 슬슬 인내의 한계를 절감한 담용은 지그시 주먹을 쥐었다.

어쩐지 오늘은 다른 날보다 더 비참해지는 기분이 된 담용이다.

그렇게 지금의 그녀는 움켜쥐어도 손아귀에 쥐이지 않는 바람이었던 것이다.

'그래. 담용아, 그녀를 차지하기 위해서라도 돈을 벌자. 평생의 반려자를 찾는 일마저 주저한다면 너는 그녀를 맞을 자격이 없는 거야.'

그렇다고 큰 욕심을 낼 필요는 없다. 인상대로의 그녀라면 많이도 필요 없을 것이다.

단지 걸리는 것이 있다면 양친도 없는 데다 밑으로 줄줄이 사 남매를 책임져야 하는 가장이라는 점이다.

하지만 이 역시 생활이 안정되고 담용이 미래의 비전을 확고하게 제시할 수 있다면 넘지 못할 벽도 아니었다.

물론 그녀가 현숙한 여자라는 조건하에서다.

하지만 막상 돈을 벌자고 생각하니 딱히 방법이 떠오르지 않는다.

앞일을 알고는 있다지만 지극히 국한된 분야일 뿐이지 않은가?

소소한 가족의 일상사와 담용 자신의 업무와 연관된 일들이 대부분이다.

'그래, 아직 시간이 있으니 천천히 연구를 해 보자. 비록 나와 내 주변에 국한된 일이긴 하지만 미래를 알고 있지 않은가?'

그렇게 마음을 먹자, 방법이 있을 것도 같았다.

'일단은 현실에 충실하…… 아!'

내심으로 의지를 다지고 있던 담용의 뇌리로 별안간 전구가 들어왔다.

'맞아! 김도원!'

담용이 떠올린 김도원은 입사 동기로 가장 친한 동료였다.

송년회 때 담용의 옆자리에 앉았던 김도원은 입이 근질거렸던지 자신에게만 은밀히 알려 준 정보가 있었다.

'하하. 그땐 그의 말을 믿지 못했지.'

담용이 떠올린 그때란 바인더북 내용에 따라 살았던 당시를 말하는 것이다.

기억 저편에서는 김도원의 말을 믿지도 않았지만 투자할 여유 자금도 없었던 때다.

'당장은 돈이 없으니…… 내 신용으로 빌릴 수 있는 돈이 얼만지부터 먼저 알아봐야겠구나.'

당시는 이자가 부담스러워 신용 대출을 할 생각이 있어도 겁이 났던 때였지만 지금은 수익을 확신하기에 그럴 필요가 없었다.

마음 같아서는 급전을 당겨서라도 투자하고 싶지만 그것은 담용이 바라는 바가 아니었다.

정도 이상의 욕심은 담용의 취향도 아니고, 자신에게 다시 한 번 기회를 준 그 누군가도 원하는 일이 아닐 것이다.

'좋아. 우선 당면한 이 일부터 시작해 보자. 헐! 그러고 보니 줄줄이 사탕으로 떠오르는 것이 적지 않구나.'

시작이 반이라고 했던가?

한번 물꼬가 트이니 꽉 막혔던 그 무엇이 술술 풀리는 기분이다.

굳이 바인더북의 내용을 빌리지 않더라도 담용의 주변에서 일어난 일들이 조금씩 기억나면서 봇물 터지듯 떠오르고 있었다.

바인더북이야 담용과 가족 그리고 업무에 관한 얘기가 전부다,

일기라고 해서 모든 일을 다 기록할 수는 없는 일이 아닌가.

하지만 담용이 강남에서 활동하는 13년 동안 듣고 본 것은 많고도 많았다.

물론 전부를 기억할 수도 없고 확실하게 경험하거나 옆에서 직접 지켜보지 않은 일들이 대부분이었지만 그중 몇 가지 정도는 확실하게 기억하고 있기에 효율적으로 써먹을 수 있을 것 같았다.

그것만으로도 돈을 벌 수 있는 기회는 엄청나게 많을 것 같은 예감이다.

'헐! 갑자기 내가 무서워지는구나.'

쿵쿵쿵쿵…….

그녀를 대하던 느낌과는 또 다른 종류의 심장 박동이 뛰기 시작했다.

'벤처기업! 코스닥!'

당장 뇌리에 떠오르는 것이 벤처기업과 코스닥이었다.

증권거래소나 증권에 대해 전혀 지식이 없는, 즉 깡통이나 마찬가지인 담용이 주식을 거래하려는 것은 아니다.

담용 나름대로 생각나는 인물이 있기에 퍼뜩 떠올랐을 뿐

이다. 물론 담용도 시세의 흐름을 거스를 수가 없어 많은 노력을 경주한 분야이기는 했지만 그렇다고 어디다 내놓을 정도로 전문적인 지식을 가지고 있지는 않았다.

'짬짬이 공부를 해 놓은 보람이 있구나.'

돈을 벌 생각에 벤처기업을 떠올린 것도 그 덕분이었다.

그렇다고 그가 벤처기업을 직접 경영하겠다는 것은 결코 아니다. 다만 1996년부터 시작된 코스닥에 벤처기업들이 대거 상장됨으로써 관심을 많이 가지고 있는 분야였기에 그 틈에서 자신이 할 수 있는 일이 있다고 여겼기 때문이다.

모두가 담용의 고졸 학력이란 콤플렉스가 그를 끊임없이 공부하도록 만든 결과였다. 이외에도 그런 부단한 노력으로 성취해 낸 몇 가지가 더 있었다.

'때마침 IT 업계가 걸러지고 있는 상황이니 오히려 안전해서 기회라 할 수 있어.'

비록 IT 업계의 버블 붕괴가 일어나고 있는 시기지만 오히려 알짜배기 기업만 살아남는 터라 안전하기까지 했다.

'천천히 하자. 가능한 한 그 누구도 모르게 은밀히.'

담용이 그렇게 상념에 젖어 있는 동안 어느새 전철은 삼성역에 도착하고 있었다.

BILDER
BOOK

고철 비리

경기도 안산시 반월 공단에 위치한 (주)원상체인 공장.

작업복 차림의 담용이 고철을 산더미같이 쌓아 놓은 트럭 위에서 회사 직원들과 로프를 조이느라 땀을 뻘뻘 흘리고 있는 중년의 사내에게 물었다.

"원 사장님, 적재량 초과 같은데요?"

"예, 압니다. 그렇지만 왕복 횟수를 최대한 줄이려면 어쩔 수 없습니다."

"그러다가 교통순경에게 걸리기라도 하면……?"

"걸려도 할 수 없습니다. 요즘같이 기름값이 하루가 다르게 오를 때는 운전하기조차 겁이 날 지경이니까요."

'아! 그렇구나. 이맘때부터 기름값이 천정부지로 치솟기

시작했지.'

담용도 회사 차를 몰고 올 때 주유소에서 리터당 1,215원에 넣었던 기억이 났다.

불과 얼마 전까지만 해도 갓 천 원을 넘겼는데 그새 천이백 원대인 것이다.

'하기야 12년 후에는 리터당 이천 원대를 훌쩍 넘으니 이대로 계속 오르겠구나.'

이제 갓 IMF 관리 체제에 든 대한민국이었다.

현재 15대 대통령인 김대중은 1998년 2월에 임기를 시작해 임기가 끝나는 2003년 2월까지 온몸으로 국가 부도 사태를 극복하느라 정신이 없었다는 것을 기억하고 있는 담용은 향후 몇 년 동안은 삶이 더 팍팍해질 것이라는 것을 알고 있었다.

일부 부유층을 제외한 대한민국 사람이라면 모두들 하나같이 어려운 살림들을 꾸려 가고 있는 실정이다.

원 사장이 저렇듯 고철을 결사적으로 확보하려는 것도 모두 그런 맥락에서다.

즉, 다시 한 번 왕복하는 사이 기름값도 문제겠지만 직원들에 의해 고철이 남아나지 않을 것을 염려했기 때문이다.

이즈음의 고철 시세도 만만치 않게 치솟고 있어 확보만 한다면 돈벌이가 제법 쏠쏠할 것이다.

'아 참! 지금쯤이었지?'

퍼뜩 뭔가 떠올랐는지 담용이 뻣뻣해진 목을 스트레칭 하는 흉내를 내며 슬쩍 곁눈질을 했다.

'참 내, 역시나……'

담용의 곁눈질에 공장장이 자신의 주머니에서 꺼낸 추를 추판 밑바닥에 슬쩍 갖다 붙이는 모습이 들어온 것이다.

자석으로 된 저울추라 밑바닥에 붙이면 누가 떼기 전에는 떨어지지 않는다.

담용은 그런 행동이 비철의 무게를 속이려는 수작임을 알고 있었다.

기억 저편에서는 당시 너무 순진했던 탓에 저렇게 회사의 재산을 빼돌리는 수법이 있다는 것도 몰랐다.

'그때도 미스터 김이 전화로 알려 줘서 알았지.'

저것이 10㎏의 추라는 것도 공장 직원인 미스터 김이 몰래 알려 줘서 알고 있는 것이다.

그 이상의 추를 달게 되면 저울에 올려놓은 비철의 양이 눈대중으로도 상이함을 알아볼 수 있기에 시도하기가 어렵다.

'쯧! 원 사장도 한 패거리겠지.'

무게의 차이만큼 돈을 돌려주려면 원 사장이 알고 있어야 하기에 당연한 이치다.

고철이야 저런 식으로 빼돌린다고 해도 몇 푼 되지도 않아 일일이 무게를 잴 필요도 없이 서로가 합의한 금액만 받으면 그만이다.

서로 수고를 하지 않아도 되니 누이 좋고 매부 좋은 식의 거래다.

그다음은 실질적인 담당자와 계근장에서 차체로 무게를 재면 되는 것이다.

하지만 바로 다음에 있을 계근은 달랐다.

바로 황동과 청동, 니켈합금 등등의 값이 상당히 나가는 비철금속인 탓이다.

고로 10kg의 무게를 속인다면 적지 않은 돈이 새 나가게 되는 것이다.

이를테면 구리가 1kg에 오천 원이라면 kg당 오백 원씩 공장장의 개인 주머니에 들어간다고 보면 된다.

IMF 이후 비철금속의 가격이 상당히 오른 탓에 고철을 취급하는 이들이 눈에 불을 켜고 달려들고 있는 실정이니 뒷돈 합의도 그만큼 수월했다.

물론 공장장도 보는 눈들이 있으니 직원들에게는 용돈 명목으로 몇 푼 쥐어 주고 회식 한번 열어 주면 나머진 오롯이 자신의 몫이다.

눈대중으로 계산해 놓은 무게가 얼추 10톤은 족히 될 것이고 보면 적게 잡더라도 공장장은 이천오백만 원 정도를 착복하게 될 것이다.

공장장은 1년 치 월급에 가까운 금액을 목돈으로 챙기는 셈이었다.

'젠장, 모른 척해 줘야 하나?'

권양선 전무는 연례행사인 고철 판매의 담당자로 신출내기일 뿐인 자신을 믿고 공장으로 내려보냈다.

권 전무 왈.

ㅡ미스터 육, 공장에는 믿을 놈들이 없어. 전부 무게를 속여 떼먹을 욕심들로 가득한 놈들뿐이야. 그러니 자네가 가서 확실하게 마무리하고 오게.

공장장이라면 이사급이니 평사원인 담용에게는 하늘같이 높은 직함이다.

그런 공장장까지도 믿지 못하고 담용을 내려보냈다면 예전부터 신뢰를 잃었다는 뜻이다.

즉, 공장장이 지닌 기술 때문에 해고를 시키지 못하고 있다는 의미였다.

아마도 이런 일이 비일비재하게 일어났던 탓에 아무것도 모르는, 즉 아직은 때가 묻지 않았을 것이라 여기는 자신을 보낸 것이 아닌가 싶었다.

어차피 입사한 지 겨우 1년이 넘은 상태라 업무 분야를 가리지 않고 익혀야 하는 신입이어서 시키면 시키는 대로 해야 하는 입장이다.

좋게 말하면 전반적인 업무를 익히기에 바쁜 신입사원이고 나쁘게 말하면 아직 업무를 전담할 분야가 정해지지 않은 어중뜨기 사원이라는 것이다.

뭐, 어중뜨기이긴 하지만 다방면에 걸쳐 업무를 익힐 수 있으니 좋은 점도 있다.

자재의 단가를 계산하는 것에서부터 시작해 구입과 검수, 관리, 발주, 수거, 포장, 샘플 조립 등등 할 일이 태산이다.

더구나 오늘같이 고철을 처분하는 날이면 이렇게 공장에 출장까지 나와 있으니 하루가 금방 지나갈 정도로 바쁘다.

뿐만이 아니다.

출근하자마자 새벽 댓바람부터 걸려 온 바이어 전화가 원인으로, 출근한 직원들이 없었던 탓에 나름대로 잘 응대했다고 판단했는지 얼마 전부터는 바이어를 상대로 영업까지 하게 했다.

물론 담용에게 주어진 바이어는 제대로 된 바이어가 아닌 뜨내기나 국제적인 사기꾼이 대부분이라서 눈코 뜰 새 없이 바쁜 무역부에서 신경을 쓸 가치도 없는 자들이 대부분이긴 했지만 어쨌거나 무지하게 바쁜 나날을 보내고 있는 신입사원인 것만은 틀림없었다.

각설하고, 담용은 공장장의 용의주도한 방식에 혀를 내둘렀다.

'헐! 저것까지 저럴 정도면 비싼 도금용 금과 공업용 다이

아몬드도 떼어먹었단 말인데…….'

하나를 보면 열을 안다고 했다.

도금용 금이야 골드 플레이팅(금도금)에 쓰이는 것이고 공업용 다이아몬드는 강도가 높기 때문에 체인의 면을 커팅할 때 쓰는 용도다.

일명 DC, 즉 다이어 커팅이라고 한다.

두 가지 모두 소모품일 뿐이라지만 문제는 그 가격이 엄청나다는 점이다.

'소모품이라 이거지?'

멀쩡한 걸 용도가 다됐다고 보고하면 그만이다.

이럴 때를 대비해 따로 챙겨 뒀던 공업용 다이아몬드와 함께 말이다.

'게다가 공장장이 아니면 그걸 확인할 기술을 가진 직원도 없고…….'

이제는 13년 사회생활의 경험에서 굴러먹은 능구렁이가 따로 없는 담용인지라 공장장의 짓거리를 한눈에 꿰뚫어 볼 수 있었다.

'어쨌든 봤으니 이대로 넘어갈 수는 없다. 일단 말이나 해 보자.'

직함을 떠나 일단 부딪쳐 보기로 한 담용이 뒤돌아 걸음을 떼려는 찰나, 건물 현관 우측에 매달린 목재 세로 간판이 눈에 들어왔다.

'이, 이런!'

상호를 보는 순간 둔기로 심하게 한 대 얻어맞은 듯한 기분에 얼굴까지 창백하게 변한 담용은 내심 경악했다.

그와 동시에 퍼뜩 기억 하나가 떠오르면서 단어 하나가 연상됐다.

부도不渡

그것도 사장과 전무가 계획적으로 저지른 고의 부도다.

'그, 그러고 보니……'

회사의 부도 날짜가 얼른 기억나지 않는다.

'가만. 5월 말이었던가?'

날씨가 더워지기 시작하는 때였으니 아마도 그쯤일 것이다.

'거참, 어떻게 부도가 나는지 그 방식까지 모두 알고 있으면서 왜 이제야 생각난 거지?'

물론 당시야 당하고 난 이후에 알게 된 일이긴 하지만 말이다.

'쩝. 요즘 내가 왜 이러지?'

평소와는 다르게 생각하고 행동하는 것이 아니라 그저 습

관에 따라 움직이는, 다시 말해 매사에 덤벙댄다는 기분이
확 들었다.

아마도 요 이틀 동안 정신적인 충격과 바인더북으로 인해
정신이 오락가락했던 나머지 다른 생각을 할 겨를이 없어서
일 것이나 이래서는 곤란했다.

'후우훕! 담용아, 담용아. 침착, 침착해지자.'

심호흡을 하고 마인드 컨트롤로 애써 스스로를 다스리던
담용은 아직 일어나지도 않은 부도를 떠올리기보다 당면한
일부터 처리하기로 마음먹었다.

하지만 마음같이 쉽지 않은 것은 이사급이나 되는 공장장
이 저렇듯 부정을 저지르는 데에는 회사의 부도와 연관되어
있을 것이라는 의심을 지울 수가 없었기 때문이다.

자신과 같은 쫄따구들이야 그런 징후조차도 알 턱이 없지
만 공장장은 어느 정도 눈치채고 몫을 챙기고 있다는 말이
된다.

시기로 보아도 그렇다.

회사의 부도까지는 불과 5개월밖에 남지 않은 상황이니
그 전조가 슬슬 드러나기 시작할 때가 아닌가?

이사급 정도라면 다방면에 걸쳐 회사가 돌아가는 사정을
보고 듣는 것만으로도 대충 짐작할 수 있을 것이다.

'그래서 저런 짓을…….'

그럴지도 몰랐다.

이미테이션을 전문으로 하는 수출 기업은 그 바닥이 그리 넓지 않아서 조그만 소문이라도 금세 나돈다.

어느 정도냐면 각 회사 인사이동은 물론 물품 거래처의 반입 물량과 수출 금액까지도 빠삭하게 알고 있는 것이다.

심지어는 담용이 입사한 후 처음으로 수출 물품을 검사받으러 간 잡화 검사소에서 타 회사 직원들이 갓 입사한 자신의 이름까지 알고 있을 정도였으니 그만큼 바닥이 좁다는 뜻이 아니고 뭔가?

바닥이 좁은 만큼 월급도 박한 곳이 이미테이션 회사이기도 했기에 공장장이 꼼수를 부리는 것일지도 몰랐다.

'빌어먹을. 빨리 무슨 조치를 취해야지…… 이거 까딱하다가는 졸지에 실업자 신세로 전락하겠구나.'

이 어려운 시기에 실업자라니!

동생들은 또 뭘로 건사한단 말인가?

담수야 곧 입대를 하니 돈 들어갈 일이 없다지만 나머지 셋은 그렇지가 않았다.

졸업을 앞둔 혜린이라지만 사회 초년생으로서 제대로 된 입성이라도 갖춰 줘야 할 것이고 혜인과 담민은 등록금을 내야 할 시기였다.

'후우.'

당장 닥쳐올 현실에 담용의 마음이 무거워지고 있었다.

물론 또 다른 자격증이 있어서 실업자 신세는 면하겠지만 그건 너무 오랜 기간 수입이 적었던 탓에 고생만 죽어라고 한 좋지 못한 기억으로 남아 있었다.

그래도 부도가 나기 전에 미리 사표를 내는 것이 더 현명한 처신일 것이다.

그렇게 생각하는 이유는 2월부터 월급이 생활비의 절반도 못 미치는 금액밖에 나오지 않는 데다 그 이후부터는 계속 밀리기 시작했기 때문이다.

'끙! 그 끔찍한 고생을 또 해야 하나?'

담용은 새삼 생각나는 고생의 연속이 피부에 와 닿는 기분에 저도 모르게 진저리를 치다가 문득 깨달았다.

'아! 지금은 처지가 다르잖아?'

바인더북을 지니고 있고 미래를 조금이나마 알고 있는 지금 아직 일어나지도 않은 일을 가지고 호들갑을 떤 격이 되어 버린 담용이 그제야 제 스스로 머쓱해했다.

'후우, 내가 왜 이렇게 소심해졌지?'

지난(?) 10여 년을 피해 의식 속에서만 살아서인지 매사에 움츠리고 보는 버릇이 좀처럼 사라지지 않음을 담용도 모르지 않았다.

이 시기의 자신과는 너무도 다른 삶을 10년 넘게 거쳐서인지 아예 몸에 밴 기분이다.

'썩을. 이러다간 또 제명대로 살지 못하겠군. 당장 정신부터 강화시키는 훈련을 해야겠어.'

정신을 강화시키는 훈련이야 특전사에서 신물이 나도록 받은 바가 있어 특별히 지도를 받을 필요도 없었다.

담용은 저도 모르게 위축되는 자신을 애써 떨쳐 버리고는 당당히 가슴을 펴고 공장장에게 갔다.

어차피 망할 회사이니 공장장 홀로 독식하게 할 수는 없었다.

부도 사실을 알고 있지만 미연에 방지할 이유도, 그럴 생각도 없는 것은 경영진 자체가 썩었기 때문이다.

또 하나는 이미테이션 업계가 사양길에 접어든 지 오래라는 점이 담용을 냉정하게 만들었다.

"공장장님!"

"……?"

"의논드릴 것이 있어서 그러니 잠시만 따로 뵙지요."

"의논? 무슨 얘기야?"

자신의 위치에서 아예 보이지도 않는 녀석이 대뜸 일대일 면담을 요구해 오자, 인상부터 잔뜩 찡그리는 공장장이다.

그도 그럴 것이, 본사에서 공장장인 자신에게 고철 매각을 일임하지 않고 새파란 신출내기를 책임자로 보냈으니 그 속인들 오죽이나 쓰릴까.

이는 의심을 받고 있다는 말과 다름없었으니 직원들 보기도 민망스러운 일이었다.

어쨌든 얼굴에 귀찮은 기색이 역력한 공장장은 당당하게

다가오는 담용의 기세에 조금은 위압감을 느낀 듯 치켰던 눈을 내리며 고개를 외로 꼬았다.

담용의 체구가 공장장보다 훨씬 컸기에 주눅이 들 만도 했다.

'젠장, 뭘 잘했다고…….'

담용은 조금 대담하게 나가기로 마음을 먹었다.

어차피 칼자루는 자신이 쥐고 있는 데다 또 김도원과 얘기가 잘될 경우 기회를 봐서 사표를 낼 작정이 아니었던가.

이같이 불편한 진실은 시간을 끌어서 좋을 것이 없었다.

"혼자 해 먹을 작정이었습니까?"

"뭐? 무, 무슨 말이야?"

담용의 단도직입적인 말에 공장장이 흠칫하더니 이내 더 험악한 표정을 지으며 대뜸 담용을 나무랐다.

"아니, 지금 누구에게 그따위 말버릇이야? 상사한테 그렇게 대들어도 되는 거야?"

"공장장님이 저보다 직급이 높은 상사라고 해도 고철 처분의 책임자는 접니다. 직급과는 상관이 없는 일이라는 말입니다."

"그럼 고철만 팔고 빨리 돌아가면 되지 뭘 따져, 따지길?"

"그렇게 시치미를 떼셔도 소용없습니다. 정 말하기 싫으시다면 제가 증거를 대 볼까요? 정말 그러길 바라십니까?"

"뭐? 증거라니! 이 자식이 지금 무슨 말을 하는 거야?"

안색이 급변한 공장장이 험악한 표정을 지으며 담용에게 삿대질을 하기 시작했다.

도둑이 제 발 저리는 격이었지만 담용은 침착하게 응수했다.

"그럼 추저울 밑에 달린 자석 추는 무엇이며 또 본사에서 보낸 사람을 핫바지로 만들어 놓고도 모자라서 야단을 치는 이유가 뭡니까?"

"뭐, 뭐라? 이, 이놈이!"

추저울이란 말이 나오자 화가 난 공장장이 반 발자국 나서며 한 대 칠 기세다.

그러나 눈 하나 깜빡하지 않은 담용이 오히려 한 발 다가서며 제 할 말을 다 했다.

"기분 별로니까 이놈 저놈 하지 말고 말씀 가려서 하십시오."

"아니, 이놈이!"

얼굴을 바짝 갖다 대고 눈까지 빛내며 노려보는 담용의 태도에 얼굴이 붉어질 대로 붉어진 공장장이 화를 참지 못했는지 기어코 팔을 휘둘렀다.

그러나 담용이 재빨리 '턱!' 손목을 낚아채고는 머리를 쓱 내밀었다.

이어 귓속말을 하듯 나지막하게 속삭였다.

"꼭 직원들이 보는 앞에서 증거를 대야겠습니까?"

"이, 이⋯⋯."

공장장은 시선이 힐끗 추저울 쪽을 향하더니 콧김만 내뿜을 뿐 더 이상 말을 잇지 못했다.

두 사람의 언쟁이 높아지자, 비철금속이 든 포대를 나르고 있던 공장 직원들이 하나둘씩 모여들어 수군대기 시작했다.

'시간을 끌면 곤란하겠군.'

공장장을 너무 코너로 몰아세워서는 될 일도 안 된다.

기억 저편이었다면 곧이곧대로 몰아세웠겠지만 지금은 어르고 달랠 여유가 있는 담용이었다.

"됐습니다. 아무리 제가 옳다고 해도 젊은 놈이 어른에게 대드는 것은 모양새가 아니지요. 원 사장님과의 거래는 포기하는 걸로 이 얘기를 끝내지요."

"뭐, 뭐라? 거래를 끝낸다고?"

담용이 돌아서는 것을 본 공장장이 심히 당황했는지 얼른 팔을 잡았다.

"이, 이봐. 저쪽에 가서 얘기하자고."

대뜸 담용의 팔을 잡아끈 공장장이 모퉁이 쪽으로 향하자 담용도 마지못해 끌려갔다.

공장 직원들이 들어서 결코 이로울 것이 없는 공장장 입장에서는 담용의 입을 빨리 틀어막을 필요가 있었던 것이다.

공장장은 애써 침착해지려고 하나 표정은 이미 심하게 일그러져 있고, 담용의 팔을 잡은 손아귀에도 흥분의 여파가 전해지고 있었다.

"뭐, 뭘 원하나?"

"뭘 원하냐니요? 전 그런 것 없습니다."

"이봐, 그러지 말고 말해 봐. 내 해 줄 수 있는 데까지는 생각해 줄 테니까."

이제 자신이 한 짓을 담용이 완전히 알고 있다고 여긴 공장장이 저자세로 나오기 시작했다.

말인즉 공범이 되자는 얘기였지만 담용도 여기서 더 고자세로 나갔다간 결말이 좋지 않을 것을 예감하고 물었다.

"정 그러시다면 묻겠습니다. 원 사장에게 얼마를 받기로 하셨습니까?"

"처, 천삼백만 원이네."

'도둑놈!'

천삼백만 원이 지나가는 개 이름도 아니고…… 많이도 해 처먹었다.

하지만 담용은 여기서 끝낼 생각이 추호도 없었다.

고철만 하더라도 11톤 트럭이 주저앉을 정도로 실어도 몇 번을 더 왕복해야 하는 데다 비철금속 역시 적게 잡아도 10톤은 족히 될 것이다.

그걸 고작 천삼백만 원어치의 뒷돈을 받고 넘긴다고?

지나가던 개도 어이가 없어 하품할 소리다.

담용은 속으로 잠시 계산을 해 보다가 결론을 냈다.

'삼천만 원이 적당하겠군.'

고철의 뒷돈까지 합치면 결코 근거가 없는 계산이 아니었다.

'이럴 때는 과감하게 나가야겠지?'

"잠시 기다리십시오. 원 사장에게 확인하고 오겠습니다."

턱!

담용이 지체 없이 돌아서자 또다시 팔을 붙잡는 공장장이다.

"미, 미안하네. 이천삼백이네. 이건 참말일세."

'젠장. 내가 꼭 이래야 되나?'

"좋습니다, 그 말은 믿겠습니다. 대신 원 사장에게 가셔서 삼천만 원을 내라고 하십시오. 그럼 제가 도금용 금과 공업용 다이아몬드까지 모른 척해 주겠습니다. 됐습니까?"

"……!"

담용의 말에 허를 찔렸는지 눈을 화등잔만 하게 뜬 공장장이 이내 체념하고는 고개를 연방 끄덕이며 말했다.

"아, 알겠네. 자, 잠시 기다리게."

담용의 말을 들은 공장장이 똥줄이 탄 듯 부리나케 원 사장이 있는 곳으로 달려갔다.

그도 그럴 것이, 담용이 도금용 금과 공업용 다이아몬드까지 발설하게 되면 공장장은 그동안 해 먹은 것들까지 모두 토해 내야 한다.

거기에 고철과 비철까지 합치면 배상해야 하는 금액의 기준이 얼마가 될지 상상도 되지 않는다.

회사는 공장장이 근무한 해부터 면밀히 계산해 청구하게 될 것임은 불을 보듯 빤했다.

게다가 공금 횡령으로 고소를 하면 형사 처분까지 받아야 하는 처지에 놓일 수도 있었다. 형사 건과 민사 건은 별개인 것이다.

또한 공범으로 원 사장까지 물고 들어가면 그동안의 일이 백일하에 드러나는 것은 당연했다.

하지만 담용은 그렇게까지 지독하게 할 생각은 없었다.

곧 부도날 회사에 충성할 이유가 없는 것은 어쩔 수 없는 불가항력에서가 아니라 사장과 전무가 짜고 계획적으로 벌인 행각이기에 더 괘씸해서다.

'원 사장이 수중에 그 많은 돈을 가지고 있기를 바랄 뿐이다.'

그것도 당장.

이런 일에는 내일이 없기 때문에 당장 지불할 능력이 없다면 그럴 능력이 있는 사람으로 바꿔서라도 금세 끝내야 한다.

'흠, 똑같이 백만 원씩 나눠 주면 좋겠지만 공장 직원이 전부 서른세 명이니…… 어쩐다?'

똑 떨어지지 않는 금액에 잠시 고민을 하던 담용은 차선을 선택했다.

'좋아. 간부들 세 명은 각자 백만 원씩 주기로 하고 나머지는…….'

담용은 계산할 것도 없이 구십만 원씩 돌아간다는 것을 알았다.

담용 자신은 애초부터 가담할 생각조차 하지 않아 계산에 넣지도 않았다.

다시 한 번 찾아온 삶이 자신감을 가지게도 했지만 이제부터라도 마음을 대범하게 먹고 살아가기로 결심했기 때문이다.

기억 저편에서의 삶은 돈 몇 푼에 울고 웃었지만 이제부터는 쩨쩨한 삶을 살지 않기로 마음먹었다.

물론 어떤 명분으로도 옳은 일이 아님을 모르지 않았고 또 당연히 이런 부조리를 회사에 정식으로 고변하는 것이 맞다는 것도 안다.

하지만 담용이 이렇듯 공범이 되어 가면서까지 공장 직원들을 챙기는 데는 나름의 이유가 있었다.

회사가 부도를 내기 며칠 전에 본사 직원들은 밀린 월급 중 일부를 받을 수 있었지만 공장 직원들은 단 한 푼도 받지 못했음을 알기 때문이다.

부도 당시 공장 직원들이 몇 달 동안 받지 못한 월급으로 인해 생활고와 더불어 엄청난 좌절을 겪었다는 것을 알고 있는 담용으로서는 그냥 지나칠 수가 없었다.

담용은 그들의 좌절을 조금이나마 상쇄시켜 주고 싶었다.

어차피 자신이 아니었으면 공장장의 주머니로 다 들어갔을 돈이 아닌가?

혹시라도 이 일로 잘못되는 일이 생겨도 후회 따위는 하고 싶지 않았다.

책임질 일이 있다면 질 각오도 되어 있기에 저지르는 일이었다.

잠시 후, 원 사장과 합의를 본 공장장이 담용에게로 다가왔다.

"삼천만 원을 받아 왔네."

"가지고 계시다가 일이 끝나면 간부들은 백만 원씩 주시고 나머지 직원들에게는 구십만 원씩 나눠 주십시오."

"엉? 자, 자넨?"

"전 필요 없습니다."

"아니! 그, 그래도……."

"대신 한 가지만 명심하십시오."

"……?"

"이 일은 모두가 공범이니 함구하도록 다짐을 받아 두셔야 합니다."

"그야……."

"횡령은 형사 처분 감이니 뜨뜻미지근해서는 절대 안 됩니다. 확실하게 못을 박아야 한단 말입니다."

"아, 알겠네. 내 그리하지."

"그럼 일을 마저 끝내지요."

"그, 그러세."

어쩔 줄 몰라 하는 공장장을 뒤로하고 추저울 쪽으로 성큼 성큼 걸어가던 담용은 미스터 김이 보이자 악수를 청했다.

"김 형, 잘 지냈어요?"

"예? 저를…… 아세요?"

엉거주춤 손을 내미는 미스터 김이 어색하게 웃었다.

'훗! 알 리가 있나? 이제 처음 보는걸.'

담용이 고철 비리를 미리 알지 않았다면 향후에 본사로 전화를 걸어 와 부조리가 있었던 사실을 말해 줄 미스터 김이었던지라 담용은 그를 살갑게 대했다.

"내려오면서 대충 인사 기록을 봐 뒀지요. 지금부터 김 형이 제 일을 도와주시면 고맙겠습니다."

"예. 말씀만 하십시오."

"그럼 시작합시다."

"예."

BINDER BOOK

양손에 쥔 떡

사당역 인근의 따로국밥집.

따로국밥집은 주로 해장국을 전문으로 하는 음식점이다.

그곳에 담용과 도원이 반주를 곁들여 식사를 하고 있었다.

두 사람이 이 집을 단골처럼 자주 이용하는 이유는 사당역이 환승역이었기에 각기 자신들의 집으로 쉽게 갈 수 있는 편리함에서였다.

탁자에는 벌써 빈 소주병이 보이는 것으로 보아 술추렴이 제법 된 듯했다.

"자, 한 잔 더 받아."

"그래. 까짓것 마시자고. 차가 없는 놈들은 이런 맛도 있어야지."

'훗. 도원이 넌 곧 사게 될 테니까 걱정 마라.'

IMF라는 어려운 사정이지만 드물게도 이번에 투자하는 곳이 대박을 터뜨리기 때문이다.

그러나 몇 개월 가지 않아서 풀이 죽은 모습을 하고 있는 것도 기억났다.

도원이 말을 하지 않아 담용이 그 내용까지는 알지 못했지만 단순히 회사의 부도로 인한 충격은 아닌 듯했다.

'혹시……?'

지금에야 짐작이 가는 것은 있었지만 섣불리 말할 수는 없었다.

'기회를 봐서 슬쩍 떠봐야겠군.'

쪼르르륵.

담용이 도원의 잔에 술을 따르자 도원이 물었다.

"오늘 에미어트 호텔에 안 갔다며?"

"갔었어."

"엉? 안 갔다고 하던데?"

"누가?"

"하 과장이 그러던걸."

"젠장. 말을 좀 잘 전해 주지."

"무슨 얘기야?"

"갔었는데 발 디딜 틈이 없어서 그냥 나와 버렸어."

"풋! 하 과장 말이 맞네, 뭐."

"달라."

"뭐가 다른데?"

"매튜 놈의 손에 쪽지를 쥐여 주고 왔거든."

"쪽지?"

"응."

"뭐라고 썼는데?"

"맞혀 봐."

"제길. 그걸 내가 어떻게 알아? 근데 정말 그렇게 많았어? 그 녀석이 얼마짜리를 가지고 흔들었는데 그래? 오더 아이템은 뭐고?"

"야, 누가 안 쫓아와. 하나씩 물어봐라."

"아! 미안. 얼마나 왔어?"

"대략 이백 명?"

"뭐? 이, 이백 명?"

"그래. 더 됐으면 더 됐지 모자라지는 않을 거다. 호텔 로비가 미어터질 정도여서 괜히 쪽팔리더라."

"휘휴—! 경기가 어렵긴 어렵구나."

"IMF의 후유증을 톡톡히 겪고 있다는 걸 단적으로 표현해 주는 증거지, 뭐."

"그렇긴 하네. 근데 누구누구 왔어?"

"내가 보기엔 제대로 된 업체는 없는 것 같았어."

"그럴 거야. 아무리 어렵더라도 메이커 있는 회사가 뜨내기 바이어를 상대하면 이미지에 타격을 입을 수 있거든."

도원의 말대로다.

나름대로 메이커라 자부하는 회사가 뜨내기 바이어까지 상대한다는 소문이 나면 당장 하청 업체에서부터 사달이 일어날 것이다.

심하면 거래하는 회사가 어렵다고 지레짐작해 눈치를 볼 것도 없이 미리 어음을 돌릴 수도 있기 때문이다.

이는 지금이 민감한 IMF이기에 더 그런 경향이 짙었다.

"근데 우린 보냈잖아?"

"홋! 그들 중에 널 아는 사람이 몇이나 있겠어? 회사도 그걸 노린 거지. 다른 메이커 회사도 너처럼 대타를 보냈을 수도 있고 말이야."

"하하하. 네가 나보다 낫다. 넘겨줄까?"

"지랄. 지금 나 영어 못한다고 놀리는 거지?"

"그럴 리가?"

"빌어먹을 자식."

도원이 담용을 한번 째려보고는 물었다.

"얼마짜리래?"

"잘 모르겠어. 들리는 말로는 백오십만 달러라더군."

"헐! 뜨내기 녀석이 어디서 그런 거금을 모았대?"

"둘이었어."

"그러면 그렇지. 투자자는 따로 있고 매튜 그놈이 생색을 내고 있을 테지. 아이템은?"

"프린터 해 놓은 걸 가지고 오긴 했는데 얼핏 봐도 다양한 것 같더라."

"이 어려운 시국에 제품이 다양하면 어때? 설사 만 가지 아이템이라도 덤벼들 거다."

"하긴……."

"백오십만 달러라……. 그 정도면 매튜 그 자식이 큰소리 칠 만한 금액이긴 하네. 진정성이 문제겠지만……."

쭈우욱.

탁!

도원이 단숨에 잔을 비우고는 다시 물었다.

"쪽지엔 뭘 적었어?"

"후후. 그냥 장난으로 끼적댄 것뿐이야."

"그러니까 끼적거린 내용이 뭐냐니까?"

"하하. 호주 국기를 제대로 꽂고 싶으면 날 찾으라고 했다. 왜?"

"엥? 호, 호주 국기를 꽂아?"

눈을 동그랗게 뜨던 도원이 곧 뜻을 알았는지 박장대소를 했다.

"푸하하하. 오입쟁이 놈에게 제대로 한 방 날렸네. 하하 하……."

"매튜에게야 통할 테지만 문제는 그 옆의 늙은이야. 제법

노련해 보였거든."

"쯧쯧쯧, 늙었어도 초록은 동색이란 말 몰라? 원래 그런 놈들은 끼리끼리 노는 법이야."

"나도 그걸 노리긴 했지만 매튜가 안내만 맡았을지 어떻게 알아?"

"하긴 줏대가 없는 놈이긴 해. 근데 요즘도 콜걸이 있나?"

"왜 없겠어. 룸살롱에 가면 많지."

"거긴 비싼데. 회사에서 그만한 비용을 줄 리도 없고."

"그렇지?"

"적어도 이삼백만 원은 가져야 될 테니…… 어림도 없을 거야."

"나도 그냥 장난삼아 찔러본 것뿐이니까 신경 안 써."

"뭐? 그냥 찔러본 거라고?"

"그래. 그놈이 관심을 가지면 좋고 아니면 말고 식이야."

"하! 인마, 만약에 전화라도 오면 초장부터 거짓말이었다고 할 거야?"

"글쎄다. 그럴 경우를 대비해 대처할 방법을 강구 중이긴 한데…… 잘 안 떠올라. 가능성이 희박하기도 하고."

"이건 내 생각인데 오입쟁이 녀석에게서 전화가 올 것 같은 예감이 들어."

'하하. 오긴 오지.'

담용도 기억 저편에서 그랬었다는 것을 알고 있었다.

"어째서?"

"매튜 그놈이 한국에 자주 왔다지만 실정을 알면 얼마나 알겠어. 더구나 콜걸은 옛날 말이라고. 오입쟁이 놈이 술집 아가씨와 2차 가는 것은 식상할 테니까 말이다. 그렇다고 낯선 한국에서 제대로 된 여자를 구하겠냐고. 당연히 네가 준 쪽지에 혹해서 전화를 할 수밖에 없다는 거지."

"그건 좀 억지다. 다른 업체는 '나 죽었소.' 하고 가만히 있겠어?"

"바이어에게 너무 달라붙어도 의심할 수 있어. 그러니 연구하면서 기다려 봐."

"참나. 네 말대로라면 전화가 와도 걱정일세."

"얼레? 정말 준비를 전혀 안 해 놓은 모양이네."

"응."

'사실이 그런걸. 거기에 대해서 내 뭘 아는 게 있어야지.'

"그럼 빨리 찾아야지."

"찾긴 왜 찾아?"

"어? 그럼 어떡할 거야? 거래를 시작하려면 술집에 가서라도 접대할 아가씨를 찾아 놔야지."

"풋! 미쳤어?"

"미쳤다니? 성공한다면 환율을 천백 원만 쳐도 오천만 원이 걸린 일이라고."

"일억이라도 그럴 생각은 없어. 내 생리에 맞지 않으니까."

"쩝. 에이, 나도 모르겠다. 네가 알아서 해라. 그건 그렇고, 투자할 마음은 있어서 날 보자고 한 거야?"

"응. 이럴 때 입사 동기를 믿지 누굴 믿겠어?"

"오랜만에 제대로 된 말을 듣는군그래."

"만 원인 건 확실하고?"

"형이 한 말이니까 확실해."

"알아보니 D건설의 주가가 만 칠천 원 정도더군."

"나도 알아. 하지만 자금 압박으로 유상증자를 하는 게 아닌 것만은 확실해."

"그럼?"

"목적은 순수 부채 상환이라고 했어."

'흠. 비아이에스 비율 때문인가?'

BIS란 국제 결제 은행의 기준에 따른 금융사의 자기 자본 비율을 뜻하는 용어다.

즉, 금융기관 같은 경우 BIS 비율이 높을수록 안전한 금융이라고 생각하면 된다.

달리 말하면 기업 역시 마찬가지로 BIS 비율이 높을수록 안전한 기업이라 할 수 있다.

비업무용 부동산을 매각하려고 혈안이 되어 있는 것도 모두 그런 맥락으로 현찰을 확보해 BIS 비율을 높여 안정된 기업이라 인식시켜 주기 위해서였다.

이처럼 IMF하의 대한민국 기업들은 BIS 비율에 적정하도록 부채를 청산하려는 노력이 만연한 상황이었다.

BIS 비율이 중요한 점은 금융이나 기업의 건전성에 관한 잣대가 되기 때문이다.

'아, 그렇구나.'

BIS를 연상하니 문득 떠오르는 것이 있었다.

그런데 머리로 묘한 기운이 몰리는 느낌과 동시에 수많은 기억들이 물밀 듯이 밀려와 파노라마처럼 연상되고 있는 것이 아닌가?

'으응? 뭐, 뭐지?'

뇌리에 연상된 내용들은 다름 아닌 금융권이 대거 합병되는 엄청난 폭풍 사태였다.

얼핏 생각나는 것만 해도 동화, 대동, 동남, 경기, 충청, 상업, 한일, 평화, 강원, 충북, 보람, 장기신용 은행 등이 각각 흡수 합병됐거나 앞으로 그렇게 될 것이란 사실들이었다.

더불어 이 모두가 노태우 정부, 즉 6공 시절인 1989년 2월 정부의 '지역 금융권 형성을 위한 금융기관의 신설 방안'에 의해 우후죽순처럼 개설된 은행들이었지만 IMF로 인해 흡수 합병되는 된서리를 맞은 것까지 기억에 또렷했다.

다시 말해서 제2금융권이 무더기로 제1금융권으로 발돋움한 사태인 것이다.

'아이고, 머리야.'

실상은 기억하고 있는 것이 그리 많지 않은 담용임에도 불구하고 그동안 어디에 처박혀 있다가 떠오르는지 뇌리는 한 순간에 수많은 기억들로 가득 차 버렸다.

그것도 연도와 날짜까지 정확하게 말이다.

심한 두통까지는 아니었지만 현기증이 날 정도로 많은 지식들이 뇌리를 꽉 채우고 있는 기분이다.

'이상하군. 내가 이렇게 머리가 좋았나?'

하물며 지난 세월 스치듯 본 것들까지 뇌리에 뚜렷이 남아 있는 것 같았다.

누구보다 일찍 출근하는 터라 그날 있을 업무를 챙긴 다음 남는 시간을 이용해 조간신문들을 주욱 훑어 본 일은 있지만 이토록 정확하게 기억하고 있을 리가 없음을 담용이 더 잘 알았다.

그런데 은행들을 떠올리자마자 기이하게도 수많은 기억들이 또렷하게 각인되어 있다가 기다렸다는 듯이 펼쳐지는 것이 아닌가?

그것도 흘리듯 읽은 것들까지 기억의 소자에 저장해 놓은 것처럼 모조리 말이다.

'쩝, 어찌 된 영문인지는 모르지만 나와는 상관없는 일들이다. 당장 내 코가 석 자인 판국에 웬 엉뚱한 기억들인지원…… 에이, 당면한 문제나 신경 쓰자.'

아무튼 금융권이나 기업이 BIS 비율을 맞추는 방식이 한두 가지가 아니라는 정도는 알고 있는 담용이다.

D건설이 유상증자로 자본을 증식하여 부채 상환을 하는 방식 역시 그 일환이라 할 수 있었다.

"그러니까 네 말은 신주 발행을 하는 목적이 순수 부채 상환을 위해서라는 말이지?"

"그렇다니까. 그보다 얼마나 준비됐어?"

"너도 알다시피 내가 돈이 어디 있어? 신용 대출인걸."

"그게 얼만데?"

"삼천만 원."

"그래. 직장인이라면 그 정도는 나오지."

"넌?"

"오천."

'그때와 똑같은 금액이군.'

그리고 3개월 후에 거의 세 배나 뛰는 통에 세금을 제하고도 일억 오천만 원이란 거금을 수중에 쥐게 되는 도원이다.

이유는 2개월 후 D건설이 중동에서 대형 공사를 수주함으로써 주가가 폭등하기 시작한 데서 기인했다.

IMF하에 그 정도 금액이면 일확천금을 번 것이나 마찬가지였다.

결과론이긴 하지만 이렇듯 D건설이 유상증자를 하는 이유가 발주처에서 부채를 줄이는 조건을 달아서라는 것을, 수주를 성공리에 끝내고 난 후 발표장에서 한 기자의 질문에서 비로소 알게 된 사실이었다.

"너도 한 잔 더 받아."

도원이 담용의 술잔에 술을 따르며 말을 이었다.

"언제 할래?"

"이왕 하기로 한 것이니 시간 끌 것 없잖아?"

"내일 어때?"

"좋지. 그렇지 않아도 은행에서 내일 입금해 놓겠다고 했으니까."

"좋아. 그건 그렇게 하도록 하고……. 그나저나 큰마음 먹었네."

"제길. 알아주니 고맙다."

도원의 물음에 담용은 입맛이 썼는지 잔을 단숨에 비우며 말을 이었다.

"썩을. 대출이자가 연 17.6%더라."

"우라질. 그래서 내가 안 빌리고 여윳돈으로 투자하는 거야."

"뭐, 확실하기만 하면 그까짓 17%가 대수겠냐?"

"하긴 그렇지. 염려 마라. 형이 동생에게 망하라고 거짓말을 하겠냐?"

"그렇겠지?"

"암. 염려 말라고."

도원이 술병을 잡더니 담용의 잔에 따르면서 말했다.

"자, 받아. 이 잔은 어려운 시기에 친구를 믿어 주는 네가 예뻐서 따라 주는 거다."

"후훗! 짜식, 알아주니 고맙다."

'흠. 이쯤 해서 떠볼까?'

담용이 새삼스럽게 도원의 얼굴을 뚫어져라 쳐다보았다.

"엉? 내 얼굴에 뭐가 묻었어?"

"……."

묻는 말에 대답은 하지 않고 여전히 시선을 거두지 않는 담용에게 도원이 버럭 소리를 질렀다.

"인마! 왜 그래?"

"어? 아, 아니다."

"원, 싱거운 놈 같으니……."

도원이 뭐라고 하든 말든 담용은 자신의 생각에 빠져 있었다.

'그래, 아직 돈이 수중에 들어온 건 아니지만 녀석에게 신세를 졌으니……. 평화은행이었지 아마?'

무슨 생각을 했는지 단번에 잔을 들이켠 담용이 선지 한 점을 입에 넣고는 조심스럽게 물었다.

"너…… 거래하는 은행이 어디지?"

"응? 그건 왜 물어?"

"왜? 말해 주기 싫어?"

"그까짓 걸 가지고 싫고 좋고가 어디 있냐? 뜬금없이 물으니까 그렇지."

"말해 주긴 싫으면 안 해도 돼."

"싱거운 놈. 평화은행이다, 왜?"

"평화은행?"

알면서도 확인하듯 되묻는 담용이다.

"그래? 혹시 거기 아는 친구라도 있어서 들은 거라도 있느냐고."

"글쎄……."

담용이 술잔을 들다 말고 잠시 기억을 더듬어 보았다.

'평화은행이라…….'

골몰하자마자 역시나 머리로 미미한 기운이 몰린다 싶더니 담용의 의도와는 달리 간략하나마 평화은행에 대한 내용이 펼쳐졌다.

'윽. 뭐가 이렇게 많이 떠올라?'

갑자기 어질해지는 느낌에 눈을 질끈 감은 담용은 오로지 평화은행만 되뇌었다.

'평화은행, 평화은행…….'

그러자 조금씩 일목요연해지면서 정리가 되는 느낌이 들었다.

평화은행

1991년, 노동 금융으로 출발한 근로자 전문 은행이다.

1992년 6월 평화은행(주)로 상호를 변경.

바인더북

은행 업계 최초로 예금 및 대출 거래에 대한 서명제 도입.

1993년 3월 코스닥시장에 주식을 상장.

1994년 2월 비자카드 업무를 취급, 같은 해 7월 인터넷 뱅킹 서비스 시작.

2000년 6월 제2차 금융 구조 조정에서 독자 생존 불가 판정.

'어이구, 머리야.'

담용은 떠오르는 것이 더 있었지만 두통이 점점 심해지는 것만 같아 생각을 접어 버렸다.

이 정도의 내용만으로도 도원에게 해 줄 말이 충분했기 때문이기도 했다.

"젠장. 뭐 땜에 그리 뜸을 들이는 건데?"

골똘히 생각에 빠져 있는 담용에게 도원이 이맛살을 찌푸리며 퉁명스럽게 말했다.

"아, 미안."

"뭐, 미안할 것까지는 없고. 내게 해 줄 말이 있으면 빨리 해 보라고."

'쩝. 거짓말이라도 해야지.'

목소리를 한껏 낮춘 담용이 주변을 돌아보더니 얼굴을 바짝 들이댔다.

"응. 사실 그쪽에 친구 놈이 근무하고 있어서 들은 말인데……."

"엉? 너…… 들은 말이 있구나!"

담용의 은근한 말투에 솔깃해진 도원의 눈이 빛을 발했다.

그렇지 않아도 작년에 대규모의 금융 구조 조정 바람이 몰아친 데다 지금도 한창 진행 중인 때라 은근히 긴장하고 있던 도원은 저도 모르게 목소리가 커졌다.

"인마, 목소리 좀 낮춰."

"어? 그, 그래."

큰 소리를 낼 입장이 아님을 안 도원이 재빨리 속삭였다.

"야, 혹시 금융 구조 조정 대상?"

"어? 너도 알고 있었어?"

"뭐? 저, 정말이었어?"

"뭐야, 모르고 한 말이었어?"

"젠장. 내가 알 턱이 없잖아. 그냥 넘겨짚은 거지."

"네 말이 맞아. 비밀이라면서 나보고 저축해 놓은 돈이 있으면 빨리 돈을 빼라고 하더라."

"이런…… 씨파. 그거 확실한 거야?"

"인마, 행장 비서실에 있는 놈이야."

"그으래?"

담용의 본의 아닌 거짓말에 도원이 혹하는 표정을 자아냈다.

"그래, 자식아."

"윽. 정말이라면 큰일 날 뻔했다. 어, 언제래?"

"시기는 그 친구도 모른다고 했어. 단지 몇 개월 안 남았다고만 하던걸."

말은 두루뭉술하게 했지만 담용의 뇌리에는 2000년 6월이라고 정확하게 기억되어 있었다.

"제길. 이자가 꽤 센 곳이라서 넣어 두었는데……."

"대동은행이나 한국장기신용은행 등이 구조 조정되면서 당장 찾을 수 있는 금액이 이천만 원이 한도였던 거 알지?"

"알아."

대동은행은 1989년에 발족해 꼭 10년 만인 1998년 IMF 관리 체제 이후 금융기관 구조 조정의 일환으로 국민은행에 P&A, 즉 자산 부채 이전 방식으로 흡수되었다.

자금 동결 과정에서 예치된 금액이 얼마든 우선적으로 예금주 손에 쥐인 금액이 이천만 원이 한도였다.

당연히 이천만 원 이상의 예금자에 한해서이며 나머지 금액은 합병 은행이 정해지고 구조 조정이 끝나야 비로소 정산하여 찾을 수 있었다.

이 과정에서 시일이 걸리는 것도 문제지만 무엇보다 억울한 것은 돈을 예금해 놓고도 이자 없이 원금만 찾을 수 있었다는 점이다.

뭐, 나머지 세세한 내용이야 담용 자신과는 먼 나라 일이라 신경을 쓰지 않아서 더는 아는 것이 없었다.

"더 늦었다간 예금주들이 한꺼번에 들이닥치게 되면 빼도

박도 못할 거야."

대동은행이란 선례가 있었기에 도원의 얼굴에 불안의 기색이 어리기 시작했다.

"아직 시간이 있으니까 불안해할 건 없어."

"이봐, 내 전 재산이 걸린 일이라고."

"그렇다고 일과가 끝난 지금 당장 어쩔 수 있는 건 아니잖아?"

"씨파. 내일 당장 은행을 바꿔야겠어."

"그렇게 해."

'짜식. 넌 그런 돈이라도 있어서 좋겠다.'

담용은 돈에 여유가 있는 도원이 부럽기만 했다.

자신은 한 달 먹을거리로 소용될 약간의 돈과 동생들 밑으로 들어갈 돈, 딱 그만큼의 여유밖에 없었던 것이다.

그것도 자신은 제외된 여윳돈이었다. 그만큼 팍팍한 살림살이라는 의미다.

"근데 어디로 바꾸지? 당최 불안해서 말이야."

"글쎄다. 금융기관 구조 조정이 한창 진행 중이라 나도 감이 안 잡히긴 마찬가지야."

"젠장할. 은행도 망하는 판국이니 이 나라도 다됐군."

"도원아, 이건 내 생각인데……."

"응? 좋은 곳이 있어?"

"특별한 건 아니고…… 정부가 100% 지분을 가진 국책은

행이라면 안심할 수 있지 않겠나 싶어서 말이야. 네 생각은
어때?"

"어, 그거 괜찮은데?"

"대신 이자는 평화은행만큼 안 될 거야."

"지금 그깟 이자가 문제냐? 몽땅 털릴 판인데."

"하하. 그렇지?"

"당연하지. 근데 국책은행이면 어디지?"

"내가 알고 있기로는 한국은행, 수출입은행, 산업은행 정
도야."

"하하. 그렇다면 답은 간단하네. 산업은행으로 이체시키
면 되겠다."

금세 산업은행으로 결정한 도원의 안색이 활짝 펴졌다.

"짜식, 금세 표정이 바뀌네."

"쩝. 그, 그런가?"

자신도 민망했던지 머리를 긁적이던 도원이 볼멘소리를
내뱉었다.

"인마, 나도 그럴 만한 이유가 있어서 그래."

'알아. 인마. 상속세와 증여세 때문에 부모에게서 미리 조
금씩 조끔씩 받은 돈이라는 걸.'

세월이 어느 정도 지나서야 도원이 저축해 놓은 돈이 부모
에게서 자신의 몫으로 받은 것이라고 들었던 담용인지라 굳
이 캐묻지 않고 화제를 돌렸다.

"그나저나 내일 매튜에게 연락이 오면 어쩌지?"

이전의 기억에 실제로 연락이 오는 사태가 발생해서 묻는 말이었고, 그렇게 되면 주식을 사러 가는 일과 겹쳐진다.

물론 당시는 오더를 긁지 못하고 헛고생만 했고, 도원과 이렇게 만나 술잔을 나누는 일도 일어나지 않았다.

"시간을 저녁으로 잡아. 어차피 식사 대접을 핑계로 댈 거잖아? 제 놈 나라의 국기 꽂을 시간도 그때쯤이니 딱 좋네."

"하하하. 여자를 구하게 된다면 그렇지."

"미팅 장소는 정해 놨어?"

"그럴 리가. 전화가 안 올지도 모르는데 미리부터 무슨……."

"온다면?"

"그냥 한정식집으로 가면 안 될까?"

"분위기 봐서 해. 쓸데없이 돈 낭비했다고 시말서 쓸라."

"알았어."

"혹시 모르니까 권 전무랑 확실히 해 놔야 될 거야."

"인센티브는 3%잖아?"

"맞아. 하지만 매튜 건은 과외니까 5% 불러."

"엉? 5, 5%?"

"짜식. 놀라긴."

"인마! 5%면 구천만 원가량인데 놀라지 않게 생겼어?"

"백오십만 달러라면 그렇게 되겠지."

"액수는 뚜껑을 열어 봐야 알아. 허풍일 수도 있으니까."

바인더북

"에이, 근거도 없이 그런 액수가 나왔겠어?"

"야야, 괜히 마음 설레게 왜 그래? 술이나 마셔, 인마."

"하하하. 잘되면 한턱 쏴라."

"말이라고?"

"홋! 약속했다. 그럼 성공을 기원하는 의미에서 건배 한번
하자."

"좋지."

"담용이의 대박을 위하여—!"

"도원이의 대박을 위하여—!"

쨍—!

익일 오후 3시경.

마침내 담용이 은근히 기다리고 있던 매튜에게서 전화가
걸려 왔는지 무역부의 미스 김이 약간 격앙된 목소리로 응대
하는 음성이 들려왔다.

"Yes, Mr Yuk?(네, 미스터 육?) Just moment, sir. May I ask
who is calling?(잠시만요. 누구시라고 전해 드릴까요?)"

전화 너머의 상대에게 양해를 구하던 미스 김이 곧 담용을
찾았다.

"육담용 씨, 6번 전화예요. 아까 부탁했던 매튜 슬레이프

씨인 것 같아요."

"네, 고맙습니다."

6번 버튼을 누른 담용이 전화기를 들자마자 입을 열었다.

"Yes, Mr Yuk speaking.(예, 미스터 육입니다.)"

—Hey! Mr Yuk! I'm Matthew Slape.(안녕하세요? 매튜 슬레이프입니다.)

"Oh! Mr Slape. Have you been doing okay?(아! 슬레이프 씨, 편안히 지냈어요?)"

—I've been good.(잘 지냈습니다.)

"Oh, good. May I ask what this is in regard to?(좋군요. 용건을 물어봐도 돼요?)"

—I'm calling to invite you to dinner with us tonight. Are you OK?(오늘 밤 함께 저녁 식사나 하자고 전화하는 겁니다. 괜찮겠어요?)

"Sure. When would you like to do it?(얼마든지요. 몇 시가 좋겠어요?)"

—Around 8 p.m.(저녁 8시쯤). I don't know any places around here, You pick a place.(아는 곳이 없으니 장소는 당신이 정해요.)

"All right. I'll pick you up at 8 o'clock on my car.(알겠습니다. 내 차로 8시까지 데리러 갈게요.)"

—Ok. I'll see you then.(좋아요. 그럼 그때 봅시다.)

매튜의 말을 끝으로 전화가 끊어졌다.

바인더북

달그락.

담용이 전화를 끊자마자 바로 옆에서 굵직한 음성이 들려왔다.

"어디야?"

"어? 저, 전무님."

언제 왔는지 우람한 덩치의 권 전무가 바로 옆에서 담용을 내려다보고 있었다.

"그 뜨내기와 애프터가 됐어?"

"예."

"얼마라고 해?"

"아직 확실하지 않습니다."

"백오십만 달러라는 말이 떠돌더군."

"저도 그렇게 들었습니다만 확인된 바는 없습니다."

"알아. 근데 말이야."

"……?"

"그 뜨내기 하고 같이 온 친구가 제법 돈이 있다는 소문이야."

"그렇습니까?"

'진즉 좀 알려 주지.'

이 바닥에서 수십 년을 굴러먹은 권 전무는 곳곳이 정보통이라 어떤 정보든 빠삭하게 알고 있는 능구렁이였다.

"물론 소문만 돌고 있는 금액이라서 직접 확인해 봐야 확실히 알 수 있겠지. 어제도 웨스턴 교역에서 접대만 받고 미적거리고 있다더군."

"……!"

"아무튼 석세스만 된다면 적은 금액은 아니지. 퍼센트 마진(Percent Margin : 마진율)은 얼마로 잡았어?"

"아직……."

"20%로 잡았다가 상황을 봐 가면서 15%를 마지노선으로 해."

"알겠습니다."

"석세스만 된다면 성공 보수를 5%로 해 주지."

"알겠습니다. 근데……."

"아! 경비는 경리부에 얘기해 놨으니 타 가지고 가."

"감사합니다."

"내일은 오전 안에만 출근하면 괜찮으니 최선을 다해 봐."

"열심히 해 보겠습니다."

"그래, 수고해."

"예."

지극히 사무적인 어투로 내뱉는 권 전무였지만 담용이 알아듣든 말든 핵심만을 콕콕 짚어서 말해 주고는 등을 돌렸다.

자신의 자리로 향하는 권 전무의 큰 덩치가 오늘따라 왠지 부담스러워지는 담용이다.

그도 그럴 것이, 조언 한마디 한마디에 쓸데없이 수작 부리지 말라는 경고의 의미가 담겨 있었기 때문이다.

수작이란 다름이 아니다.

바이어와 서로 짜고 단가를 조정해 중간에서 횡령하는 일들이 왕왕 생기는 데서 연유했다.

이럴 때는 횡령한 물건을 오퍼상에게 맡겨 서로 나눠 먹는 식이 된다.

고로 무역상을 두루 꿰고 있으면서 필요할 때 공생하는 관계를 만들어 놓아야만 가능한 일이었다.

권 전무라면 산전수전은 물론 공중전까지 다 겪은 베테랑이라 그런 수작들을 훤히 꿰고도 남는 사람이었다.

단골로 거래해 오는 고정 바이어라면 그런 일이 희박하겠지만 특히 매튜 같은 떠돌이 행상이라면 더더욱 그럴 확률이 많았다.

어쩌면 초짜인 담용에게 일을 맡기는 것도 그런 맥락일지도 몰랐다.

'이거…… 여태 모르는 척하더니 전화 한 통 온 걸 보고 관심을 보이네.'

그렇다면 담당인 담용 자신보다 더 많이 알고 있다는 얘기가 된다.

맥을 짚어 주는 품새도 그렇고…….

'쩝! 어쨌든 경비를 준다고 하니 최선을 다해 보는 거지, 뭐.'

이건 기억의 저편에서도 없었던 일이지만 담용은 상관하지 않았다.

그런 걸 일일이 상관하고 연계시켜 생각하다가는 머리가 터져 나갈 것이다.

자리에서 일어선 담용이 경리 부서로 향했다.

경리 부서라지만 담용의 자리에서 파티션 몇 개만 지나치면 되었다.

'얼마나 나왔으려나?'

다다익선이라고 금액이 많으면 좋겠지만 담용은 언감생심 큰 기대는 하지 않았다.

"아!"

담용이 오는 것을 본 미스 정이 서랍에서 하얀 봉투를 꺼내더니 두 손으로 내밀었다.

미리 준비를 해 놨는지 얼핏 보기에도 두툼한 것이 금액이 꽤 되었다.

"여기 있어요."

"감사합니다."

"호호. 잘해 보세요."

사정을 아는지 보조개가 드러나게 생글생글 웃는 얼굴이 귀여운 인상인 미스 김이었다.

"너무 기대하지 마요. 부담스러우니까."

"호호호. 최선을 다하시리라 믿어요."

"그야……. 차 키 좀……."

"참! SM5가 남아 있어요. 괜찮겠죠?"

'그 정도면 황송하지.'

98년식 SM5라 볼트 하나까지 일본 닛산 부품이어서 성능이 괜찮아 담용이 가장 선호하는 차종이었다.

"충분합니다."

살짝 감사의 목례를 해 준 담용이 자리에 돌아오니 도원이 칸막이 너머로 머리를 내밀더니 의미심장하게 웃으며 말했다.

"으흐흐흐. 어제 권 전무님이 화장실로 가는 것을 보고 얼른 따라가서 네가 매튜에게 쪽지를 건네줬다고 귀띔을 해 줬지."

"그래? 입도 싸다."

"어허. 그렇게 말하면 안 되지. 활동비를 많이 타 내려는 공작을 했다고 해야 맞는 거야."

"그게 그렇게 해석되나?"

"응."

"그럼 내용도 말했어?"

"물론이지. 제대로 콕 짚었다고 생각하는 눈치였다고."

"난 그냥 찔러본 것뿐인데……."

"아무리 그놈이 오입쟁이라도 대놓고 대시하지는 못해. 쪽지를 건넨 건 기발했어."

"쳇! 별게 다 기발하네. 그래서 내 자리까지 와서 은근히 조언해 준 건가?"

"히히히. 그것도 미리 경비까지 마련해 놓고 말이다. 근데 그거 얼마야?"

"나도 몰라. 이제 봐야지."

"꽤 두툼한데?"

봉투를 열어 보던 담용은 만 원짜리가 한 묶음인 것을 알았다.

"백만 원인 것 같은데?"

"으와! 웬일이래?"

"많은 거야?"

"초짜에게 맡기기에는 적은 돈이 아니지. 그것도 안 될지도 모르는 거래에 던지듯 내놓는 금액이라면 더 그렇지."

"젠장. 부담되는 금액이군그래."

"이왕에 받았으니 마음껏 쓰라고."

"영수증은?"

"참 내. 콜걸이 영수증 가지고 다니는 것 봤어?"

"그렇군."

"그러니까 백만 원은 완전히 네 것이란 거지. 대신 업무 보고 일지에 기록하는 거 잊지 말아야 해."

"그건 나도 알고 있어."

"자료는?"

"어제저녁에 모두 세팅해 놨지."

"콘셉트는 몇 가지고?"

"세 가지."

"헐! 세 가지나? 전무님이 말한 퍼센트로?"

"아니. 그건 참고로 하고 내 마음대로 할 거야."

"하하. 이 자식 이거…… 은근히 기대하고 있었구먼."

'당연하지, 인마. 그땐 실패했지만 이번에도 그러면 곤란하지.'

그래도 변수는 있었다.

바로 하룻밤을 책임져 줄 여자를 구하지 못하면 만사 도루묵이 될지도 모르는 일이라는 것.

"근데 도원아, 그거……. 너 혼자 가야겠다."

"왜? 지금 같이 가면 되잖아?"

"아니야. 아무래도 가서 이걸……."

담용이 새끼손가락을 세우고는 말을 이었다.

"찾아봐야겠어. 그리고 한정식집도 수배해 놔야 되고…….
이래저래 시간이 없을 것 같아서 그래."

"그러고 보니 그렇긴 하네. 알았어. 내가 맡지."

스르륵.

담용이 서랍을 열더니 노란 봉투를 건넸다.

"확인해 봐."

"삼천?"

"응."

"얄팍한 걸 보니 한 장짜린가 본데?"

"맞아."

"좋아. 확인!"

"부탁해."

"전화할게."

"그래. 난 준비되는 대로 나가 봐야겠다."

"벌써 오후 4시다. 준비하려면 빠듯하겠는걸."

"서둘러 봐야지."

"나도 가 봐야 해. 형이 되도록 빨리 오라고 했거든."

"그럼 어서 가지 않고 뭘 꾸물거려?"

"알았어, 수고해. 파이팅!"

"고마워."

담용에게 주먹을 꽉 쥐어 준 도원이 서류 가방에 주섬주섬 봉투를 챙겨 넣고는 휑하니 나갔다.

'헐! 양손에 떡을 쥔 기분이라 묘하네.'

오늘 하루 동안 도원의 유상증자 건과 매튜의 오더 건이 겹쳐져 있어 기분은 꼭 그랬다.

'짜식 고맙다.'

내심으로 도원에게 고마움을 전한 담용은 먼저 컴퓨터에서 지도를 찾아 자신이 움직일 동선부터 체크했다.

'한정식집은 에미어트 호텔 인근에 있는 곳을 찾아 놨으니

가서 분위기를 살펴본 후에 예약하면 될 테고…… 들러야 할 호텔 동선만 체크하면 되겠군.'

마우스로 지도를 드래그하던 담용은 인터콘티넨탈 호텔에서 멈췄다.

'흠. 먼저 건너편에 있는 인터콘티넨탈 호텔부터 들르고 그다음은 코스모스 호텔, 다음이…… 리베라 호텔 그리고 신논현역의 리츠칼튼, 그 맞은편에 다이너스티 호텔로 갔다가…….'

인터넷 지도로 자신이 움직일 동선을 긋던 담용은 한참 만에야 반포에 소재한 팰리스 호텔을 마지막으로 목적지인 에미어트 호텔에서 멈췄다.

'헐! 의식하지 않아도 행동 패턴이 익숙한 것이 그 당시와 똑같구나.'

다만 기억의 저편에서처럼 큰 호텔만 찾은 것이 아니라 중급 호텔까지 몇 개 더 추가시켰다.

담용은 가능한 한 기억 저편의 일들을 의식하지 않으려 해도 말이나 행동이 당시의 습관 그대로 답습하고 있음에 조금 놀랐다.

'그래, 내가 나지 그 성격이 어디 가겠어?'

고철 문제라든가 유상증자 같은 것은 그때그때 생각나는 것이 있으면 행하는 일종의 일탈로 치부해도 좋을 미미한 일일 뿐이었다.

'됐어. 이래도 못 찾으면 할 수 없는……. 얼레?'

목적지인 에미어트 호텔을 쳐다보던 담용이 뭔가 번쩍 떠오른 것이 있었는지 시선을 맞은편에 있는 성모병원 장례식장에서 멈췄다.

'아! 맞다. 그때 그 광경…….'

짐작하면서도 그냥 지나쳤던 일에 두고두고 마음 한구석에 걸렸던 장면 하나.

바로 여성 하나가 덩치 둘에게 잡혀 괴롭힘을 당하고 있는 장면이었다.

물론 자세한 사정이야 알 수 없었지만 그 일을 그냥 지나치고 나서 두고두고 후회했던 자신이 생각난 담용은 그 즉시 서랍을 열었다.

손에 쥔 것은 까만 곤봉이었다.

40cm 정도의 길이에 앞부분이 뭉툭한 몽둥이는 담용이 군대 시절에 사용하던 충정봉이었다.

충정봉은 특공 무술 시범단 단원으로 있을 때 사용하던 곤봉으로, 재질이 대추나무라 더없이 단단했다.

'내게 이 충정봉만 있으면 무서울 게 없다. 이젠 늘 지니고 다녀야겠어.'

담용은 충정봉을 가방 안에 넣지 않고 상의 안주머니에다 꽂아 넣고는 나갈 채비를 서둘렀다.

"다녀오겠습니다—!"

여느 때와는 다르게 큰 소리로 자신의 외출을 알린 담용이
씩씩하게 사무실을 나섰다.

담용에게 조언을 해 주고 사장실로 곧장 들어간 권 전무가
빙긋 웃으며 김용원 사장에게 말했다.

"육담용이 제법인데?"

"어? 애프터가 왔어?"

벽의 진열장에 놓인 액세서리 샘플을 살펴보던 김 사장이
의외라는 표정을 자아내며 되물었다.

"응. 제법이야."

"운이 좋았나 보군."

사장과 전무라는 직함이지만 두 사람이 서로 말을 편하게
하는 이유는 대학 동창인 데 기인했다.

물론 두 사람만 있을 때의 얘기다.

"김도원이 얘기로는 사람들이 너무 많아 미팅할 엄두가
나지 않아서 대신 쪽지를 전해 주고 왔다는데 그 내용이 걸
작이야. 허허허."

"뭔데?"

"하하하. 호주 국기를 꽂을 마음이 있으면 자신에게 연락
해 달라는 내용이었다더군."

"허허. 오입쟁이 녀석을 제대로 엮었군그래."

"육담용이 센스가 있는 거지."

"확률이 있을 것 같으면 지원을 보내지 그러나? 이백 명이 넘게 왔다고 해 봐야 제대로 된 업체가 있었겠어?"

"아냐, 아냐. 업무도 다 익힌 것 같고 또 전화로 대화하는 걸 보니까 영어도 아주 능숙해. 저 정도면 뜨내기 상대로는 충분한 것 같아. 무엇보다 지원할 인원이 없기도 하고 말이야."

"그렇다면 경비는 떼일 요량을 해야겠군. 얼마 줬나?"

"백만 원."

"그 정도면 적당하군."

"콜걸을 어떤 아이로 쓰느냐에 따라 다르겠지."

"육담용이 콜걸도 급이 있다는 걸 알고 있을까? 아니, 그 전에 수배할 수나 있을까 몰라."

"수단이 좋은 녀석이니 방법을 만들겠지."

"하하. 그 녀석도 매튜 같은 부류라면 쉬운 일이겠지만 그런 성정은 아닌 것 같아 보이던데?"

"아직 군인 정신으로 똘똘 뭉쳐진 놈이라 그럴 가능성은 없어. 아무튼 맡겨 보자고."

"하긴…… 그렇다고 떠돌이를 상대로 무역부 직원을 보냈다가 안 되면 망신만 톡톡히 당하겠지."

"이 바닥이 원래 그러니까 금방 소문이 날 거야. 원상체인이 그렇게 어렵냐고 말이야."

"하하. 모르긴 해도 이제야 고삐이 걸렸을 뿐인데 저쪽에서는 이미 죽어서 장례까지 치렀다고 소문날걸."

"액세서리같이 작은 물건들을 취급하느라 모두가 좀생이가 된 탓이지 누굴 탓하겠어."

"하하하. 틀린 말은 아니로군."

"자네나 나나 대학 때 품었던 원대한 기상을 이렇게 작은 액세서리를 다루느라 다 잊어버린 셈이지."

"나이가 들면 내가 원하지 않아도 저절로 졸아들게 돼. 그리고 무역부 직원을 보내지 않은 건 잘한 일이야."

"무리하면 지원이야 왜 못 보내겠어. 자칫하다간 우리 계획에 차질이 올지도 몰라서야."

"그렇지. 그럼 그냥 두고 보도록 하자고. 그건 그렇고, 준비는 돼 가나?"

"집사람이 선뜻 나서려고 하질 않네. 외국 가서 자기가 할 일이 있겠냐면서 말이야."

"무조건 설득시켜. 앞으로 5개월 남았어."

"알았어. 나도 외국까지 가서 홀아비로 살 생각은 없으니까."

"그래, 차근차근 준비하자고. 특히 경리부장에게 노출되지 않게 조심해."

"염려 마. 경리부는 내가 알아서 할 테니 맡겨 둬."

"디데이까지 본사 직원들에게만큼은 돈을 아끼지 마."

"그렇다고 안 하던 짓을 하면 더 의심하게 돼. 그냥 이대로 가자고. 혹시 모르지. 육담용이 계약을 해 온다면 회식비라도 생길지 말이야."

"하하하. 만약 계약이 된다면 나도 주나?"

"성사만 되면야 뭘 못 해 주겠어? 하지만 경비를 줬다고 해서 기대를 한다는 건 바보짓이야."

용무를 끝냈는지 권 전무가 자리에서 일어섰다.

"나가 보겠네."

"그래."

오후 7시경.

겨울이라 해가 짧아서인지 금세 어두워진 거리를 가로등이 대신 밝혀 주고 있었다.

콜걸을 찾아다니느라 강남에 소재한 호텔이란 호텔은 다 뒤지다가 마지막으로 반포동의 팰리스 호텔까지 들렀던 담용은 결국 허탕을 치고 에미어트 호텔로 가기 위해 반포대로를 타고 있는 중이었다.

"휴우, 거래하는 곳이 있으면서 연락처를 내놓지 않는 건 분명한데…… 초면이라서 그런가?"

상대가 초면이라면 믿을 수가 없다는 얘기와 같다.

이유야 뻔하다.

불법이기에 함부로 공개할 수 없다는 의미다.

"젠장. 연락이 올 줄 알았다면 어제 룸살롱에서라도 미리 수배를 해 놓는 건데. 지금 가 봐야 문도 열지 않았을 테고……."

모두가 경험이 부재한 데서 빚어진 자신의 불찰이었지만 설사 알고 있었어도 왠지 꺼려지는 일이라 썩 마음이 내키지 않았을 것임을 모르지 않은 담용이다.

'내가 굳이 그런 걸 일일이 따지면서 일할 필요가 있을까?'

콜걸이나 접대부들도 그 일로 생업을 이어 가는 사람들이라 누이 좋고 매부 좋은 일로 치부하면 그만이다.

더군다나 시장이 한국만 있는 것이 아니잖은가?

중국이라는 어마어마한 시장이 있고 수출 업계의 오랜 앙숙인 대만에다 베트남과 인도네시아 같은 신진들이 치고 올라오는 판국이 아니던가?

'헐! 개같이 벌어서 정승같이 쓰라는 말이 이런 경우를 말하는 거였나?'

"에라, 모르겠다. 눈치를 봐서 룸살롱이라도 데려가서 2차 티켓을 끊어야지 별수 있나."

말은 그렇게 했지만 백만 원 가지고는 어림도 없다는 것쯤은 룸살롱 근처도 가 보지 못한 담용도 알고 있는 일이었다.

"여차하면 도원이에게 연락해야겠군. 어라, 근데 왜 아직 연락이 없……. 응?"

드르르르······.

중얼거리던 도중 담용의 휴대폰에서 진동이 울렸다.

"여보세요."

―구했어?

'참 내, 이 친구도 양반이 못 되는군.'

담용이 피식 웃고는 입을 열었다.

"아니."

―내 그럴 줄 알았다.

"프론트 데스크 팀장들이 알려 주질 않아."

―불법이라서 그럴 거야. 함정수사일지도 모른다는 생각
도 했겠지.

"그런 것 같았어. 넌 어찌 됐어?"

―조금 전에 끝내고 형이랑 한잔 하려고 나왔어.

"그래? 고맙다고 전해 줘."

―알았어. 내일 봐.

"아! 잠깐!"

―왜?

"술 너무 먹지 말고 내 전화 기다리고 있어."

―이유가 뭐야?

"백만 원으로 모자랄지도 몰라."

―아항! 무슨 말인지 알겠다. 네 카드 없어?

"한도가 얼마 안 돼."

―그래? 그럼 그렇게 하지, 뭐.

"너 믿고 들어간다."

―이왕이면 나도 불러 줘라.

"어차피 돈이 모자라면 올 수밖에 없잖아?"

―그건 그러네. 알았어. 수고해.

―그래.

전화를 끊은 담용이 성모병원 사거리에서 병원의 담장을 끼고 차를 오른쪽으로 꺾었다.

중앙 차선의 지하도로 인해 도로가 급격히 좁아지면서 곧 우측으로 성모병원의 정문이 나오고 장례식장의 간판이 눈에 들어왔다.

고개를 왼쪽으로 돌리자 길 건너편으로 휘황한 네온사인을 밝힌 에미어트 호텔이 한눈에 들어왔다.

"조금 이르겠는걸."

약속 시간까지는 아직 여유가 있는 편이라 서두르지 않아도 되었다.

퇴근 시간이라 역방향의 도로는 밀리고 있었지만 담용이 가는 방향은 그리 혼잡하지 않았다.

이제 조금만 더 가서 삼호가든 사거리에서 유턴을 해야 하는 상황이었다.

"아차차! 또 그냥 지나칠 뻔했네."

우회전을 한 후 인도에 접한 2차선으로 차를 몰던 담용이 습관적으로 막 1차선으로 진입하려다가 사무실에서 떠올렸던 일을 기억해 내고는 그대로 직진했다.

"그때 분명히 젊은 여자가 곤란한 지경에 빠져 있었어."

기억 저편의 당시에는 1차선으로 차로를 변경해 버린 탓에 그냥 지나쳤던 일이다.

'예상대로군.'

역시나 2차선에서 본 광경은 담용의 예상처럼 장례식장을 조금 벗어난 지점에서 두 덩치 사이에 갇힌 여성이 어쩔 줄 몰라 하며 비명을 질러 대고 있는 장면이었다.

"어라? 저거 뭐하는 짓이야?"

담용의 눈에 갑자기 분노의 빛이 어렸다.

두툼한 점퍼에 깍두기 머리를 한 덩치 두 명이 어깨 가방을 멘 여성을 에워싸고는 몹쓸 짓을 하고 있었던 것이다.

한 명은 머리채를 잡고 마구 흔들어 대고 있고, 다른 한 명은 팔짱을 낀 채 간혹 오가는 행인들에게 험악한 인상으로 위협을 하고 있었다.

보나 마나 양아치 아니면 조폭이 여성을 납치하려는 것이라 여긴 담용은 인정사정 두지 않을 결심을 했다.

담용은 주변을 두리번거리며 혹시라도 있을지 모를 CCTV를 찾았다.

하지만 아무리 찾아도 CCTV가 있을 만한 곳이 없다. 게다가 유독 그쪽만 어두침침했다.

'CCTV가 없는 곳을 잘도 골랐군.'

하기야 떳떳치 못한 일을 하는 와중이니 가장 먼저 신경을 써야 할 것이 CCTV일 것이다.

더구나 그 흔하던 교통순경도 보이지 않는 걸 보면 교통순경의 동선을 잘 아는 동네 양아치 아니면 깡패들인 것 같았다.

조직을 가진 폭력배들은 저렇게 지저분하게 놀지 않음을 아는 담용이었다.

'CCTV가 없는 게 차라리 낫다. 저런 자식들은 어디가 부러져도 경찰에 신고 같은 걸 하지 않아서 좋지.'

정확한 이유야 모르겠지만 그 스스로가 떳떳치 못한 입장이기 때문이리라.

'얼른 치고 빠지자.'

혹시라도 덩치들이 자신의 얼굴을 보게 되면 재미없는 일이 일어날지도 몰랐다.

기습은 특전대의 전공이 아니던가?

"그나저나 경찰은 뭐하나?"

끼익!

급브레이크를 밟은 담용이 잽싸게 차에서 내리더니 상의 안주머니에서 충정봉부터 꺼냈다.

인도의 폭이라야 고작 3미터.

다짜고짜 뛰어가 팔짱을 끼고 있는 덩치부터 덮쳐 갔다.

"어엇!"

차량의 급브레이크 소리에 고개를 돌리던 덩치가 막무가
내로 달려드는 담용의 공격에 당황했는지 얼떨결에 팔을 들
어 막으며 욕설부터 내뱉었다.

"이런! 씨파!"

그러나 욕설은 방어에 하등 도움도 되지 못했다.

빠각—!

"크악!"

충정봉을 팔로 막아 내던 덩치가 의외의 강력한 충격에 새
된 비명을 지르고는 한쪽 팔을 감싸며 그 자리에 주저앉아
버렸다.

하지만 담용의 발이 주저앉는 덩치의 턱을 사정없이 가격
해 버렸다.

뻐억!

"커억!"

벌러덩 나자빠지는 덩치를 확인한 즉시 담용이 여자의 머리
채를 움켜쥐고 있는 또 한 명의 덩치를 향해 신형을 붕 띄
웠다.

"어엇! 뭐, 뭐야!"

"뭐긴, 짜샤! 몽둥이지."

"이 새끼……."

여성의 머리채를 잡고 있던 덩치가 재빨리 몸을 피하려고

했지만 이미 늦었다.

떵—!

"끄으……."

비명도 제대로 지르지 못하고 억눌린 신음을 내뱉은 덩치가 머리통의 충격에 눈동자가 약간 돌아갔다.

이어 잠시 멀뚱히 서 있는다 싶더니 모로 쓰러졌다.

철퍼덕!

"쯧! 이놈은 충격이 꽤 크겠군."

급소를 피해 가격한 것이라 죽을 이유가 없어 걱정은 되지 않았다.

"이런 자식들은 손모가지하고 정강이를 부러뜨려 놔야 다른 사람들에게 함부로 해코지를 못 하지."

모질게 마음먹은 담용은 그때부터 두 덩치에게 번갈아 가며 몽둥이세례를 퍼붓기 시작했다.

퍽! 퍽! 퍽!

빠각! 빡! 빠각!

"아아아아—! 사람 살려—!"

"으악! 자, 잘못……."

"듣기 싫어, 씹퉁들아! 네놈들은 한 번이라도 남의 사정을 보아주었더냐?"

담용은 군대에서 사용하던 험악한 말까지 내뱉으며 몽둥이찜질을 멈추지 않았다.

퍽! 퍼억! 퍽!

빡! 빠각! 빡!

그렇게 몽둥이찜질이 한동안 계속됐다. 담용은 두 덩치가 기절했는지 더 이상 신음 소리가 나오지 않자, 그제야 몽둥이 찜질을 멈추고는 급히 차가 있는 곳으로 갔다.

차도에는 이미 도로가 정체될 정도로 가던 길을 멈춘 차들로 가득했다.

담용이 창문을 열고 구경하는 사람들에게 크게 소리쳤다.

"여러분! 깡패들이 길을 가던 아가씨를 납치하는 걸 막느라 그랬으니 목격자를 찾더라도 모른 체해 주십시오. 안 그러면 제가 곤란해집니다."

"아, 알았소. 거참, 속 시원하오."

"척 봐도 양아치들인 것 같았소. 정말 잘했소이다."

"허어. 아가씨가 운이 좋았네. 정말 잘하셨소."

"어머머! 와아! 총각 정말 멋져요. 최고예요!"

아주머니 한 분이 환호를 지르며 엄지손가락을 치켜세우는 것도 모자라 창문 너머로 머리를 내밀고 외쳐 댔다.

"모두들 박수 한번 쳐요!"

"어, 그렇지."

"쳐야지. 암."

짝짝짝짝……!

저마다 한마디씩 하면서 담용에게 용기 있는 행동이라고

박수까지 쳐 주자, 담용도 허리를 굽혀 답례를 했다.

"하하하. 모두들 감사합니다. 이제 교통순경이 오기 전에 그만 가 보시지요."

그때 중년의 신사 한 분이 말을 걸어왔다.

"혹시라도 곤란한 일이 생기면 이리로 연락하게. 내가 증인이 되어 주겠네."

"아! 감사합니다."

건네주는 명함을 받은 담용이 꾸벅 인사를 했다.

"허허허. 불의를 보고 나선 용감한 사나이라. 허허허, 잘했네. 젊은이 덕분에 우리 사회에 아직 정의가 살아 있음을 실감했네."

"감사합니다."

"어서 아가씨 데리고 피하게. 내가 차를 뺄 때까지 뒤차를 막아 줄 터이니."

"아! 그럼 부탁합니다. 아가씨! 어서 타세요. 놈들이 올지도 모르니까."

후다닥.

겁에 잔뜩 질려 있던 아가씨가 깡패들이 온다는 말에 안색이 확 변하더니 재빨리 담용의 차에 올라탔다.

BINDER
BOOK

담용의 선행은 국제 마담뚜의 단초였다

에미어트 호텔 인근의 수라 한정식집.

실내는 잔잔한 민요 가락이 흐르는 곳으로, 아늑했다.

그중에서도 매화실이라 칭한 방에는 상다리가 휘어질 정도로 많은 음식들이 한 상 가득 차려져 있었다.

이른바 12첩 반상이라는 상차림이다.

거기다가 옆에는 12첩 반상의 상징인 조그만 곁상까지 차려져 있다.

그야말로 없는 게 없는 음식이라 할 수 있는 호화판 상차림이었다.

음식에 손을 댄 흔적이 역력한 것으로 보아 식사를 즐긴 지도 꽤 된 것 같은 분위기다.

면면들의 빛도 불콰해진 것이 술도 몇 잔 걸친 듯 분위기는 더없이 화기애애했다.

사각 반상을 둘러싸고 있는 사람은 모두 네 명.

그 면면은 담용을 포함한 남성 세 명에 묘령의 아가씨 하나가 끼어 있었다.

조금은 경박해 보이는 인상인 매튜와 나란히 앉아 있는 중년의 외국인 이름은 미첼 슬레이프로, 전형적인 노랑머리에다 코밑에 팔자수염을 한 중후한 인상이다.

그러나 나이를 쉽게 짐작하기 어려운 생김새다.

단지 어딘지 모르게 약간 촌스러운 분위기를 풍긴다는 느낌을 지울 수가 없었다.

한눈에도 상당한 미색에다 늘씬한 체형까지 갖춘 여인은 다름 아닌 깡패들에게 곤경에 처해 있던 여성으로, 이름이 민혜영이라고 했다.

민혜영이 함께하게 된 일의 전말은 이렇다.

―구해 주셔서 정말 감사해예.

―쯧! 어쩌다가 그런 봉변을…….

―…….

―저기, 어디서 내려 주면 될까요?

―…….

―제가 조금 바빠서요. 에미어트 호텔에서 약속이 있거든요.

―죄송해예. 지금은…… 갈 곳이 당장 생각이 안 나서예.

―예? 집으로 가시면…….

―…….

―으음. 사정이 있으시군요. 이거 어쩐다?

―…….

―그럼 이렇게 하지요. 혹시 저를 잠시 따라오실 수 있어요?

―……?

―아! 그렇게 의심의 눈초리로 볼 건 없어요. 제가 업무를 볼 때까지만 기다려 달란 겁니다. 업무를 끝내 놓고 해결책을 찾아보자는 것이니까.

―네.

―근데 시간이 걸릴지도 모르는데 괜찮겠어요?

―어차피…… 갈 곳도 없어예. 지는 괜찮아예.

―사정을 대충이라도 말씀해 주시면 해결책을 찾는 데 도움이 될 텐데…….

―특별한 것도…… 없어예.

그렇게 대답한 그녀는 자신의 이름이 민혜영이라고 하면서 이야기보따리를 풀어 놨다.

부산에서 신발 공장을 하던 그녀의 아버지가 부도를 맞아 집안이 풍비박산이 났다.

그래서 P대학 3학년에 재학 중인 상태에서 휴학을 하고 돈을 벌 심산으로 정신없이 인터넷을 뒤졌다.

당장 목돈이 필요했던 그녀의 눈에 한 구인광고가 확 띄었다.

    (주)PS 남여 사원 모집

    -내근직

    -나이 20~30세

    -인원 00명

    -월 300만 원 보장

    -숙식 제공, 토 일 휴무, 공휴일 휴무 보장

    -초보자도 가능

    -전화 : 02)○○○○-○○○○

    -찾아오시는 곳 : 서울 중구 필동 ○○○번지 ○호. M빌딩
                        1004호

    본사는 대기업체와 론칭 계약을 맺은 대형 유통업체로 전국
망을 형성하고 있으며……

구인광고의 내용을 듣자마자 전형적인 사기 광고라는 것이 확 티가 나서 담용은 기도 안 찼다.

담용은 '거참, 요즘도 그런 광고에 넘어가는 사람이 있구나' 라는 생각까지 했다.

뭐, 딴은 이해가 가지 않는 것도 아니다.

세상 경험이 별로 없는 그녀는 그길로 전화를 건 후 단칸

셋방을 탈출해 무작정 상경했다.

'왜 더 알아보지 않았느냐'고 묻는 말에 담용은 그녀의 처지가 조금은 이해가 갔다.

모자라는 것 없이 풍족하게 자라다가 어느 날 졸지에 집안이 망하다 보니 육체는 물론 정신까지 공황 상태가 되었다.

그래서 부모님께는 아예 말도 꺼내지 못한 것은 물론 지인들이나 친구들에게까지 창피해서 의논도 해 보지 않고 오로지 하루라도 빨리 집을 벗어날 생각뿐이었다.

결과는 쪽지만 달랑 남겨 놓고 탈출하듯 상경했다.

담용이 '친척들은?' 하고 묻자, 그녀는 자신들에게까지 불똥이 튈까 봐 아예 피해 버렸다고 했다.

그녀의 곤란한 처지가 이해되는 대목들이었다.

더구나 숙식까지 제공해 주는 곳이라 상경하는 차비만 달랑 가지고 왔으니 당연히 갈 곳이 없을 수밖에.

아무리 세상 경험이 없다고 하더라도 참으로 무모한 짓거리가 아닐 수 없다.

번듯한 빌딩으로 들어가 면접을 마친 그녀는 십여 명의 여자들과 난데없이 승합차에 실려 웬 덩치들의 감시하에 낮도 코도 모르는 곳으로 끌려갔다.

먹을 것이라곤 달랑 김밥 한 줄 주면서 말이다.

지금도 그곳이 어딘지 모르는 그녀는 거기서 몸을 버렸다.

이후 2주 동안 매춘 행각을 위한 교육을 받았으며 오늘이 첫 실습(?)을 나온 날이란다.

그녀는 깡패들의 감시 아래 손님의 객실로 들어갔지만 하필이면 자신을 맞은 사람이 사디스트(Sadist : 학대선 음란증)라 학대를 견디지 못하고 그놈이 잠든 사이에 빠져나왔다.

그러다가 감시하고 있던 깡패들에게 덜컥 붙잡히고 말았다.

민혜영의 사정은 대충 이러했고 지금은 숨죽인 듯 입도 뻥긋 않고 조용히 음식만 오물거리고 있다.

'홋! 이런 자리까지 올 줄은 몰랐군.'

기억의 저편에서는 매튜가 저녁 식사나 하자고 불러서 오긴 했다.

하지만 대뜸 여자를 거론해서 식사 자리로 이동도 하기 전에 만남은 깨졌다.

당시는 문 앞에서 바로 쫓겨났던 터라 미첼의 얼굴은 보지도 못했다.

근데 이번에는 대동한 민혜영을 본 매튜가 안색이 확 달라지면서 자신이 먼저 서둘러 이곳 한정식집으로 오게 된 것이다.

눈치를 보니 민혜영을 어떻게 해 볼 속셈이 역력했지만 어쨌든 담용이 원한 건 아니었어도 본의 아니게 여기까지 진행된 건 그녀의 덕이 아니라고 할 수도 없었다.

바인더북

이 이후의 전개가 어떻게 될지 몰라 조금 불안하긴 했지만 내친김에 끝까지 가 보기로 했다.

마음을 다잡은 담용이 법주가 담긴 술 주전자를 들었다.

"자, 미첼 씨. 한 잔 더 받으세요."

"허허허. 이거 술이 과하면 안 되는데……."

겸양을 하면서도 담용이 주는 술을 마다하지 않고 넙죽넙죽 받아 마시는 미첼이다.

대화는 당연히 영어다.

"하하하. 코리아에는 이런 말이 있습니다. 사내가 기개를 펼치려면 두주불사도 마다하지 않아야 한다고 말입니다. 하지만 미첼 씨는 연세가 있으시니 많이 권하지 않겠습니다."

"허허. 생각해 줘서 고맙소."

사람 좋은 웃음을 지으며 응대를 해 주고 있지만 시선은 연방 민혜영을 흘깃거리는 미첼이다.

'참 내, 이 영감은 오입쟁이로 보이진 않는데…….'

늙건 젊건 불알 달린 사내라면 아름다운 여자를 바라보는 것이야 누가 뭐랄까마는 그 정도가 지나치면 보는 이로 하여금 혐오감을 주기 마련이다.

하지만 미첼을 그런 부류들과 접목시키기에는 그 눈빛과 기색이 조금 달랐다.

담용이 의혹을 품는 이면에는 미첼의 눈빛에서 욕정과는 다른 감정을 발견했기 때문이다.

뭐랄까?

민혜영을 바라보는 눈빛이 은근하면서도 애틋한 감정이 섞여 있는 그런 느낌이다.

그렇다고 사랑하는 딸을 바라보는 눈빛은 결코 아니었다.

마치 어린 연인을 앞에 놓고 좋아서 어쩔 줄 모른 나머지 자격지심에 선뜻 적당한 말을 찾지 못하고 안절부절못하는, 딱 그런 표정이었다.

옆에 앉은 매튜 역시 애써 모른 척하며 딴청을 피우고 있는 점도 다분히 의식적이라는 것을 보여 주고 있었다.

민혜영도 미첼의 계속되는 눈빛을 의식했는지 목덜미까지 붉어진 채 머리가 조금씩 숙여지고 있었다.

'쯧! 저러다가 접시에 코 박을라.'

어쨌든 화기애애한 가운데서 약간은 이질적인 기운이 뒤섞였지만 분위기는 그런대로 괜찮은 편이었다.

이때를 놓치기 싫었는지 매튜가 호들갑을 떨며 입을 열었다.

"자, 자. 이제 술도 한잔씩 했으니 슬슬 업무 얘기로 들어가 볼까요? 작은아버지, 괜찮죠?"

"어? 자, 작은아버지라고요?"

미첼의 느닷없는 호칭에 담용이 의외다 싶었는지 두 사람을 번갈아 쳐다보았다.

"아! 사실은 미첼 씨가 제 작은아버님이 되신다오."

"그, 그래요?"

"죄송하오. 미스터 육을 속일 생각은 아니었소."

"죄송할 것이야 있겠습니까만 좀 뜻밖이라서……."

"하하하. 어차피 거래와는 상관이 없으니 이제 업무 얘기를 하도록 합시다."

"아! 매튜, 잠깐 기다려라."

"예? 하실 말씀이라도……?"

"그래. 그러니 잠시 나서지 말고 기다려라."

"알겠습니다. 말씀이 끝날 때까지 전 술이나 마시고 있겠습니다."

쪼로로록.

쭈우욱!

미첼의 의도를 짐작했는지 대뜸 자신의 잔에다 술을 따른 매튜가 그때부터 자작을 하기 시작했다.

민혜영에게서 잠시 눈을 뗀 미첼이 은근한 목소리로 담용을 불렀다.

"흠, 미스터 육."

"예."

"잠시 나하고 얘기를 할 수 있겠소?"

"아! 따로 장소가 필요하십니까?"

"그렇소이다."

"그럼 잠시만 기다려 주십시오."

담용이 자리에서 일어나 밖으로 나갔다가 잠시 후에 들어오더니 미첼에게 말했다.

"조용한 장소가 있답니다."

"알았소. 매튜, 결례하지 마라."

"원, 작은아버지도. 제가 어린앤가요. 염려 말고 다녀오세요."

미첼의 염려 어린 말에 매튜가 고개를 외로 꼬며 술을 단번에 비워 버렸다.

"혜영 씨, 잠시 실례할게요."

"……네."

"가시지요."

조그만 원탁에 수정과 두 잔을 놓고 마주 앉은 담용과 미첼은 서로를 가만히 응시했다.

담용은 미첼이 말을 꺼내기를 기다렸고, 미첼은 헛기침만 연방 해 댈 뿐 선뜻 말을 꺼내기를 주저하는 모양새다.

하지만 망설임에도 한계가 있었는지 모종의 결심을 한 미첼이 입을 열었다.

"이거 늙은이가 주책이 없다고 하실지 모르겠소이다."

"글쎄요. 무슨 말씀이신지 내용도 듣지 않은 상태에서 미리 판단하기에는 이른 것 같군요."

미첼의 뜬금없는 말이었지만 담용은 침착하게 응대했다.

"하긴 그렇구려. 내 미스터 육을 믿고 기탄없이 말해도 되겠소?"

"경청하겠습니다."

입술이 마르는지 수정과를 한 모금 마신 미첼이 말을 꺼냈다.

"내가 코리아를 방문하게 된 것은 기실 액세서리 수입 건보다 다른 문제 때문이라오."

"아! 수입상이 아니었습니까?"

"매튜는 수입상이 맞지만 난 호주 서부에 위치한 펨버튼에서 목장을 경영하고 있는 목장주이외다."

"목장주라고요?"

"그렇소."

"정말 액세서리와는 매치가 되지 않는 직업이군요. 하면 어떤 일로 코리아를 방문하시게 됐는지요?"

담용은 미첼의 더없이 진지한 모습에서 이야기가 조금 길어질 것 같은 예감이 들었다.

"사실…… 난 10년 전에 상처를 한 몸이라오."

"예에……."

"코리아를 방문한 목적도 바로 거기에서 출발했소."

"아! 새로운 부인을 얻으시려고 말입니까?"

"그렇소. 코리아에 자주 드나든 매튜 말로는 코리아의 여인들이 아주 현명하면서도 남편을 잘 섬긴다고 하였소. 정말 그렇소?"

"대체적으로 그런 편이긴 합니다만 사람마다 특성이 있어서 한마디로 콕 꼬집어서 말씀드리기가 어렵습니다. 제가 듣기로는 일본 여인들도 남편을 잘 섬긴다고 합니다만……."

"물론 나도 그런 얘기를 듣고 코리아를 방문하기 전에 일본을 잠시 들렀었소."

"그랬군요."

"하지만 내가 얘기를 들은 것이 있어 꺼림칙한 마음이 들어서 그냥 코리아로 오고 말았소이다."

"꺼림칙하다니요? 어떤……?"

"근친상간이오."

"아아, 근친상간! 예, 저도 들은 바가 있습니다. 지금은 아니지만 예전에 그랬다고요."

'헐! 애를 낳을 것도 아니면서…… 그게 또 언제 적 얘긴데?'

뜬금없는 근친상간이란 말에 담용은 속으로 실소를 금치 못했지만 미첼은 시종 진지했다.

"그게 지금까지도 영향을 받고 있다고 해서 그냥 달아나듯 와 버렸소이다. 그래서 방법을 찾기를 매튜를 액세서리 수입상으로 내세워 아내감을 찾도록 한 것이라오. 물론 이 방법이 별로 지혜롭지 않다는 걸 아오만 코리아는 연고라고는 전혀 없는 곳이라 달리 방법을 찾지 못해 이렇게 시작하게 된 거라오.”

“흠, 사정은 알겠습니다만 그건 열심히 일하는 분들을 기만하는 행위가 아닌지요?”

“아! 오해는 하지 마시오. 조카인 매튜의 사업을 도와주는 것 또한 방문한 목적 중 하나니까요.”

“정말입니까?”

“물론이오. 액세서리 수입은 확실하게 할 것이오. 단, 이왕이면 내 문제와 결부시켜서 해 보자는 의도였지 딴 뜻은 없소이다.”

“그, 그래요?”

“그렇소. 이 늙은이가 비록 보잘것없는 목장을 하고는 있지만 평생 식언이라고는 해 보지 않았소이다.”

“하면 얼마나 수입해 갈 생각이십니까?”

“매튜에게는 일단 백오십만 달러에 오퍼를 넣으라고 했소.”

‘아주 근거 없는 소문은 아니었구나.’

담용은 미첼이 자신의 아내감을 구한다는 소리가 업무와는 전혀 다른 엉뚱한 일이긴 했지만 아무리 연계시켰다고 해도 액세서리 수입 건에 대해서만큼은 확실하게 짚고 넘어갈 필요가 있다고 생각했다.

일에는 확실한 구분이 있어야 하는 것이다.

“그러니까 그 금액만큼 수입해 가겠다는 뜻입니까 아니면 단지 그냥 아내감을 구하기 위한 미끼로 내세운 금액입니까?”

"아아. 미끼는 절대 아니니 오해하지는 마시오. 소나 양을 키우는 목장주일 뿐인 내가 액세서리에 대해 알면 얼마나 알겠소. 그러니 그 부분은 매튜에게 전권을 위임해 놓은 상태고 녀석은 그걸로 호주에서 기반을 일으켜야 하는 절박한 상황이라 결코 장난일 수가 없소."

"흠. 매튜 씨에게 자금을 대 주겠다는 말씀으로 들리는군요."

"그렇소. 작은아버지로서 단 한 번도 조카를 밀어준 적이 없어 이번 기회에 완전히 자립할 수 있도록 해 줄 작정을 하고 코리아로 온 거요. 이건 확실하오."

매튜가 바이어 자격으로 왔다는 것을 강조하던 미첼이 수정과로 입술을 적시고는 말을 이었다.

"나도 눈치는 있다오. 매튜가 자신이 유명한 바이어라고 내게 떠벌리며 자랑을 해 댔지만 성장해 온 과정을 쭉 지켜봐 온 내가 녀석의 성격을 어찌 모르겠소?"

"코리아에서 매튜 씨의 평판이 좀 그렇긴 합니다."

"나도 어제의 일로 확실히 알게 됐다오."

"어제 무슨 일이 있었습니까?"

"액세서리 업계의 종사자들이 대거 몰려왔소이다. 그런데 분위기를 보아하니 그들 누구도 매튜를 신뢰하지 않는다는 것을 알았다오."

"그, 그랬군요."

"하지만 잘났든 못났든 친조카인데 언제까지 괄시를 받아 가며 뜨내기로 지내게 할 수는 없다는 것이 내 입장이라오."

"흠, 그렇게까지 말씀하시니 믿겠습니다. 근데 전 미첼 씨의 반려자를 구해 드릴 능력도 없는 사람인데 그런 말씀을 하시는 이유가 뭔지 모르겠습니다."

"후우—! 내가 지금 눈이 멀었소이다."

"예?"

"이제 내 심정을 전할 때가 된 것 같소이다. 그 말을 하기 전에 내 한 가지 물어볼 것이 있소."

"말씀하시지요."

미첼이 한숨까지 내쉬며 아련한 표정을 자아내자 담용도 분위기에 젖었는지 조금 진중해졌다.

"실례라는 걸 아오만 같이 온 처자는 미스터 육과 어떤 사이요?"

"민혜영 씨요?"

"아! 처자 이름이 민애오녕이오?"

"민애오녕이 아니라 민, 혜, 영입니다."

"민, 혜, 영."

"예, 정확하게 발음하셨습니다."

"민혜영, 민혜영, 민혜영……."

미첼은 민혜영이란 이름을 행여 잊을세라 몇 번이고 반복해서 읊조리고는 담용에게 말했다.

"어떤 사이냐고 물었소만⋯⋯."

"그녀와는 아무런 사이도 아닙니다."

미첼이 약간 긴장한 기색으로 묻는 말에 비해 담용의 대답은 거침이 없었다.

"엉? 사랑하는 사이가 아니었소?"

"무슨 말씀을? 우린 그런 사이가 아닙니다."

"아! 어쩐지⋯⋯."

손사래까지 쳐 대며 부정하는 담용의 태도에 미첼의 표정에 어렸던 긴장의 빛이 사라지면서 일시에 환해졌다.

"어쩐지 애인이라고 하기에는 두 사람 사이가 조금 어색하다고 여기긴 했소. 또한 그녀의 화사한 옷차림 역시 같은 회사 직원이 아니라고 판단이 됐소. 하면 혹시⋯⋯?"

미첼이 묻는 의도를 단박에 짐작한 담용이 그의 말이 끝나기도 전에 황급히 고개를 저었다.

"전 여자를 미끼로 거래하는 것은 구시대적 발상이라고 여기는 사람입니다. 상품의 질에 따른 가치가 아니라 향응으로 거래하는 것을 질색합니다. 만약 그것을 기대하셨다면 전 당장 일어날 것입니다."

"아, 아니오이다. 나 역시 나약한 여자를 성 접대의 산물로 여기는 걸 질색하는 사람이오. 이건 죽은 내 아내의 이름을 걸고 맹세할 수 있소."

손사래까지 치며 극구 부인하는 미첼의 진심이 가슴에 와

닿은 담용이 말했다.

"그러시다면 저와 얘기가 되겠습니다. 사실 매튜 씨는 그런 인상이 매우 짙은 사람이라 이곳에 오고 싶지 않았습니다. 그래서 미쳴 씨도 같은 부류가 아닌가 생각도 했습니다. 죄송합니다."

"허허. 솔직한 말에 오히려 내가 감사드리오. 앞으로 매튜에게 주의를 주도록 하겠소."

담용의 사과에 흡족했는지 미소를 짓던 미쳴이 얼른 말을 이었다.

"하면 민혜영이 미스터 육과 애인 사이도 아니고 같은 직원도 아니라면 어찌해서 동행하게 됐는지 물어봐도 되겠소?"

"……!"

꼭 심문을 받는 기분이 된 담용의 인상이 살짝 찌푸려졌다. 이를 본 미쳴이 아차 싶었던지 금세 입을 열었다.

"아, 내가 급한 마음에 흥분하다 보니 미스터 육을 너무 몰아붙인 것 같소. 미, 미안하오."

"괜……찮습니다."

'민혜영을 어찌해 보겠다는 심산인가?'

식사 자리에서의 눈치도 그랬고 지금도 자꾸 민혜영을 거론하는 걸 보고 담용도 그제야 미쳴의 속셈을 확실히 파악할 수 있었다.

기실 민혜영만 생각하면 그녀를 어찌해야 좋을지 담용도 대책이 서지 않는 건 사실이었다.

갈 곳이 없다기에 임시방편으로 동행을 하긴 했지만 그 이후가 막막하기 짝이 없는 상황이었다.

그냥 저대로 내버려 뒀다가는 또다시 깡패들의 정보망에 걸려 매춘에 내몰릴 확률이 높고 그렇다고 대책도 없이 젊은 아가씨를 마냥 데리고 다니는 것도 못 할 짓이다.

그럴 바에야 차라리 미첼 같은 부호에게 시집을 가는 것도 괜찮을 것 같았다.

섣부른 생각일지는 모르지만 불가능한 일도 아니었다.

광활한 국토를 가진 호주에서 목장을 한다면 이만저만한 부호가 아닐 것임은 미루어 짐작할 수 있으니 풍족하게 삶을 영위할 수 있지 않겠는가?

이건 오더를 긁게 되면 확인이 되는 것이니 어느 정도 진가가 판명되는 일이었다.

백오십만 달러는 결코 액세서리 계통에서는 적은 액수가 아니기 때문이다.

물론 이보다 더한 조건을 지녔다고 해도 본인의 의사를 들어 봐야겠지만……

'어쩌면 그녀에게 좋은 기회일 수도……'

어차피 집안이 풍비박산이 돼서 적지 않은 돈이 필요한 시점이 아니던가?

그녀로서는 자신도 구제받고 집안도 살리는 기회이니 이것저것 가릴 형편이 아닌 상황인 것이다.

그러다가 문득 '아차!' 싶은 담용이다.

'이런! 내가 지금 무슨 생각을? 미친놈.'

잠시나마 민혜영을 거래의 매개체로 생각한 자신을 나무란 담용이 대답을 기다리는 미첼의 시선을 느끼고 입을 열었다.

"민혜영 씨는 제가 이곳으로 오던 중 깡패들에게 봉변을 당하는 것을 보고 구해 준 여자입니다. 그런데 딱히 갈 곳이 없다기에 제 일이 끝난 뒤에 거취 문제를 얘기하기로 하고 잠시 동행한 것뿐입니다."

"호오! 그럼 전혀 뜻하지 않게 동행하게 된 것이구려."

"그런 셈이지요."

담용의 말을 들은 미첼의 안색이 급격히 상기되더니 갑자기 자리에서 벌떡 일어나 담용에게 다가왔다.

이어 더 들어 볼 것도 없다는 듯 담용의 손을 잡았다.

덥석!

"이보게. 미, 미스터 육!"

"……!"

담용의 손을 꼭 잡은 미첼이 갑자기 존대에서 하게체로 말투를 바꾸면서 친근감을 드러냈다.

이어 미첼의 입에서 사정 조의 말이 튀어나왔다.

"제발 나, 나 좀 도와주시게."

"예? 제, 제가 뭘……?"

"미스터 육이 나를 도와주면 백오십만 달러, 아니 삼백만 달러라도 액세서리를 구입할 테니 민혜영이란 여자를 내게 소개시켜 주게. 제발 부탁하네."

"아니, 그건……?"

털썩!

"내 이렇게 무릎까지 꿇고 부탁함세."

"이, 이런!"

미첼의 갑작스러운 행동에 담용은 그만 당황하고 말았다.

'이거야…… 짐작은 했지만 민혜영 씨에게 이미 푹 빠진 상태였구나.'

아들뻘인 젊은 사람에게 무릎까지 꿇고 사정할 정도라니 그야말로 황당한 장면이 아닐 수 없었지만 미첼로서는 그만큼 절박하다는 얘기다.

그것도 초스피드가 울고 갈 정도로 말이다.

'헐! 이거야, 원.'

난감해진 담용은 이런 경우도 있나 싶었다.

자신도 민혜영의 처지를 생각해 잠시 그런 마음을 품긴 했지만 실제로 현실이 될 줄은 생각도 못 했다.

'쩝. 육십은 족히 되어 보이는 노인네가 어찌 삼십도 채 안 된 딸 같은 여자에게…….'

담용은 사랑에 국경이 없고 나이는 숫자에 불과하다는 말을 알고는 있었지만 실제로 보자 그 말들이 단지 말하기 좋아하는 호사가들이 입으로만 떠드는 것이 아님을 알았다.

미첼이 민혜영을 얼마나 마음에 들어 했으면 이제 20대 중반인 담용에게 무릎까지 꿇을까?

아직 사랑이라고 하기에는 뭣하지만 첫눈에 혼을 빼앗길 수 있다는 말을 실감하는 순간이다.

아무튼 모양새가 아니라 여긴 담용이 미첼의 팔을 붙잡았다.

"미첼 씨, 이러시면 곤란합니다. 어서 일어나십시오."

"약속을 해 주게. 이 늙은이가 주책없다고 욕을 해도 좋네. 하지만 민혜영이를 처음 보는 순간 이 늙은이의 심장이 멎는 줄만 알았다는 것을 알아주게. 아니, 그녀는 이미 내 운명이 되어 버렸네. 내가 이렇게 부탁함세."

"그, 그게 저도 이제 처음 만난 사이라 뭐라고……."

"미스터 육은 그녀를 구한 생명의 은인이 아닌가? 그러니 설득을 좀 해 주게. 그다음부터는 내가 맡을 터이니 말일세. 그렇게만 해 주면 그 은혜는 절대 잊지 않겠네. 제발 부탁일세."

"아, 알겠습니다. 그게 뭐 어렵겠습니까. 어서 일어나십시오. 누가 볼까 봐 겁납니다."

"약속을 해 주게."

"방금 말씀드렸지 않습니까? 말은 전해 보겠다고요."

"그, 그렇지."

담용의 대답에 그제야 꿇은 무릎을 펴며 일어서던 미첼이 말을 이었다.

"내 당장 매튜에게 삼백만 달러 치의 액세서리를 계약하라고 하겠네."

"아이구! 너무 성급합니다. 저야 좋긴 하지만 그런 조건이 걸린 거래는 사양입니다. 그리고 계약을 하더라도 민혜영 씨의 의사를 확인해 보고 나서 결정하셔도 늦지 않습니다."

"그렇게까지 말하니 내가 더 미안하네. 그럼 이렇게 하세. 내 의사를 전해 주는 것만으로도 계약이 성사된 것으로 하지. 일이 성사되고 안 되고를 떠나서 말일세."

"미첼 씨의 배려에 감사드립니다. 그럼 이쯤 해서 제가 민혜영 씨를 만나 의사를 들어 보고 난 다음 다시 오도록 하지요."

"오오! 그, 그래 주겠나?"

"예."

"그럼 내 사정을 조금 알고 가는 것이 도움이 될지도 모르니 조금이라도 알고 가시게."

"……?"

"실은 내가 이번에 목장 일부를 매각하고 일부는 임대를 해 줬다네. 그러니 민혜영이 목장 일을 할 이유가 없지. 만약 그녀와 내가 맺어진다면 우린 시드니 북부에 있는 채스우드Chatswood에서 살림을 차릴 예정일세. 저택도 이미 매입해 놔서 안주인만 오면 되네. 매입 증서를 보여 달라면 보여 주겠네. 그러면 내 말이 결코 거짓말이 아니라는 걸 알 걸세."

"잘 알겠습니다."

"또……."

말을 이으려다가 선뜻 잇지 못하는 미첼이 담용의 눈치를 살폈다.

"하실 말씀이 있으시면 하시지요."

"이런 말을 해도 좋을지 모르겠네만 혹시라도 민혜영의 처지가 곤궁하다면 적극적으로 도울 의사가 있다고 전해 주게. 물론 사랑을 돈으로 산다는 의미는 절대 아닐세. 믿어 주게."

"믿겠습니다."

이렇게까지 적극적으로 매달리는 미첼의 모습에 담용도 마음이 슬쩍 움직였다.

하지만 민혜영에 대해 반드시 일러 둘 것이 있었다.

"저……."

"뭔가? 할 말이 있으면 기탄없이 얘기하게나."

"마침 제게 그녀를 설득시킬 만한 것이 있는데 한번 들어 보시겠습니까?"

"아! 그런가? 어서 말해 보게."

담용의 말에 다시 한 번 혹한 미첼의 안색이 별안간 환해졌다.

"이곳으로 오면서 그녀의 사정을 잠시 들어 봤는데 사업을 하던 민혜영 씨의 집이 쫄딱 망해 가족들이 뿔뿔이 헤어졌다고 하더군요."

"저, 저런! 그, 그래서?"

미첼은 그 말만 듣고도 한 줄기 서광이 비쳤는지 안색이 잠시 펴졌다가 또 불행해진 민혜영을 생각했는지 곧 표정이 어두워지는 복잡 미묘한 기색을 드러냈다.

담용은 민혜영에게서 들은 이야기를 그대로 미첼에게 해 주고는 재차 말을 이었다.

"그래서 제 생각엔 아마 자기 혼자 잘 먹고 잘 살겠다고 미첼 씨를 따라가지는 않을 것이라는 거지요."

"아아! 자식이라면 당연히 그래야지. 그래, 하고 싶은 말이 뭔가?"

짐작을 하면서도 미첼은 어린아이처럼 호기심을 담아 담용을 쳐다보았다.

"아마 집안까지 책임을 지셔야 할 것으로 압니다."

"방금도 말했다시피 그녀의 집안을 안정시키는 것은 내게 그리 어렵지 않은 일일세. 난 단지 젊은 처자가 육십이 다 된 노인에게 시집올 마음이 있겠는가 하는 것이 무엇보다 중요한 일이라네."

"물론 그 부분이 가장 중요한 일이긴 하지요. 하지만 저도 그 부분에 대해서는 장담하기가 어렵군요."

"그렇겠지. 이 늙은이도 당장 사랑까지는 바라지 않으이. 다만 돈 때문에 혹해서 왔다가 그 가치가 사라지면 금세 사라질까 봐 그것이 걱정인 게지."

"제가 보기엔 가정교육이 잘돼서 그런지 그런 심성은 아닌 것 같았습니다만…… 이 역시 확신을 갖지 못해 자신은 없습니다."

"허허. 오늘 처음 봤으니 그 속을 어찌 알겠는가? 이해하네. 하지만 사람에게는 첫인상에서 나오는 선입견이라는 것이 있다네. 그건 자신이 성장하면서 스스로 만드는 것이라 일부러 바꾸려고 해도 본질이 쉽게 변하지 않는 이치와 같네. 내가 이리도 미스터 육에게 강짜를 부리는 것도 다 거기서 연유했음일세."

"그렇군요."

'역시 오래 묵은 생강이라는 건가?'

사실 담용도 민혜영을 미첼과 같은 시각으로 보고 있던 참이었다.

담용 역시 서른여덟 살이란 인생 경험을 했던 전력이 있지 않은가?

'잘됐으면 좋겠군.'

꼭 오더를 긁기 위해서가 아니라 한 여자의 일생이 저렇게 불행해지도록 놔둬서는 안 된다는 차원에서다.

"그럼 잠시 자리를 비우겠습니다."

"그러시게. 좋은 소식 기다리고 있겠네."

"저는 미첼 씨의 감정을 보태지도 빼지도 않은 사실대로 말해 주고 오로지 그녀의 판단에 맡길 뿐입니다."

"허허. 현명한 생각일세. 정직함이 곧 바른길이기 마련이지."

"그럼. 이따가 뵙지요."

"아! 두 사람만 조용히 이야기해야 할 터이니 매튜는 내게로 보내 주시게. 그리고 종업원도 좀 불러 주고. 영어가 가능한 사람으로 말일세."

"알겠습니다."

담용이 목례를 하고 실내를 나가자, 미첼이 그제야 긴장이 풀리는지 크게 한숨을 내쉬었다.

"후우—! 내일모레가 육십인데도 여인에 대한 감정이 이토록 불같이 되살아날 줄이야. 허어, 거참. 이성을 잃지 않은 것이 천만다행일 정도로군."

아직도 민혜영을 본 후로 흥분됐던 감정이 식지 않았는지 가슴을 쓸어내리는 미첼이다.

운명적인 만남이 있다면 이런 느낌이 아닐까 싶었다.

"미스터 육이 설득을 잘해 줬으면 좋겠는데……. 나와 맺어 주기만 하면 결코 그 은혜를 잊지 않을 것이니 수고해 주시계."

미첼이 기원하듯 애를 태우면서도 잠시 담용에 대해 생각을 해 보았다.

"말씨가 조금 딱딱한 걸 보면 군인이었나 본데……."

코리아가 병역 의무제를 법적으로 고수하는 나라라는 것 정도는 상식이라 이를 알고 있는 미첼은 담용의 말투에서 그런 감을 진하게 느낄 수 있었다.

"그래서인지 삼백만 달러를 제시했음에도 신중한 걸 보면 아직은 때가 묻지 않았음이야. 다른 업자들 같았으면……."

더 말하지 않아도 빤한 것이 눈을 번들거리며 민혜영의 설득부터 먼저 시도했을 것이다.

아니, 생명의 은인이라는 명분으로 윽박지르기까지 했을지도 모른다.

하지만 담용은 삼백만 달러를 제시했음에도 불구하고 시종일관 제 할 말을 다 하며 침착함을 잃지 않았다.

결코 자신의 민혜영에 대한 갈급한 마음을 수단으로 이용하는 고도의 전법이 아님은 표정만 보고도 알았다.

인생 육십이란 것이 결코 거저 주어지거나 그냥 살아지는 것이 아닌 것이다.

"흠, 정공법이라……. 인상의 선이 굵은 걸 보면 천성인게야. 내가 사람을 제대로 만난 것 같아. 그래, 코리아에도 뭐든 믿고 맡길 만한 믿음직한 사람 하나 정도는 알고 지내는 것이 여러모로 좋겠지."

드르륵.

"작은아버지, 뭘 그렇게 중얼거리세요?"

"응? 아, 아니다. 이리 앉아라."

미닫이문을 열고 들어오는 매튜의 말에 살짝 당황하던 미첼이 쓴웃음을 지으며 자리를 권하고는 말을 이었다.

"매튜, 여러 소리 하지 말고 삼백만 달러 치를 매입할 준비를 해라."

"예에? 사, 삼백만 달러라고요?"

"오냐. 너도 이 기회에 완전히 자리를 잡아야 되지 않겠느냐?"

"그, 그야 당연한 말씀이지만…… 작은아버지! 진정으로 하시는 말씀입니까?"

"인석아! 내가 언제 실없는 소리를 하는 걸 봤느냐?"

"그건 아니지만…… 백오십만 달러도 적은 금액이 아닌데 그 두 배라니요?"

"싫단 말이냐? 그럼 관두든지."

"아이구! 작은아버지, 제가 그럴 리가 없다는 걸 잘 아시잖아요?"

덥석!

"하하하. 작은아버지, 사랑해요. 이제부터 정신 바짝 차리고 열심히 사업에만 몰두할게요. 믿어 주세요. 이건 진짜예요."

바인더북

사십이 다 되어 가는 매튜임에도 나이답지 않게 미첼을 꼭 껴안으며 온갖 아양을 떨어 댔다.

그도 그럴 것이, 삼백만 달러면 결코 적지 않은 금액이어서 매튜가 추구하는 많은 것을 이룰 수 있는 액수였기 때문이다.

매튜로서는 평생 처음 대하는 엄청난 금액이라 가슴이 쿵쿵 뛰는 것은 당연했다.

자연 흥분한 매튜가 급히 휴대폰을 꺼내더니 달뜬 어조로 말했다.

"아! 내가 이럴 때가 아니지, 모든 업자들에게 액수를 다시 알려 줘야지. 작은아버지, 잠시만요."

"매튜, 그럴 필요 없다."

"예? 아니, 왜요?"

"거래는 미스터 육하고만 할 것이니 그리 알아라."

"아니! 그건 또 무슨……?"

"여러 소리 하지 말고 시키는 대로 해. 그리고 이윤을 많이 남길 생각보다는 상품의 질을 먼저 따지도록 해라."

"에? 그, 그럼 저는 뭘로 이윤을 남깁니까?"

"매튜."

"예, 예. 작은아버지."

갑자기 착 가라앉는 미첼의 음성에 매튜는 들떴던 기분이 확 식으며 그때부터 슬슬 눈치를 보기 시작했다.

"너도 알다시피 이 작은아버지에게는 목장을 매각한 돈이 꽤 있다."

"예. 알고…… 있어요."

"네 부모가 모두 돌아가신 후 내가 널 돌보아 왔지만 그동안 너를 측은하게 생각해 별 간섭을 하지 않았다만 나이 사십이 되어 가도록 장가도 가지 않고 떠도는 너를 이제 더 이상 두고 보고만 있을 수 없구나."

"……죄, 죄송해요."

엄중한 신색까지 자아내며 전에 없이 무거운 어조로 말하는 미첼의 말에 점점 기어들어 가는 음성으로 겨우 대답하는 매튜다.

"작은아버지가 살아오면서 느낀 것이 있다면 인생에 있어서 가장 큰 결실은 억만금의 재산을 지닌 것이 진실한 친구 하나를 사귄 것보다 못하다는 점이다."

"……."

'으음, 내가 너무 엄숙했나?'

대번에 기가 죽은 매튜가 또 안쓰러워지는 미첼이다.

미우나 고우나 세상에 하나밖에 없는 조카라 매정한 소리 한마디 하지 않았던 미첼이고 보니 다소 마음이 약해졌다.

"흠, 먼 타국까지 와서 무거운 얘기를 해서 미안하구나."

"아, 아니에요. 작은아버지."

풀죽은 목소리로 대답하는 매튜가 안쓰러웠던지 미첼의

음성이 조금 더 누그러졌다.

"어쨌든 다 지나간 일이니 새삼 거론해서 뭘 하겠느냐. 다만 네게 한 가지 물어보고 싶구나."

"……?"

"너는 장사꾼이 되고 싶으냐 아니면 사업가가 되고 싶은 게냐?"

"사, 사업가요."

"그럼 너는 장사꾼과 사업가의 차이를 아느냐?"

"죄, 죄송해요. 말씀해 주시면 깊이 새길게요."

"쯧! 나이 사십이 다 되어 가면 뭐하누? 철딱서니가 없는 것을. 하지만 지금이라도 늦지 않았으니 정신을 바짝 차려야 할 것이다."

"예, 작은아버지."

"장사꾼이란 눈앞의 이익에 연연하는 사람이고 사업가란 먼 미래의 이익을 바라보는 사람을 말하는 것이다. 알아들었느냐?"

"예."

"네게 더 하고 싶은 말은 많지만 이 자리에서는 적당치 않으니 관두마. 하지만 뜻과 그릇이 바르고 분명한 사람은 결코 눈앞의 작은 이익에 탐착하지 않는 법이니 이번 삼백만 달러 치의 계약은 이익에 연연하기보다는 네가 제대로 된 상품을 가지고 가서 호주 시장에서 신뢰부터 얻는 것이 무엇보다도 중요하다는 것을 잊지 마라."

"잘 알겠어요, 작은아버지."

"그래. 이 작은아버지가 너를 다시 한 번 믿어 보겠다."

"가, 감사해요. 꼭 그렇게 할게요."

고개를 푹 숙여 인사를 하던 매튜가 미첼의 눈치를 살피더니 조심스럽게 불렀다.

"저…… 작은아버지."

"왜?"

"아까 그 아가씨가 마음에 드세요?"

"그래, 마음에 꼭 든다. 더구나 얘기를 들어 보니 술집에 전문적으로 드나드는 여자가 아니라는 점이 더 좋구나. 너는 어떻게 봤느냐?"

"하하. 저도 마음에 쏙 들었습니다. 특히 부끄러워하는 모습이 너무 인상적이었어요."

"동양의 여인들이 대다수 그런 심성을 지녔다고 하더구나."

"맞아요. 호주 여자들에게는 그런 게 너무 없어요."

"허허허. 나라마다 풍습이 다르니 일장일단이 있다고 보면 되느니라."

조카인 매튜도 민혜영을 잘 본 것 같아 기분이 흐뭇해진 미첼이 오랜만에 웃음을 자아냈다.

"그럼 미스터 육은 거래를 성사시키기 위해서라도 그녀를 설득해야겠군요."

"쯧쯔쯔…… 어째 너는 그 나이가 되도록 사람을 보는 눈이 그렇게 무디냐?"

"예?"

"쯧! 미스터 육은 그런 조건이 걸린 거래라면 그냥 일어나겠다고 했다."

"예에? 삼백만 달러 치의 계약을 포기하겠다고요?"

"그래. 그것도 단호하게."

"이런 미친놈!"

"어허! 무슨 말버릇이냐?"

"익! 죄, 죄송해요."

자신의 잣대로만 계산하고 거칠게 내뱉는 매튜의 말에 미첼이 눈을 부릅뜨며 나무라고는 속으로 한숨을 내쉬었다.

'후우. 네 녀석이 미스터 육의 반만 따라가도 내가 무슨 걱정을 해.'

조카인 매튜와 그보다 한참이나 어린 육담용을 비교해 보는 미첼은 저절로 한숨이 나오는 것을 막을 수 없었다.

담용의 첫 쾌거

화기애애했던 분위기는 어느새 사라지고 어색한 침묵만이 감돌고 있는 실내는 숨소리조차 들리지 않고 있었다.

'괜히 말했나?'

물론 조심스럽게 미첼의 감정을 전하긴 했지만 그 얘기를 듣고 난 이후 민혜영은 고개만 푹 숙인 채 도통 입을 떼질 않았다.

'하긴 돌연한 제의였으니 결정이 쉬울 리가 없지.'

민혜영도 너무나 갑작스러운 제의였을 터인지라 마음의 준비조차 되지 않았을 것이야 빤했다.

말은 하지 않았지만 하루, 아니 이틀 밤낮을 고민하고 또 고민해도 모자랄 일을 당장 결정하라는 것이나 마찬가지였으니 담용의 심정도 편치 않은 상태였다.

하지만 달리 생각하면 절호의 기회라는 것이 그리 쉽게 찾아오는 것이 아님을 감안할 때 민혜영에게는 지금이 그때가 아닌가 싶기도 했다.

더구나 그녀의 입장에서는 만사가 해결되는 형통의 기회일지도 몰랐다.

그래서 야박하긴 했지만 가부간에 마음이라도 내비쳐 달라고 종용했던 것이다.

쪼로록.

담용이 남은 법주를 제 잔에 따르면서 힐끗 민혜영을 쳐다보았다.

호텔에서 부랴부랴 도망쳐 나왔을 것임에도 불구하고 얼굴을 가리고 있는 풍성하고도 융단 같은 생머리의 머릿결은 윤기가 흐르고 있어 보기가 좋았다.

'조는 건 아닐 테고⋯⋯.'

꼭 그렇게 보였지만 지금 상황에 그럴 리가 없지 않은가?

'아니면 날 의심하기라도 하는 건가?'

그럴 수도 있었다.

담용은 사회 경험이 없는 그녀가 처음 행한 경험이 하필이면 여자로서 차마 입에 담지 못할 일을 당한 처지라는 것을 모르지 않았지만 자신까지 한 부류로 묶어서 생각하지 않기를 바랐다.

그러나 그것은 담용의 바람일 뿐, 곡해하기에 딱 알맞은 상황인 것만은 틀림없었다.

'후우! 이거, 계약 상담을 하러 왔다가 난데없이 뭔 짓거리를 하고 있는 건지 모르겠네. 차라리 한바탕 싸우는 게 낫지. 중매쟁이는 영…… 어라라?'

말을 하던 담용이 스스로 중매쟁이라고 한 말에 퍼뜩 놀라고 말았다.

'얼라? 그러고 보니 내가 팔자에도 없던 국제적인 마담뚜가 된 격이로군. 푸후훗.'

어쩌다 본말이 전도되어 버린 일에 자신조차도 어이가 없어 실소를 자아냈다.

하지만 거래는 여전히 현재 진행형인 상태라는 것을 상기하고는 스스로를 자제시키며 긴장을 늦추지는 않았다.

이에 담용은 무료하게 기다리기보다는 무역 거래에서 벌어지는 갖가지 경우의 수를 따져 보며 계약에 대비한 시뮬레이션을 그려 갔다.

'미첼의 언행으로 보아서는 백오십만 달러는 확실한 것 같은데…… 삼백만 달러라.'

은근히 욕심이 나는 금액이었지만 언감생심이다.

그러나 미첼이 허언을 할 사람이 아니라면 삼백만 달러의 계약도 꿈은 아닐 것이다.

삼백만 달러는 (주)원상체인 1년 수출액의 절반에 가까운 거래 금액이라 거래만 성사된다면 회사가 뒤집어지는 사태가 벌어질 것이다.

그것도 신출내기인 담용이 해냈다면 모두들 입을 다물지 못할 것은 빤했다.

아니, 당장 소문이 퍼져 액세서리 업계 전체가 한바탕 몸살을 앓을 것이 틀림없었다.

이를 떠올린 담용은 점점 자신의 욕심이 과해지는 것을 느끼고는 아차 했다.

'쩝! 욕심이 나는 금액이긴 한데…… 미첼 씨가 자신이 뱉은 말을 얼마나 지킬지는 알 수 없으니 미리 김칫국부터 마시지 말자.'

아직 미첼에 대해서 잘 모르는 담용은 일의 진행 상황을 지켜봐야 답이 나오리라는 생각에 새삼 입안이 바짝 마르고 있다는 것을 알았다.

여기서 일의 진행 상황이란 삼백만 달러의 계약이 민혜영의 대답 여하에 달렸다는 것을 의미했다.

이는 아무리 담용이 부정하려고 해도 미첼이 연관을 시키는 것까지 간섭을 할 수 있는 상황이 아닌 데서 비롯됐다.

'쩝! 나도 어쩔 수 없이 민혜영에게 기대는 꼴이 됐군.'

원래의 순수했던 본심이 슬쩍 욕심이라는 사탄에게 끌리는 것 같은 기분이라 왠지 씁쓸했다.

담용이라고 왜 욕심이 없겠는가?

그러나 욕심이 난다고 해서 오늘 처음 만났을 뿐인 민혜영을 닦달할 수도 없고, 그런 건더기도 없었다.

깡패들에게서 구해 준 일?

그걸 거론하는 것 자체가 낯간지러웠다.

'그래, 차분히 기다리자. 여자의 일생을 한순간에 뚝딱하는 식으로 결정할 일은 아니지 않은가? 혜영 씨도 심사가 복잡하겠지.'

어쩌면 짧은 고난 끝에 복이 한꺼번에 넝쿨째 굴러 들어오는 것인지도 몰랐다.

하지만 그게 또 받아들이기 쉽지 않은 것은 미첼이 나이가 많다는 것과 또 낯설고 물선 머나먼 호주에서 살아가야 한다는 점이다.

더욱이 돈에 팔려 간다는 인식도 지울 수 없는 것이고 보면 이제 스물세 살이 된 민혜영으로서는 결코 쉽지 않은 결정을 해야 하는 순간인 것이다.

어쩌다 일이 이 지경에까지 이르렀는지는 미첼이 원인이었다고 해도 담용 자신이 더 처신을 잘했어야 했다는 후회도 든다.

'아예 데려오지 말 걸 그랬어.'

쭈욱.

오만 가지 잡념을 술을 들이켬으로써 털어 내려 했지만 그게 또 쉽지가 않았다.

쪼르르록.

쭈우욱.

담용이 조금 지루해지는 기다림을 석 잔째 술로써 달래고 있을 무렵 마침내 민혜영이 고개를 들었다.

"……?"

술잔을 들다 만 담용이 민혜영을 쳐다보았다.

"저기…… 뭐 좀 물어봐도 되예?"

"아! 뭐든지요."

민혜영이 입을 뗐다는 것만으로도 한시름 놓은 담용이 얼른 대답했다.

"그분이…….."

"미첼입니다. 미첼 슬레이프요."

"예. 미첼 씨가 정말 저를 진심으로 원하는 건가요? 아니면 선생님의…….."

"아! 제가 여태 제 이름을 가르쳐 드리지 않았군요. 육담용입니다."

"아! 네. 그럼 담용 씨께 다시 묻겠어예."

"말씀하시지요."

"담용 씨의 거래를 위해 제가 도움이 돼서 그런 건가예?"

"분명히 말하지만 제 거래는 별개의 문제이니 일단 빼 주십시오. 또 거래가 성사되지 않아도 좋으니 지금은 오로지 혜영 씨의 마음만 생각하십시오. 혜영 씨의 처지와 혜영 씨의 가족 생각도 그다음입니다. 지금 그것만으로도 머리가 복잡할 텐데 왜 제 업무까지 연관시키려 드십니까?"

"아! 죄, 죄송해예."

조금은 무뚝뚝하면서도 따지듯이 묻는 담용의 어투에 오히려 질문을 한 민혜영이 당황해서 얼른 사과를 했다.

"이건 제게 미안해할 일이 아닙니다. 한 여자의 일생이 걸린 일에 제 업무가 끼어들어 방해가 돼서는 안 된다는 뜻입니다. 미첼 씨에게도 분명히 그렇게 말했고요. 그리고 저 역시 혜영 씨를 이곳에 데려온 것을 무척 후회하고 있고 또 이런 일이 벌어지리라고는 상상도 하지 못한 겁니다. 무슨 말인지 알겠습니까?"

"아, 알겠어예."

"물론 쉽지 않은 결정이라는 걸 압니다."

"사실…… 좀 그렇긴 해예. 제가 어떤 결정을 내려도 담용 씨에게 도움이 안 될까 봐 억수로 부담스러버예. 진짜라예."

'에구, 제 앞가림이나 잘하지. 당장 오갈 곳도 없는 처지에 나까지 생각하다니…….'

담용은 민혜영의 입장을 충분히 이해하면서도 말본새만으로도 심성이 고운 것 같아 다행이라 여겼다.

"그럼 이렇게 하지요. 정 제게 부담을 느끼신다면 가부부터 결정을 하시되 혹시라도 미첼 씨에게 마음이 있으시다면 먼저 두 분이서 따로 만나십시오. 서로에 대해 더 알아야 할 테니까요. 대화를 나눠 봐도 미첼 씨에게 마음이 열리지 않으면 저와 다시 거취 문제를 논하십시다."

"제가…… 갈 곳이 있을까예?"

"무슨 뜻으로 하는 말입니까?"

담용은 민혜영의 말투에 다른 뜻이 함유되어 있음을 느끼고는 바로 되물었다.

"제가 아무리 세상 경험이 일천하다고 해도예. 깡패들이 저를 끝까지 찾아 헤맬 것이라는 것 정도는 알아예. 그래서 한국에 있으몬 언제라도 놈들에게 발각될 위험이 있어예. 집도 안전하지 않을 것이고예. 아울러 담용 씨도 저 때문에 위험할 수도 있고예. 그래서 제 나름대로 심사숙고해서 어느 정도 결정은 했어예."

"그, 그런데 왜……?"

"문제는 담용 씨라예."

"제, 제가요?"

담용은 자신이 걸림돌이 되고 있다는 말에 어리둥절한 표정을 지었다.

"그래예."

민혜영의 대답에 담용은 그 즉시 그녀의 의도가 뭔지를 알아차렸다.

"좋습니다. 조금 전에 말하다가 중지한 것을 계속 말씀드리지요. 제 생각입니다만 혜영 씨가 제게 은혜를 갚아야겠다는 마음은 충분히 알고도 남음이 있습니다. 그래서 하는 말인데 만약 혜영 씨가 미첼 씨에게 시집을 가게 된다면 향후에라도 제게 찾아와 지금의 은혜를 갚아도 늦지 않다고 말하고 싶군요. 이제 됐습니까?"

"그건 당연한 일이라예. 담용 씨는 제게……."

"아아, 무슨 말을 하려는지 압니다만 지금은 저에 관한 생각은 잠시 접으시고 오로지 혜영 씨만 생각하세요. 전 이제부터 그 외의 말은 일절 듣지 않겠습니다."

"……!"

담용의 빠르면서도 단호한 말에 잠시 흠칫했던 민혜영은 더더욱 기어들어 가는 음성으로 입을 열었다.

"좋아예. 그럼 담용 씨가 제 조건 한 가지를 들어주면 결정하겠어예."

"예? 조, 조건요? 제게 말입니까?"

"그래예. 들어주실 거지예? 제 조건을 들어주시지 않으몬 저도 별수 없는 기라예."

'뭐야? 왜 뜬금없이 미첼이 아닌 내게 조건을 거는 거지?'

"안 들어줄 기라예?"

담용이 곤혹스러운 표정을 짓자 이번에는 민혜영이 오히려 채근하고 나섰다.

"흠, 일단은 조건이 뭔지 먼저 들어 봅시다."

"그리 어려븐 기 아이라예. 제 후견인이 되어 주시몬 미첼 씨와의 관계를 생각해 보겠어예."

"후, 후견인요?"

"예. 법적 후견인이 아니고예, 그냥 지가 곤경에 처하거나 혹은 의논할 일이 있을 때 믿고 의지할 수 있는 사람이라예."

"그, 그건 혜영 씨의 아버님도 계시고……."

"말씀은 안 드렸지만…… 아버지는 사업 부도의 충격으로 뇌경색이 오는 바람에 현재 일어서지도 못하는 반신불수가 돼 버렸어예. 말씀도 제대로 못 하시는 건 당연하고예."

"흠. 미, 미안해요. 아픈 곳을 건드려서……."

"아이라예. 이미 벌어진 일인데예. 마음 쓰지 마이소."

"근데 제가 혜영 씨의 후견인이라고 하기엔 나이도 너무 적고 사회 경험도 많지 않습니다. 다른 분을 찾아보시는 게 어떠실지……."

"제 생명을 구해 주신 거나 마찬가지이신 분을 빼놓고 누굴 정하라꼬예. 지는 그렇게 몬 합니더."

"뭐, 정 그러시다면 미첼 씨와 잘될 때까지만 후견인이 되도록 하지요. 그러면 됩니까?"

"앞으로도 쭈욱 후견인이 되어 주셔야 되예. 그리고 제가 가끔 한국으로 오게 되면 도움도 부탁드리고예."

"뭐, 어려운 일도 아니니 그렇게 하지요."

본의 아니게 코너에 몰린 담용이 어쩔 수 없다는 듯 대답하자, 그것만으로 만족했던지 민혜영이 처음으로 배시시 웃었다.

아마도 마음을 정하고 나서인지는 몰라도 본래의 성격이 차츰 나오기 시작하는 듯했다.

'허어. 벌써 다 된 것처럼 말하는군.'

결과야 어찌 됐든 분명히 선을 그어야 할 것이 있었다.

"하지만 저…… 애인이 있다는 걸 아셔야 합니다."

"푸홋! 이미 짐작했어예. 담용 씨같이 능력이 출중하면서도 마음이 올곧은 사람에게 애인이 없다면 세상 여자들 모두가 눈이 삐었지예. 안심하이소. 저로 인해 애인과의 사이에 곤란한 일은 절대로 없을 끼니까예. 호호호……."

이제는 기분이 많이 좋아졌는지 소리를 내어 활짝 웃는 민혜영이다.

반면에 담용은 마치 소태 씹은 것처럼 마음이 씁쓸했다.

있지도 않은 애인을 입 밖에 낸 탓에 자괴감이 들었다.

하지만 영 생뚱맞은 말은 아닌 것이 얼떨결에 연상된 여인이 있었기 때문이다.

'젠장. 그녀를 졸지에 애인으로 만들어 버렸군.'

그녀란 아침마다 출근할 때 무릎과 무릎 사이가 10cm도 못 되는 간격을 두고 있는 전철의 여성이었고, 현재로써는 오르고 싶어도 오르지 못할 나무였기에 마음이 아파서 더 괴로운 여자였다.

솔직히 민혜영은 담용이 마음속에 두고 있는 여성보다 더

예쁘긴 했다.

하지만 여전히 현숙함에 있어서는 마음속의 여성이 훨씬 더 앞서 있는 것만은 틀림이 없었다.

그것이 담용이 흔히 보기 어려운 민혜영의 미모를 바로 앞에 두고도 목석처럼 꿈쩍도 않는 이유였다.

하지만 담용만 그렇지 민혜영의 미모는 다 늙은 미첼의 혼을 쏙 빼 놓을 정도로 예뻐서 작금의 사정만 아니었다면 그녀의 앞길은 탄탄대로였을 것임을 미루어 짐작할 수 있었다.

담용이 마음속의 그녀를 잠시 떠올리고 있을 때 민혜영이 입을 뗐다.

"저…… 그럼 지금 제가 어떻게 해야 하는데예?"

"마음의 준비는 되셨습니까?"

"예."

"그럼 가서 직접 부딪쳐 보십시오."

"알겠어예. 이제부터 미첼 씨와의 일은 제가 알아서 할 테니 너무 걱정하지 마이소."

'당연히 그래야지.'

담용이 두 사람 사이에 끼어서 할 일은 없는 것이다.

그런데 민혜영의 표정이 조금 전과 약간 달라져 보인다.

뭐랄까?

거친 세파를 헤쳐 나갈 각오라도 다진 듯한 야무진 모습으로 변했다고나 할까.

"어디로 가면 되는데예?"

"나가셔서 왼쪽으로 가시면 정숙실이 나올 겁니다. 거기로 가십시오."

"담용 씨는 여기 계속 계실 거라예?"

"아직 제 일이 끝나지 않았으니 여기서 술이나 마시며 기다리고 있겠습니다. 그러니 제 걱정은 마시고 가 보세요."

"네. 그럼."

살포시 자리에서 일어난 민혜영이었지만 문을 나서는 뒷모습이 어쩐지 당당해 보였다.

아마도 자신을 대신해 살아 주는 인생이 없다는 점을 깨닫기라도 한 듯이 말이다.

민혜영의 뒷모습을 보니 문득 어쩌면 남자보다 여자가 세상을 살아가는 데 더 유리할지도 모른다는 생각이 들었다.

'헐! 여자의 변신은 무죄라더니, 화장발을 두고 하는 말만은 아닌 것 같…… 아 참!'

내심으로 중얼거리던 담용은 뭔가 퍼뜩 생각났는지 민혜영을 불렀다.

"아! 혜, 혜영 씨!"

"네?"

"혹시 통역이 필요하지는 않으십니까?"

"호호호. 제가 영문과라서 어느 정도 해예. 염려 마이소."

"아! 다, 다행입니다."

"그럼 다녀올게예."

고개를 까닥해 보인 민혜영이 실내를 빠져나갔다.

드르륵.

탁.

'잘됐으면 좋겠군.'

꼭 거래가 아니어도 좋았다.

민혜영 한 사람의 희생으로 가족 전체가 살길이 열린다면 그건 또 그것대로 좋은 일이 아니던가?

그렇게 되기까지도 갈 길이 멀 것이다.

미첼의 마음이야 이미 활짝 열렸다지만 민혜영의 마음을 온전히 얻기까지는 미첼의 눈물겨운 노력이 있어야 함은 당연한 일이었다.

쭈우욱.

탁!

"캬아! 오늘 술 받네."

술 한 잔을 단번에 들이켠 담용이 젓가락을 아직도 열기가 식지 않고 있는 신선로로 가져갈 때였다.

드르르. 드르르르…….

반상 위에 올려놓은 휴대폰이 요란하게 떨어 댔다.

"아차차! 도원이!"

휴대폰의 진동을 느끼자마자 그만 깜빡한 김도원을 떠올린 담용이 얼른 폴더를 열었다.

이어 대뜸 터져 나오는 우악스러운 목소리.

―인마! 언제까지 기다리게 하려고 여태 소식이 없어!

'이크! 내 이럴 줄 알았다.'

폴더를 열자마자 대뜸 꾸지람부터 날리고 보는 도원의 목소리에 담용이 속으로 뜨끔했다.

"아아, 미안해. 정말 미안해."

―썩을 놈아! 사람을 얼려 죽여 놓고 미안하다고 해라.

"하하. 상황이 좀…… 그렇게 됐다."

―우라질 자식. 어떤 상황인데?

"그게 딱 꼬집어서 말할 내용이 아니라서…… 설명하기가 좀 그래."

―너, 이 자식. 혹시 배 위에서 노 젓고 있는 것 아냐?

"뭐? 배 위에서 노를 저어?"

―그래, 인마. 나만 쏙 빼놓고 너 혼자 재미 보고 있는 것 아니냐고?

"이 자식이 말을 해도 그런 상스러운 말을 이 엉아에게 하다니. 너, 시방 죽고 잡은 거지?"

―그럼 아냐?

"아냐, 인마."

―그럼 여태껏 뭐 하고 있었어?

"아직도 상담 중이야."

―뭐? 지금이 몇 신데 아직도 상담 중이란 거야?

"엉? 며, 몇 신데?"

─나 참. 지금 몇 신 줄도 모르고 아직도 상담 중이란 거야?

"응. 그, 그렇게 됐다."

담용이 실내를 둘러보니 아무 곳에도 시계가 없어 시간을 알 수가 없었다.

─11시 반이야, 인마.

"뭐? 벌써 그렇게 됐어?"

─지랄하네. 가, 말어?

"그게……."

담용이 잠시 말을 못 하고 우물거리고 있을 때, '트르륵!' 하고 문이 거칠게 열리면서 입가에 웃음꽃이 활짝 핀 매튜가 달려들 듯 들어섰다.

이어서 다짜고짜 파안대소부터 터뜨렸다.

"우하하하……."

"……?"

"미스터 육, 우리 계약합시다."

"도, 도원아. 자, 잠시만……. 끊지 마."

귀에서 휴대폰을 뗀 담용이 어리둥절한 표정으로 매튜에게 물었다.

"계, 계약요?"

"그렇소. 그것도 삼백만 달러짜리요. 푸하하하."

"아니! 그, 그럼 미첼 씨와 민혜영 씨가 잘됐단 말인가요?"

"아! 그건 아직도 진행 중이오. 작은아버지가 그것과는 상관없이 삼백만 달러 치를 계약하라고 하셨소."

"……!"

재차 확인해 주는 매튜의 말에 담용의 눈이 화등잔만 해지면서 표정이 뜨헉해졌다.

벌떡!

삼백만 달러라는 소리에 가만히 앉아 있을 수 없었던 담용이 자리를 박차고 일어섰다.

휘청!

별안간 가슴속에서 뜨거운 혈기가 정수리까지 치솟는 느낌에 순간 머리가 띵해진 담용이 일어서는 즉시 중심을 잡지 못하고 비틀했다.

"어? 괘, 괜찮소?"

"아! 괘, 괜찮아요. 다리에 쥐가 나서……."

말은 그렇게 했지만 담용같이 튼튼한 사람이 쉽게 쥐가 날리가 있겠는가?

담용의 인생 25년 만에 생애 최대의 대박을 때리는 순간이라 주체치 못할 감정이 한꺼번에 터져 나온 결과였다.

"하하하. 너무 기뻐서 쥐가 난 것 아니오?"

"그, 그런 것 같습니다. 그, 근데 방금 한 말이 저, 정말입니까?"

"하하하. 이 매튜가 비록 바람둥이에다 실없는 놈이라고 소문은 났지만 계약을 가지고 헛소리를 해 본 적은 단 한 번도 없소. 그러니 어서 가지고 온 아이템 자료를 주시고 미스터 육은 계약서나 준비하시오."

"자, 잠깐!"

"왜 그러시오?"

"삼백만 달러를 파셜이 아니고 한꺼번에 계약하겠단 말입니까?"

"그렇고말고요. 그것도 작은아버지께서 시간 끌지 말고 당장 계약을 하라고 했다오."

"……."

담용이 멍한 표정에서 벗어나지 못한 채 경악한 빛을 띠자, 매튜가 재미있다는 듯이 웃음을 흘리며 결정타를 먹였다.

"우히히히. 더 놀라운 게 뭔지 아시오?"

"뭐, 뭔데요?"

"작은아버지가 이번만큼은 번거롭게 L/C(Letter of Credit : 신용장)를 개설할 필요 없이 곧바로 전액을 지불하라고 했소."

"헉! 저, 전액 지불이라고요?"

"그렇소. 그러니 그에 대한 준비도 해 주시오."

"아! 그, 그건 미처 준비를 하지 못했습니다. 게다가 난 신입사원이라 절차를 어떻게 밟아야 하는지도 모릅니다. 더구나 그런 경우의 세금 관계가 어떤지는 더더욱 모르고요."

신용장도 개설하지 않은 파격적인 거래라니!

그것도 직불!

이제 신입사원일 뿐인 담용은 단 한 번도 이런 경험이 없어 무척이나 당황스러웠다.

기억의 저편에서도 업무를 모두 익히기도 전에 회사가 부도나는 통에 경험할 기회가 없었던 것이다.

"그럼 어서 도와줄 사람들을 부르시오. 작은아버지가 그새 마음이 변할 사람은 아니지만 사람이 하는 일에는 만약이라는 게 있으니 서둘러 진행합시다."

"아, 알겠습니다."

"미스터 육."

"예?"

"이번 거래는 당신보다 내가 더 서둘러야 할 계약이라고 말한다면 이해하겠소?"

"대, 대충은."

담용도 절호의 기회였지만 매튜 역시도 좀처럼 자신을 미더워하지 않던 미첼이 지갑을 열었을 때를 놓치기 싫은 것임을 어찌 모를까.

"그걸 알면 나를 위해서라도 서둘러 주시오."

"그, 그러지요. 잠시만 기다려 주십시오."

담용은 감정이 격해져 손까지 덜덜덜 떨리고 있었지만 자신은 그걸 깨닫지 못한 채 휴대폰을 들었다.

"야야. 도, 도원아!"

ー야! 너 정말 날 얼려 죽일 셈인 거지?

"아! 미안, 미안."

ー씨파. 만나면 가만두나 봐라.

"야야. 지금 그게 문제가 아냐, 인마."

ー썩을 놈. 문제가 있다면 돈이 모자라는 것이겠지. 거기 어디야?

"야! 좀 앞서 가지 마라. 나도 헷갈려 죽을 판에 왜 너까지 지랄이냐?"

ー어쭈! 개개는데? 그래, 대체 뭐가 문제야?

"도원아, 지금 빨리 부장님과 무역부 직원들 총동원해야 겠다."

ー뭐? 이 자식이 지금 자다가 봉창 두드리나. 웬 헛소리를 하고 지랄이야.

"인마, 농담이 아냐. 지금 삼백만 달러 치를 계약해야 돼. 그것도 직불로, 이 자식아!"

ー뭐, 뭐라고라? 사, 삼백만 달러를 지, 직불로 한다고라?

"그래. 아무튼 너하고 실랑이할 시간 없으니까 빨리 수배 해서 에미어트 호텔 옆에 있는 수라 한정식집으로 튀어 오라 고 해!"

ー얼레? 이 자식…… 농담하는 게 아닌 것 같은데?

"썩을 놈아, 내가 이걸 가지고 농담할 군번이냐? 나도 지금 믿기지 않는 일이지만 사실인 걸 어떡해. 그리고 신입사원인 내가 언제 이런 경우를 당해 봤어야지. 어서 연락해! 난 접대를 계속해야 하니까 너만 믿을 수밖에 없어."

─그, 그래. 나만 믿어라. 그리고 그놈, 아, 아니다. 그분 꼭 붙잡고 있어!

"염려 마라. 도망가면 다리를 왕창 분질러 버릴 테니까."

─으흐흐흐. 알았다. 내 당장 연락해서 운전하면서도 뛰어오라고 할 테니 조금만 기다려!

"그, 그래. 부탁한다."

퍽!

"으윽!"

쿠당탕탕─!

깔끔한 정장 차림을 한 사내의 발길질 한 방에 가슴팍을 세차게 격타당한 덩치가 비명도 제대로 지르지 못하고 뒤에 있던 의자와 함께 그대로 나가떨어졌다.

그러나 덩치는 고통도 잊었는지 발딱 일어서더니 재빨리 처음의 자리로 와서 부동자세로 섰다.

"육시랄 놈의 새끼야! 어떻게 관리했기에 계집년은 놓치고 애새끼들은 병신이 되게 만들어! 앙!"

"죄, 죄송합니다."

정장 차림과는 전혀 어울리지 않는 사내의 걸쭉한 언행에 덩치가 고개를 푹 숙이며 가늘게 몸을 떨었다.

"죄송? 이 멍충아! 이게 죄송하다고 해결될 문젠 줄 알아!"

"……."

"다께다가 오랜만에 깔쌈한 년을 만나게 해 줘서 고맙다며 그 보답으로 오늘 우리와 합작하겠다고 한 거 알아, 몰라?"

"아, 압니다."

"그런데도 일을 이 지경으로 만들어 놔!"

"다, 당장 잡아 오겠습니다."

"그걸 말이라고 해! 당장 애들 풀어서 잡아 와!"

"기, 기필코 잡아 오겠습니다."

"언제까지?"

"내, 내일까지는 반드시……."

"썩을 새끼. 내일까지 못 잡아들이면 네놈 몸에서 손가락이 차례로 잘려 나갈 줄 알아라. 내일은 새끼, 모레는 약지 그리고 글피는……. 에이 씨, 뭔 손가락인지 모르겠다. 아무튼 뭔 말인지 알아들었어?"

"아, 알겠습니다. 그럼 가 보겠……."

"기다려, 새끼야. 날치 말을 듣고 가!"

"옛!"

"근데 이 십탱이는 왜 여태껏 안 오고 지랄이야? 야, 멀대!"

"예, 형님."

정장 사내의 부름에 옆에서 목석처럼 시립하고 있던 껑충한 키다리가 허리를 접으며 대답했다.

"이런 씨파가! 내가 형님이라고 하지 말랬지?"

"아! 죄송합니다. 사장님."

"어이구! 내가 이런 돌대가리들하고 세구파를 이끌어 온 것이 기적이지, 기적!"

"죄송합니다. 습관이 돼서……."

"인마, 그따위 못된 습관일랑은 시궁창에 갖다 버려. 법인은 괜히 만든 것이 아니란 말이다! 알간!"

"까, 깜빡했습니다, 사장님."

"지랄하네. 맨날 가르쳐 준 것도 잊어버리고 물어볼 때마다 깜빡했다면 다야?"

"이젠 절대로 안 잊겠습니다. 사, 장, 님!"

"썩을 새끼들. 네놈들은 그래도 고딩 경험이라도 한 놈들이잖아! 이 명국성이는 학교 근처도 못 가 본 무학이란 말이다. 그런 무학도 기억하는 걸 학벌 좋은 네놈들이 기억하지 못한다는 게 말이 되냐고. 엉?"

"죄송합니다. 사, 장, 님. 앞으로는 절대 그런 일 없을 테니 그만 노여움을 푸시지요."

"에이, 씨파!"

멀대의 사근사근한 말에도 분을 이기지 못한 정장 사내,
즉 명국성이 발치에 있던 의자를 신경질적으로 걷어차 버
렸다.

퍽!

차르르르…….

쿵!

"으아!"

주르르 미끄러지던 바퀴 달린 의자가 막 열리고 있던 출입
문에 부딪치는 순간 놀란 음성이 들려왔다.

"누구야!"

"나, 날치입니다요. 혀, 혀…… 엉?"

안으로 들어서려던 호리호리한 사내가 입을 가리키며 황
급히 눈짓을 하는 멀대를 보고는 흠칫했다.

이어 재빨리 말을 바꾸면서 명국성이 들으라는 듯 일부러
크게 외쳤다.

"사장님—! 다녀왔습니다!"

"큼! 들어와!"

"옙!"

잽싸게 안으로 들어온 날치가 명국성의 앞에 섰다.

"알아 왔어?"

"애새끼들이 너무 똑똑해서 그런지 아무 곳에도 CCTV가
없었습니다."

"뭐? 애들이 똑똑해서 CCTV가 없더라고?"

"옙!"

"그거…… 말이 되는 거야?"

"당연합지요. 애들이 계집애들을 좀 험하게 다뤄야 하는데 주변에 CCTV가 점점 늘어나는 추세라서 설치돼 있기라도 하면 영업을 못하지 않습니까요, 요즘."

"끙! 씨파! 잘한 일인지 못한 일인지 갑자기 헷갈리네. 아무튼 그건 그렇다 치고 세신파에는 알아봤어?"

"신반포 애들에게 정보를 풀어 봤지만 우리 구역으로 넘어와서 영업을 한 새끼들은 없다고 했습니다."

"인마! 우리하고 세신파가 에미어트 호텔을 같은 영업장으로 쓰기로 합의를 봤으니 도망가는 깔치를 잡으려고 구역을 넘어왔을지도 모르잖아?"

"그게 아니라 요 며칠은 깔치 장사를 아예 안 했다고 합니다."

"뭐야? 그럼 언 놈이 감히 우리 세구파에 들어와서 영업을 방해했다는 거야?"

"혹시 독고다이로 뛰는 놈이 아닐까요?"

"새끼야, 요즘 독고다이로 뛰는 놈이 어디 있어? 더구나 손발이 척척 맞아야 하는 계집장사를 혼자서 어떻게 할 수가 있냐고?"

"그게 아니라면 정의의 사도라는 뭐 그런 천방지축인 새끼들일지도…….”

"이런 씹탱이가 말을 해도. 그럼 우린 악의의 사도란 말이냐?"

"아닙니다요. 의리에 죽고 의리에 사는 사내들입니다요!"

"썩을 새끼가 가뜩이나 심사가 꼬여 엿 같은데 염장을 지르고 지랄이야."

"사장님, 다른 구역에서 원정을 와서 그년을 노린 건지도 모릅니다요."

"씨파! 거기까지 생각하면 막막해지잖아?"

"저…… 사, 장, 님."

"젠장. 야, 멀대. 지금 나를 놀리는 거지?"

"예? 아, 아닌데요."

"그럼 왜 힘을 주고 불러, 새끼야!"

"이, 잊어버릴까 봐…….”

"빙신! 고작 세 글자 가지고 잊어버릴까 봐 힘을 주냐? 아예 지랄을 해라, 지랄을. 그래, 할 말이 뭐야?"

"대갈빡에게 물어보면 방법이 있을지도 모릅니다."

"어? 그, 그렇네. 내 장자방을 두고 이런 멍충이들하고 노닥거리고 있었으니 나도 이제 다됐나 보다. 대갈빡 지금 어디 있어?"

"등기소에 갔는데요."

"등기소?"

"예."

"우리가 등기소에 뭔 볼일이 있다고 거길 가!"

"법인 등록하러 갔는데요?"

명국성의 신경질적인 목소리에 대답을 하던 멀대가 속으로 꿍얼거렸다.

'씨이. 방금 전까지도 법인이 어쩌고저쩌고 하면서 사장이라고 부르라고 해 놓고 지가 잊어버리고 난리 블루스야. 하여간 두목도 별수 없는 붕어 대가리라니깐.'

멀대의 눈동자가 왔다리갔다리하는 것을 본 명국성의 눈초리가 옆으로 쭉 째졌다.

"멀대, 너…… 지금 나보고 붕어 대가리라고 욕했지?"

"예? 하이고, 무슨 말씀을! 절대로 그런 생각 안 했습니다. 사, 장, 님!"

"새끼가…… 눈치가 딱 그런 것 같은데 증거가 없어서 놔둔다. 빨랑 대갈빡한테 전화나 걸어, 새꺄!"

"옛!"

'휴우. 눈치 하나는 대빵이라니깐.'

가슴을 쓸어내린 멀대가 곧장 휴대폰으로 대갈빡을 호출했다.

신호가 몇 번 가더니 휴대폰 너머로 음성이 들려왔다.

―멀대냐?

"응. 사, 장, 님 바꿔 줄게."

멀대가 얼른 명국성에게 휴대폰을 건넸다.

"응, 나다."

―웬일이십니까, 사장님?

"역시 단박에 사장이라고 부르는 놈은 너밖에 없구나."

―예?

"아, 아니다. 다른 게 아니고 어제저녁에 사고 났던 거 알지?"

―예. 아직 못 찾았습니까?

"못 찾았어. 세신파 놈도 아니고 CCTV에도 잡힌 것이 없어서 도대체 언 놈의 짓인지 알 수가 없어. 방법이 없겠냐?"

―그럼 그년이 에미어트 호텔에 들어갔다가 나왔다니까 만약 납치라도 됐다면 그년의 뒤를 따라다닌 놈이 있을 것 아닙니까?

"그, 그렇지."

―지배인의 협조를 얻어 CCTV부터 먼저 살펴보십시오. 그럼 수상한 놈이 있을지도 모릅니다.

"마, 맞아! 역시 넌 내 장자방이다."

―하하. 뭘요.

"언제 들어올 거냐?"

―이제 등기소 일 끝냈고 세무서에 가서 사업자등록증만 신청하면 끝나니 1시간 안에는 들어갈 겁니다.

"야! 그게 하루 만에 끝나는 거야?"

―하하하. 제가 누굽니까? 원래 시간이 걸리는 일이지만 저는 그냥 들이대면 다 됩니다.

"하하. 그, 그렇지. 무조건 우겨서라도 빨리 끝내 버리라고. 아무튼 네가 없으니까 갑갑해 미치겠다. 빨랑 와라. 주위에 돌대가리들만 잔뜩 있으니까 나도 붕어 대가리가 될까 겁난다."

―알겠습니다.

그때 대갈빡의 목소리가 끝나자마자 전화가 걸려 오는지 별안간 휴대폰에서 음악 소리가 들려왔다.

―학교 종이 땡땡 친다. 어서 모이자. 선생님이 우리를 기다리신다.

"크크큭."

"키키킥."

라이브 벨의 음률을 들은 멀대와 날치가 입을 가리면서까지 웃음이 터져 나오려는 것을 억지로 참느라 마치 술을 마신 것처럼 얼굴들이 불콰해졌다.

"이…… 씨불 놈들이! 웃어?"

"크큭. 아, 아닙니다요. 사장님, 어서 전화나 받으십시오."

"이 새끼들아! 네놈들은 부모 잘 만나서 학교라도 댕겼지만 이 명국성이는 고아라서 다니고 싶어도 다니지 못했다. 근데 학교 종소리 좀 듣고 싶어서 그런 걸 가지고 놀려 대? 이런 싸가지가 바가지 같은 새끼들아! 한번 죽어 볼래?"

"아닙니다! 그냥 박겠습니다."

쿵! 쿵! 쿵!

명국성이 목소리 까는 것을 본 멀대와 날치 그리고 덩치 하나가 찔끔하더니 그대로 바닥에다 머리를 박으며 자진해서 원산폭격 자세를 취했다.

"씨불 놈들, 전화 끝나고 보자. 아! 여보시오?"

―명 사장, 나 다께다요.

"어이구! 다께다 씨, 안녕하셨습니까?"

―흥! 안녕 못 했소.

"저런! 그 마음은 충분히 알고 있습니다."

―어떻게 하겠소? 그년을 다시 내 앞에 데려다 놓겠소 아니면 이 길로 세신파로 갈까요.

"아이구! 무슨 말씀을. 내일까지 다께다 씨 앞에 목욕재계 시켜서 곱게 데려다 놓을 테니 하루만 말미를 주십시오."

―좋소. 그 말을 믿고 기다리겠소.

"가, 감사합니다."

딸깍!

"이런! 이 씨불 놈이! 제 마음대로 전화를 끊어?"

퍼억!

다께다의 건방진 행동에 신경질이 난 명국성이 원산폭격 자세를 하고 있는 멀대의 허리를 걸어차는 것으로 화를 전가시켰다.

"어이쿠!"

"으아……."

와르르 무너진 세 사람은 벌떡 일어서더니 부동자세를 취했다.

"으이그…… 급한 일이 생겨서 내가 참는다. 지금부터 애들을 총동원시켜서 그년을 잡는 데만 집중한다. 알았나?"

"옛!"

"좋아. 멀대는 에미어트 호텔로 가서 어제 오후부터 찍힌 CCTV를 모조리 확인해 보고 수상한 놈이 찍혔으면 그대로 복사해 가지고 와."

"알겠습니다."

"야, 인마! 대답만 찰떡같이 하지 말고 제대로 하란 말이다!"

"염려 마십시오. 언 놈의 짓인지 확실하게 알아 오겠습니다!"

"씨불 놈아! 에미어트에 없다고 쪼르르 달려오지 말고 주변 상가나 식당들을 다 뒤져서라도 CCTV를 확보하란 말이다. 앙?"

"이미 그러려고 마음먹고 있었습니다."

"어이구, 잘도 그랬겠다."

멀대를 한번 째려본 명국성이 날치와 덩치를 향해 말했다.

"날치와 뭉치는 책임지고 구역을 샅샅이 뒤져 봐. 알아들었어?"

"옙!"

날치와, 뭉치라 불린 덩치가 구십 도로 허리를 꺾으며 힘차게 대답했다.

"단 세화여고의 경계선은 절대 넘지 마라. 놈들이 눈치채고 끼어들면 골치 아프니까. 그년을 중간에서 낚아챌 수도 있어. 그럼 어떻게 돼?"

"다께다가 세신파로 넘어가면 일본과의 합작은 물 건너가 버립니다요."

"알고 있으니 다행이다. 다께다 놈이 그년에게 홀딱 빠진 것 같으니 이 잡듯이 뒤져서라도 반드시 찾아내야 한다는 걸 명심해!"

"버얼써부터 명심하고 있었습니다."

"지랄! 돌대가리들이 행여나 그랬겠다. 아무튼 오늘은 잠잘 생각 하지 않는 게 좋을 거다. 절대 농담하는 거 아니니까 싸게싸게 움직여!"

"옙!"

미첼의 초청

익일 오후 (주)원상체인.

서류 가방을 든 무역부장 조수형이 어디를 다녀오는지 싱글벙글한 얼굴로 사무실에 들어서자마자 사장실로 향했다.

파티션 너머로 직원들의 머리가 쏙 튀어나오면서 시선들이 모두 조수형의 뒤통수로 꽂혔다.

더불어 직원들 모두 어딘지 모르게 묘하게 흥분된 눈빛들이다.

직원들 중 가장 흥분한 사람은 다른 누구도 아닌 김도원이었다.

"으흐흐흐. 담용아, 드디어 왔다."

"조 부장님이 온 것까지는 좋은데 그 웃음은 너무 음흉한 것 같지 않냐?"

의미심장하게 웃는 도원의 표정을 본 담용이 밉지 않은 핀잔을 주었다.

"인마, 내 기분이 묘해서 그래. 넌 안 그러냐?"

"내가 당사자인데 왜 안 그렇겠냐?"

"그렇지? 아무 관계도 없는 내 기분도 삼삼한 판인데 저 안에서는 지금 웬 횡재냐며 좋아서 죽겠지?"

도원이 턱짓으로 사장실을 가리키며 저 자신도 희희낙락해 마지않는 표정이다.

"담용아, 계산해 봤냐?"

"뭘?"

"으흐흐. 의뭉한 놈 같으니. 인마, 네가 받을 인센티브 말이다."

"아니."

"얼레? 아직 계산을 안 해 봤다고?"

"응. 그럴 시간이 있었어야지."

"흐흐흐. 너…… 내가 대신 계산해 줄 테니까 수고해 준 값 잊으면 죽는다."

도원이 급히 컴퓨터로 오늘의 환율을 검색해 보고는 말했다.

"오늘 환율이 1,243원이군. 잠시 기다려 봐."

이번에는 계산기를 가지고 토토토 두드리더니 잠시 후 계산을 끝낸 도원이 입을 쩍 벌렸다.

"왜 그래?"

"씨불 놈아, 너 심봤다."

"내가 심마니냐? 심을 보게?"

"그 정도로 횡재했다는 뜻이다, 인마!"

"대체 얼만데 네 턱이 빠지려고 하냐고?"

"이, 일억 팔천육백사십오만 원!"

"뭐? 저, 정말이야?"

담용도 의외의 금액이었던지 눈이 휘둥그레져서는 도원처럼 입을 쩍 벌리고 말았다.

'우와! 뭐, 뭐가 그렇게 많아?'

집으로 귀가했어도 피곤한 나머지 계산을 해 볼 생각도 하지 않았던 담용은 막연히 일억 원쯤 될 것이라고만 짐작했을 뿐이다.

그런데 생각했던 것보다 엄청난 금액이라니!

"씨불 놈. 이걸로 뭐할 거냐?"

"인마, 내 손에 쥐여 줘야 내 돈이지 남의 주머니에 있는 건 아무런 소용이 없어."

"지랄하네. 넌 눈깔도 없냐?"

"또 뭔 소리를 하려고?"

"인마, 직원들 눈깔을 봐라. 사장이 안 주고 배기다간 칼침 맞을 것 같지 않아?"

"쯧! 농담도 정도껏 해라."

"하하. 암튼 축하한다."

"고마워. 근데 주식 그거…… 끝났냐?"

"어제부로 끝났지."

"쩝! 빨리도 끝났네."

"짜아식, 인센티브로 지를 생각이었구나?"

"응. 뻥튀기할 수 있었는데 아쉽군. 왜 그렇게 빨리 끝났지?"

"작전주들이 대거 몰려왔다더군."

"작전주?"

"응. 개념은 좀 다르지만 작전주나 마찬가지인 것이 대형 수주 계약을 코앞에 뒀다는 데야 언 놈이 안 들어오겠어?"

"D건설에서 고의로 정보를 흘렸구나."

"그것도 투자할 만한 놈들에게 흘렸겠지."

"그렇다면 우린 운이 좋았네?"

"뭐, 그렇다고 볼 수 있지만 요식행위에 낀 것뿐이야."

"요식행위라면?"

"너무 한쪽으로 치우치면 눈에 드러나잖아?"

"아! 이해가 간다."

"그나저나 오늘 한잔해야지?"

"아니, 다음에 하자. 니가 사는 걸로."

"뭐? 이런 염병할 놈. 돈 번 놈은 넌데 왜 내가 사?"

"후훗. 네가 안 사고 배기나 보자."

"……?"

의미심장한 담용의 웃음에 도원은 어이가 없었는지 할 말을 잃고 말았다.

한편, 담용과 도원이 설왕설래하면서 한 계산은 조 부장이 문을 노크하는 것으로 또다시 시작되고 있었다.

똑똑똑.

"들어와."

딸깍.

삐이걱.

문고리를 비틀어 조심스럽게 문을 연 조수형은 사장과 전무가 소파에 마주 앉아 샘플을 만지작거리고 있는 것을 보고 고개를 숙였다.

"다녀왔습니다."

"오! 조 부장, 어서 오게."

"법무법인에서의 일은 잘 끝냈는가?"

조수형의 한마디에 김용원 사장과 권양선 전무가 번갈아 가며 입을 열었다.

"예. 직불이긴 하지만 기본적인 골격은 CIF(Cost, Insurance

and Freight : 운임 보험료 포함 가격) 조건으로 마무리했습니다."

"그래, 그게 순서겠지. 나머지는 그대론가?"

"예. 계약금을 제외한 수출 대금은 선적하는 대로 증서를 가져가면 법무법인에서 내주기로 했습니다. 여기 서류가 있으니 살펴보십시오."

조수형이 서류 가방에서 두툼한 서류철을 꺼내 탁자 위에 올려놓는 것을 본 권 전무가 페이지를 넘기며 살피기 시작했다.

"경리부장 자리에 있지?"

"예. 들어오면서 봤습니다."

김용원 사장이 전화기의 버튼을 누르자 미스 정의 목소리가 들려왔다.

"네, 사장님."

"하 부장 지금 뭐해?"

"대기하고 있습니다."

"그럼 들어오라고 해."

"네, 사장님."

인터폰이 끊기고 잠시 후, 하만수 경리부장이 사장실로 들어서자 김용원 사장이 물었다.

"얼마나 되던가?"

"환율을 천이백사십 원으로 계산해서 일억 팔천육백만 원입니다."

"뭐가 그렇게 많아?"

"그것도 우수리 삼 원을 뺀 금액입니다."

"헐! 육담용이 그야말로 대박을 터트렸군그래."

"사장님, 그렇게만 생각할 게 아닙니다."

약간은 못마땅한 어조가 섞인 듯한 김용원 사장의 말에 서류를 살피던 권 전무가 가만히 고개를 저었다.

지금은 평소와 달리 조 부장과 하 부장이 자리하고 있어 깍듯이 사장으로 대우했다.

"아, 알아. 나도 안다고. 평균 35%의 마진이라는 걸 말이오."

"많아야 20%의 마진을 생각했는데 무려 35%의 마진입니다. 그러니 이럴 때 과감하게 나가야 합니다. 지금 직원들의 눈이 이곳 사장실로 모두 쏠려 있는 상황인 걸 아시지 않습니까?"

"이 기회에 사기를 진작시켜 보자는 거요?"

"당연합니다. 그리고 육담용이뿐 아니라 나머지 직원들에게도 이 기회에 보너스를 지급하는 것도 괜찮다고 봅니다."

"쯧! 겨우 명맥을 유지해 오던 차에 돈이 좀 생겼다고 씀씀이가 너무 헤픈 건 아닐까?"

"이번 수출 건은 한 달에 백만 달러씩이라 3개월이면 끝나는 초스피드 계약입니다. 그다음에 또 호주 슬레이프사와 거래가 계속 이어질 테니 자금 걱정을 덜 수 있습니다."

김용원 사장을 설득시키던 권 전무가 하 부장에게 말했다.

"하 부장, 순수익이 얼마지?"

"작업을 맡을 하청 업자들과 의논해 봐야 정확한 금액이 산출되겠지만 대충 계산해 본 결과 향후 3개월 동안 약 이십 억 정도입니다."

"거참, 단번에 숨통이 트이는구먼."

"그렇습니다. 이런 식이라면 6개월 후에 돌아오는 어음까지 전부 메우고도 남습니다."

"애들에게 보너스를 지불한 적이 언제였지?"

"보너스라고 하기엔 뭣하지만 그마저도 2년 전이었습니다."

"하긴 그때도 월급을 당겨서 준 것이라 보너스라고 하기엔 낯간지러운 일이었지."

"추석이었지 않습니까?"

"하 부장 같으면 얼마나 주는 게 좋겠어?"

"직급에 따라 차등이 있겠지만 평균적으로 따져 계산을 해 보니 백만 원 정도면 적당하지 않을까 여겨집니다."

"돌아오는 어음은 확실히 막아야 할 거야."

"당연합니다. 예비비도 충분히 확보됩니다."

"권 전무 생각은 어떻소?"

"이럴 때 경영진도 사원들에게 인기를 좀 끌어 보는 것도 괜찮지 않나 싶습니다."

"하 부장과 조 부장은?"

"전무님 생각과 같습니다."

"좋아. 의견이 일치됐으니 그렇게 하지, 뭐. 언제가 좋겠어?"

"크리스마스이브 날이 어떻겠습니까? 곧 연말연시도 다가
오니 겸사겸사해서 말입니다."

"그래, 그게 좋겠군."

"육담용이 몫은 어떻게 할까요?"

"이왕에 줄 것이라면 육담용이 몫은 곧바로 시행하는 것이
좋겠지? 돈은 있나?"

"있습니다. 더구나 계약금 30%까지 들어와 있으니 지불하
고도 여유가 꽤 있는 편입니다."

"그럼 곧바로 시상식 준비를 하자고. 그때 보너스도 준다
고 발표하고 말이야."

"하하하. 생색은 제대로 내야 효과가 있는 법이지."

김용원 사장의 말에 권 전무가 웃으며 반기더니 말을 이
었다.

"송년회를 한 번 더 할까요?"

"그건 이미 끝난 일이니 번거로울 뿐이오. 그냥 보너스로
끝내자고."

"하하. 농담이었습니다. 하 부장, 퇴근 시간에 맞춰서 준
비해 줘."

"알겠습니다."

세모가 임박한 시기라 퇴근 시간이 되면 이미 어둑한 밤이 되어 있었다.

부천역에서 하차해 발걸음도 가볍게 걸어 마을버스 정류장에 서 있던 담용의 주머니에서 휴대폰의 진동이 울렸다.

<u>트르르. 트르르르……</u>.

"……!"

얼른 떡볶이집 옆의 구석진 곳으로 간 담용이 휴대폰의 폴더를 열고 입을 열었다.

"육담용입니다."

─헤이! 나 매튜요."

"아! 매튜 씨."

─잠깐만. 작은아버지 바꿔 드릴게.

그 말만 하고서 매튜가 전화를 미첼에게 건네는지 약간의 잡음이 일더니 곧 굵직하면서도 늙수그레한 음성이 들려왔다.

─미스터 육, 잘 지냈소?"

"아, 예. 덕분에 잘 지냈습니다."

─다행이오.

"모두 미첼 씨 덕분입니다. 엄청난 금액을 계약해 주시는 바람에 졸지에 회사에서 영웅이 되고 늘 쪼들리던 주머니 사

정도 괜찮아졌습니다.

─하하하. 미스터 육은 언제나 솔직해서 대화하기가 편하오.

"별말씀을. 있는 그대로를 말했을 뿐인걸요. 근데 계약 건에 문제라도 있습니까?"

─아, 아니오. 민혜영 씨 건으로 잠시 드릴 말이 있어서요.

"그건 두 분의 문제라 더 이상 간섭하고 싶지 않습니다만……."

─그 마음은 잘 아오. 하지만 내가 알기로는 후견인이 되어 주시기로 했다는데 아니었소?

"그건 두 분이 잘됐을 때의 얘기지요."

─하하. 서로 호감을 가지고 있으니 잘되어 간다고 봐야지요. 그래서 한 가지 의논을 드리려고 전화한 것이라오.

"말씀해 보시지요."

─다름이 아니라 민혜영 씨가 나와 내 가족들이 어떻게 살고 있는지 알고 싶다고 해서 호주를 방문하려는데 그 동행자로 미스터 육이 함께했으면 한다오.

"그래요?"

─그렇소. 그래서 미스터 육의 생각이 어떤지 알고 싶어 연락드린 거요.

"흠. 언제쯤 출국할 예정이며 일정은 어떻게 됩니까?"

─나는 내일 먼저 떠나 혜영 씨를 맞이할 준비를 하기로

했고, 매튜가 남아서 혜영 씨의 출국 준비가 끝나는 대로 같이 건너오기로 하였소.

"그렇다면 아직은 출국 날짜와 여행 일정이 명확하게 잡힌 건 아니군요."

—그런 셈이지만 가능하면 출국 날짜를 빨리 잡도록 합의를 했으니 미스터 육도 미리 준비를 해 줬으면 하오이다. 가능하겠소?

"음, 생각을 좀 해 봐야겠습니다. 아시다시피 회사에 매인 몸인 데다 말단 직원이라…….."

—나도 그 점을 생각하지 않은 건 아니라오. 그래서 하는 말인데, 미스터 육이 회사에 호주로 출장을 신청하면 어떻겠소?

"추, 출장요?"

—마침 우리 슬레이프사와 정식으로 거래를 텄으니 좋은 기회이지 않소이까?

"글쎄요. 뜻밖의 제의라서 당황스럽군요. 그런데 출장이란 것이 뚜렷한 목적이 있어야 하지 않겠습니까?"

—하하하. 그건 염려하지 않아도 되오. 슬레이프사에서 미스터 육을 지목해 초청하는 방식을 취할 테니까 말이오.

"초, 초청 말입니까?"

—그렇소이다.

'흠, 초청이라면…….'

담용은 미첼의 초청이란 말이 있고서야 비로소 지대한 관심을 가졌다.

왕복 비행기 삯은 물론 체류하는 동안의 경비까지 일체 부담하는 것이 초청 방식이라는 것이 상식이었기 때문이다.

'거참, 팔자에도 없던 호주 구경을 하게 생겼…… . 어, 그러고 보니!'

미첼이 목장주라고 했을 때도 생각나지 않던 사안 하나가 호주를 방문하게 됐다는 사실 확인이 되고서야 불현듯 뇌리에 떠올랐다.

물론 지금이 아니라 담용의 두 번째 직업에서 마주치게 될 사안이다.

'가만. 머, 머레이…… 뭐였더라?'

기억을 떠올리려 집중하자마자 곧바로 경추 부분이 뻥 뚫리는 기분이다.

동시에 머리 쪽으로 얕은 기운 한 줄기가 뻗는 느낌이 들면서 시원해지는 기분이다.

조금은 익숙한 것이 김도원과 술을 한잔 하면서 금융 구조조정에 대해 기억을 떠올렸을 때의 느낌과 흡사했다.

그와 더불어 그 즉시 떠오르는 단어 하나.

아마도 미지의 기운이 기억을 담당하는 뇌의 한 부분을 건드린 것처럼 불현듯 떠올랐다.

'걸번! 맞아. 머레이 걸번이었어.'

물론 담용의 업무가 아니었던 터라 더 이상의 기억은 이어지지 않았다.

그러나 호주 건을 놓치고 난 후 사장을 비롯해 임원들과 업무를 맡았던 담당자까지 못내 아쉬워하던 모습들이 지금도 선명했다.

망연자실하던 그 당시의 모습들은 만약 성공했더라면 수익이 결코 적지 않았을 것임을 능히 짐작할 수 있게 했다.

'으음, 혹시라도 내게 기회가 온다면?'

결코 놓치고 싶지 않았다.

그때를 위해 미첼에게 부탁을 해서라도 머레이 걸번이란 회사의 중역 한 사람 정도는 소개를 받고 싶었다.

'쩝. 그 당시 한국에 왔던 담당자 이름이라도 알았다면 좋았을 것을.'

하지만 기억의 저편에서 일어났던 일은 아직 도래하지 않은 시간이었다.

이제라도 기억해 놨다가 새롭게 시작하면 될 일이었다.

파노라마처럼 삽시간에 지나가는 일련의 기억들 속에 잠시 파묻혀 있던 담용을 미첼의 웃음소리가 깨웠다.

─하하. 어떻소?

"아! 저, 저야…… 거절할 이유가 없습니다만 초청 명목을 뭘로 할 것인지요?"

─간단하오. 시장조사 및 바이어 상담이라면 가능하지 않

겠소? 게다가 오더까지 성사시킨다면 회사에서 반대할 이유가 있겠소?

"그, 그렇긴 합니다만……."

담용의 대답은 어딘지 명쾌하지 못하고 뜨뜻미지근했다.

이유는 오너인 김 사장이 짠돌이인 데다 일개 신입사원일 뿐인 자신을 외국으로 출장을 내보낼 리가 없다는 데 있었다.

비록 비용이 들지 않는 초청 방식일지라도 쉽게 허락할 리가 없다는 것이 담용의 생각이다.

특히나 회사를 말아먹을 궁리를 하고 있는 상황에서는 더더욱 그럴 것이다.

―미스터 육이 뭘 걱정하는지 아오. 우선 매튜로 하여금 정식으로 회사를 방문하게 해서 회사의 오너와 협의케 하리다. 아마도 미스터 육이 염려하는 것보다 훨씬 좋은 결과가 나올 테니 허락만 하구려.

"미첼 씨, 회사에서 허락만 한다면 저는 응할 마음이 있습니다. 그런데……."

―의문이 있으면 말씀하시오.

"예. 민혜영 씨의 일로 인해 제게까지 신경을 쓰시다니…… 너무 과한 출혈이지 싶습니다. 솔직히 부담스럽습니다."

―하하하. 그런 문제라면 전혀 부담 가질 필요가 없소. 물

론 내 입장에서는 민혜영 씨와 인연을 맺도록 해 준 미스터 육을 홀대할 수야 없는 일이 아니겠소? 그러나 지금은 그 문제를 떠나 내가 미스터 육을 좋아하게 됐소. 이런 이유라면 충분하지 않겠소이까?

"어이쿠! 저를 그렇게까지 봐 주시다니 영광이긴 합니다만……"

—그럼 됐소. 허락한 것으로 알고 내일 당장 매튜를 회사로 보내리다. 그리고 혹 동행하고 싶은 사람이 있으면 동행해도 상관없으니 이 기회에 신세진 사람들이 있다면 기분을 내도록 하시오. 혹시라도 비용 문제로 걱정이 된다면 전혀 그럴 필요가 없다는 것도 말씀드리고 싶소.

"그, 그렇게까지?"

—하하하. 그게 미스터 육을 향한 내 마음이라는 걸 알아주면 좋겠소.

"감사합니다. 근데 민혜영 씨는 그곳에서 얼마나 머물 예정입니까?"

—열흘 정도 예정하고 있소. 아니면 더 걸릴지도 모르고 말이오. 그런 다음 코리아에서의 일을 정리하려고 귀국하게 될 게요.

"그럼 저도 그 일정에 맞추면 되겠군요."

—기일이 짧은 것이 조금 아쉽겠지만 다음에 또 기회가 있겠지.

"감사합니다. 그녀는 지금 어디에 있습니까?"

—에미어트 호텔은 좋지 않은 일도 있고 해서 풍광 좋은 쉐라톤 워커힐 호텔로 옮겨 머물게 했소이다.

"좋은 곳이로군요."

—나도 하루 지내고 보니 복잡한 심사를 안정시키는 데 그만인 곳이라 여겨지더이다.

"다행입니다. 그럼 출국하실 때까지 코리아에서의 여행이 편안하시기를 바랍니다."

—고맙소이다.

"민혜영 씨에게 출국 준비가 끝나는 대로 미리 연락해 달라고 전해 주십시오."

—그럼 정식으로 허락한 거요?

"예. 저도 머리털 나고 외국엘 한 번도 못 가 봐서 이 기회에 코에 바람을 좀 넣고 싶군요."

—하하하. 재밌는 말씀이오. 내가 장담하리다. 미스터 육의 첫 해외 나들이가 실망되지 않도록 준비하겠다고 말이오. 쾌히 응해 주어 고맙소.

"별말씀을요. 제가 더 감사한 일이지요."

—그럼 호주에서 봅시다.

"예. 편히 쉬십시오."

탁.

폴더를 덮은 담용의 입가에 엷은 미소가 걸렸다.

"후후후. 내 팔자에 해외여행이란 것이 있었나?"

전혀 없었다.

영어와 일어로 대화하는 것이 가능하긴 했지만 지난 삶에서는 38세가 되도록 단 한 번도 한국을 벗어난 적이 없었다.

영어와 일어가 가능한 것은 합격을 해 놓고도 포기해야만 했던 대학 진학의 보상 차원에서 불철주야 노력하고 매진했던 결과물일 뿐 해외여행으로 덕을 본 일은 없었다.

그 대신 장소에 상관없이 길을 가면서도 미친놈처럼 중얼거려야 했고, 뭘 하든 흥얼거리는 것을 멈추지 않았다.

"후후후. 그땐 정말 미쳤다고 해도 과언은 아니었지."

지나던 사람들이 담용을 보고는 하나같이 검지를 머리에 갖다 대며 빙빙 돌려 댔을 정도였으니까 말이다.

하지만 그들이 내 인생을 대신 살아 주지 않을 것이기에 담용은 신경도 쓰지 않았다.

빈한한 살림이라 학원은커녕 마땅히 대화할 상대도 없는 담용으로서는 나름의 궁여지책이었던 것이다.

담용은 인문계 고등학교를 졸업했다.

고등학교 입학할 당시만 하더라도 부모님 슬하에서 조금은 여유 있는 생활을 했던 담용이기에 당연히 뭇 학생들과 같이 대학 진학을 위해 인문계 고등학교에 입학했던 것이다.

하지만 2학년이 되던 해 아버지의 사업이 기울기 시작하면서 아버지의 사망에 이은 어머니의 사망 그리고 집안 사정까지 나락으로 떨어지는 불행한 사태가 벌어졌다.

그때가 담용이 열여덟 살, 막내 담민이 여덟 살이 되던 해였다.

인문계 고등학교에 재학 중이던 담용은 그때부터 자신의 처지를 인지하고 어학에 미치기 시작했다.

당연히 계기가 있었다. 담용이 2학년 2학기 무렵이다.

한창 먹을 시기인 성장기라 점심을 먹고도 배가 고파 마음이 맞는 친구들과 작당해 학교 밖에 라면으로 배를 채우러 갔다가 돌아오던 길에 기다렸다는 듯이 지휘봉을 들고 떡 버티고 있는 생활지도 주임에게 그만 잡혀 버린 것이다.

즉, 어느 학교에나 한 명쯤은 있을 법한 일명 독사라고 불리는 선생이었다.

당연히 매타작 같은 기합이 행해지고 마지막 수업이 끝났을 때다.

독사 선생이 훈시 조로 한 말이 담용에게는 화인처럼 틀어박혀 그로 하여금 어학에 미치게 할 줄이야 누가 알았겠는가?

영어가 담당 과목이었던 독사 선생 왈.

─너희들처럼 한창 팔팔한 청춘일 때 그럴 수도 있다. 하지만 규율은 지키라고 있는 것이니 벌을 받았다고 서운해 하지 마라. 너희들도 사내라면 이 시간 이후부터는 잊기 바

란다. 그리고…… 내가 영어 과목을 맡아서가 아니라 어떤 어학이든 꾸준히 공부하는 습관을 기르도록 해라. 어학이란 학문이 하루 이틀에 습득되는 것이 아니어서 꾸준하게 하지 않으면 점점 멀어져 종내는 쳐다보지도 않게 되는 것은 물론 기피 대상이 된다. 너희들이 성장했을 때는 영어가 판을 치는 세상이 올 것이다. 영어가 이미 세계 공용어가 됐기 때문이다. 우리나라가 강대국이었다면 한글이 세계를 지배했겠지만 아쉽게도 그렇지가 못하다. 고로 한글로 된 건물만 드나들 것이 아니라 영어로 된 건물도 자신 있게 드나들 수 있는 인물이 되어야 한다는 말이다. 그렇듯 영어만 잘해도 생활 반경이 훨씬 넓어질 것임을 내가 장담할 수 있다.

이렇듯 담용이 어학에 매진하게 된 동기는 고등학교 시절 영어 과목이 담당이었던 독사 선생님으로부터 시작됐다.

그런 노력이 있었기에 오늘날 뜻하지 않게도 슬레이프사와 계약을 맺게 되었고 목돈까지 거머쥘 수 있었던 것이다.

'이제부터 시작이야.'

꾸욱.

출발이 순조로운 것에 담용은 용기가 생겨 각오를 다지듯 주먹을 꽉 쥐었다.

한데 정류장으로 향하던 담용의 발걸음이 멈칫했다.

'혹시…… 이것으로 고의 부도를 막을 수 있지 않을까?'

순간 담용의 생각이 조금 더 깊어지면서 액세서리 업계의 동향과 상황을 잠시 파악해 보았다.

아직은 액세서리 업계 전반에 대해 안다고 하기에는 일천한 경험이었지만 그 본질은 어느 정도 꿰고 있는 편이라 대략의 맥은 짚을 수 있었다.

'일본은 제외시키더라도 앙숙인 대만이 있고 싱가포르 같은 몇몇 동남아 국가 그리고 불도저처럼 치고 올라오는 중국. 그 사이에 끼어 이제는 어정쩡해져 버린 한국이라…….'

답은 빤했다.

앞날이 가시밭길인 것.

이유는 이미 인건비와 원자재값이 상승해 버린 한국이라 중국 같은 저비용 고효율의 제품을 상대로 이기기는 힘들다는 것이다.

그렇다고 고가의 액세서리로 승부를 보자니 이미 일본이 시장을 선점하고 있어 판로를 뚫기 어려운 데다 준비마저 되어 있지 않은 형국이니 어려운 실정이다.

'흠, 가능성이 있다면 확실한 시장을 확보해 신용을 꾸준히 쌓아 가는 길뿐인데…….'

이것이 쉬웠다면 이미 누군가가 시작하고도 남았을 것이다.

물론 불가능한 것도 아니다.

바로 어떤 경우에도 서로를 신뢰해 줄 수 있는 고정 바이어를 확보하면 되는 일이었다.

'으음. 원상체인과 미첼 슬레이프사의 관계를 그렇게 만들어 호주 시장만 잡아도 가능하지 않을까? 설령 내가 그만두더라도 말이야.'

담용이 이렇게까지 마음을 쓰는 건 아무리 규모가 작은 기업이라도 도산할 경우 사회적 파장이 결코 작지 않다는 데 있었다.

먼저 소속 직원들의 허탈에 이은 하청 업자들의 연쇄 도산을 들 수 있다.

곧 고용의 붕괴다.

고용의 붕괴는 가정 파탄으로 이어져 급기야는 사회에 영향을 미치게 된다.

그 영향이란 것이 어디로 튈지 모르는 럭비공과 다름없다고 볼 때 극단적으로는 가장이 가족을 위해 무슨 짓을 저지를지 모른다는 것이다.

즉, 범죄와 연관되지 말란 법이 없다는 점이다. 물론 이때의 범죄란 주로 생계형에 국한된 것들이다.

고로 생각이 꼬리에 꼬리를 물 때마다 담용의 안색이 점점 어두워져 가는 건 당연한 일.

'이거…… 나 하나만 그만둔다고 해결될 일이 아닌걸.'

문득 시간을 되돌아온 자신을 반추해 보았다.

'맞아. 누군가 시간을 되돌려 보냈다면 내 일신의 안위만

을 도모하라고 한 건 아닐 거야.'

담용은 시공을 회귀해 온 자신이 할 일이 바로 이런 것들을 해결하라는 의미가 아닐까 하는 생각이 들었다.

물론 세상을 구한다거나 하는 거창한 일이나 또 자신의 능력에 비해 과도하게 힘에 부치는 일 따위는 할 능력도, 그럴 생각도 없다.

하지만 자신의 능력으로 할 수 있는 일은 해야만 될 것 같았다.

'사장이나 전무도 비전이 없음을 알고서 자신들이 살길을 모색하려고 했는지도 몰라. 하지만 판로가 탄탄하다면 굳이 고의 부도를 낼 이유가 없지 않겠어?'

순진한 생각일지 몰라도 일단은 최선을 다해 보고 나서 추이를 지켜보는 것도 나쁠 것 같지는 않았다.

'좋아. 최선을 다해 보는 거다.'

담용은 이번 출장길에서 우선적으로 회사의 숨통을 터놓는 일에 중점을 두기로 마음을 먹었다.

'머레이 걸번과의 미팅은 그걸 해결하고 나서 추진하면 되는 일이니 먼저 당면한 일부터 해결해 보자고. 그래도 부도를 낸다면 기필코 죗값을 받아 내고야 말 것이다.'

꾸욱.

담용은 다시 한 번 주먹을 쥐며 각오를 다졌다.

한데 그런 각오를 비웃기라도 하듯 골목에서 입에 담지 못할 섬뜩한 욕이 들려왔다.

"이런 쌍! 한번 뒤져 볼래?"

"어쭈! 좆나 어리바리한 새끼가 야려?"

"야! 캡짱! 이 새끼 호주머니 좀 뒤져 봐! 연장이 있을지도 몰라."

"바라던 바다. 캡짱, 저 새끼도 뒤져 봐."

지저분한 육두문자를 듣고 있자니 금방이라도 한판 붙을 기세다.

막 발을 떼려다가 걸음을 멈춘 담용이 곤혹스러운 표정을 자아냈다.

'이건…… 없었던 일이잖……. 아아. 그, 그렇군.'

의혹 어린 표정이던 담용이 뭔가를 이해했다는 듯 고개를 주억거렸다.

정상적인 퇴근이었다면 이미 집에 가 있을 시간이라 이런 일과 맞닥뜨릴 일이 만무했다.

근데 담용은 시상식 때문에 조금 늦은 데다 미첼과 통화하느라 지체된 탓도 있어 과거의 시간과는 달리 생경한 현장을 목격하게 된 것이다.

'헐. 이제부터는 일을 한 가지 벌일 때마다 새로운 인생이 시작된다고 봐야겠구나.'

담용은 새로운 경험을 하게 된 것에 호기심과 긴장이 동시에 상존하는 심정이라 기분이 묘했다.

'여럿인 모양인데 말리는 녀석 하나 없군.'

안 들었다면 모를까 들은 이상 한창 크는 아이들이라 이성이라도 잃게 되면 어떤 짓을 저지를지 몰라 불안한 마음이 든 담용은 품속의 충정봉을 더듬어 보고는 작심하고 골목 안으로 들어섰다.

'담민이 녀석은 집에 있겠지. 근데 그때 퇴근해서 봤던가?'

워낙 특별한 일이 없었던 인생이다 보니 기억이 잘 나지 않아 이내 털어 버렸다.

'여섯 명?'

폭이 2m도 채 되지 않는 골목에 교복을 삐딱하게 입은 여섯 명의 학생들이 담배를 꼬나문 채 통로를 가로막고 있었다.

막 윗도리를 벗던 학생이 담용을 보고는 재수 없다는 듯 툴툴거렸다.

"야! 갑툭튀다. 비켜 줘!"

윗도리를 벗던 학생의 말에 다른 학생들의 시선이 담용에게로 쏠렸다.

"어? 크, 큰형님."

누군가 자신에게 형님이라 부르는 소리에 잠시 어리둥절해 하던 담용은 곧 머리를 푹 숙인 채 주춤주춤 다가서는 학생이 담민임을 알았다.

담민의 입에서 형님이란 말이 나오자 학생들이 얼른 담배를 끄는 등 수선들을 피워 댔다.

　다소 엉뚱한 데가 있는 학생들이었지만 이들도 어울리는 친구와 관계된 어른에게만은 깍듯이 예의를 차리는 모양새다.

　"담민이냐?"

　"예. 그, 그것이……."

　"사내는 어떤 경우든 변명을 하지 않는다고 했지?"

　"……예."

　담용의 엄중한 말투에 담민이 기어들어 가는 목소리로 대답했다.

　"어깨 펴라. 이 형에게 맞아 죽는 한이 있어도 사내는 어깨를 펴고 죽어야 한다는 것을 잊었느냐?"

　"아, 아니요."

　"알면 됐다. 밥은 먹었냐?"

　"아, 아뇨."

　"그래?"

　담용의 시선이 어쩔 줄 몰라 하며 눈치를 보고 있는 학생들에게로 향했다.

　특히 갑툭튀라고 말한 학생은 제 잘못을 아는지 뒤로 숨어서 아예 얼굴도 내밀지 못했다.

　"너희들은?"

　"저, 저희요?"

담용이 묻는 말에 맨 앞에 있던 학생이 얼떨결에 대답했다.

"그래."

"아직 아, 안 먹었어요."

"짜식들. 한창 클 나이에 때를 놓치면 쓰나? 가자. 뭘 좋아해?"

그야말로 한바탕 혼쭐이 날 것으로 알았다가 의외의 반응이 나오자 어리둥절해하며 서로를 쳐다보는 학생들이다.

"어허! 뭘 좋아하냐니까?"

툭툭.

"저, 큰형님. 얘들 고기 무지하게 좋아해요."

"그러냐? 그럼 고깃집으로 가자. 아는 덴 있느냐?"

"예. 아는 형이 알바를 하고 있는 곳을 알아요."

꾸지람을 듣지 않은 것에 안심이 됐는지 담민이 금세 본색을 찾더니 안색까지 밝아졌다.

담용이 지나간 일에 대해서는 두 번 다시 거론하지 않음을 알기 때문이다.

하지만 다시 한 번 이런 일이 있을 때는 그 책임이 결코 작지 않다는 것도 알았다.

"그럼 그리로 가자꾸나. 너희들은 어떠냐?"

"조, 좋아요!"

"그래. 오늘은 허리끈 풀어 놓고 마음대로 먹으려무나."

"우와! 신 난다."

"큰형님! 최곱니다!"

아직은 중학교 2학년생일 뿐인 아이들이라 환호성으로 단박에 분위기를 급반전시키면서 서로를 얼싸안고 골목을 빠져나갔다.

한바탕 드잡이를 하려던 두 녀석도 언제 그랬냐는 듯 어깨동무를 하고 있었다.

이에 담민이 걱정이 됐는지 조심스럽게 물어 왔다.

"큰형님. 어, 어쩌시려고?"

"괜찮다. 담민이 친구들에게 쓸 돈 정도는 있으니까 걱정하지 마라."

"쟤들 엄청 먹어 댄다고요."

"어허! 괜찮다니까. 너도 많이 먹어라. 맛있으면 친구 모두 싸 줘도 된다."

"헥! 지, 진짜요?"

"그래, 인마. 이럴 때 캡짱의 체면을 살려 줘야지 언제 살려 주겠냐?"

"에? 제가 캡짱인 걸 어떻게 알았어요?"

따악!

"아쿠!"

"인마, 내 동생이잖아."

호언장담하듯 자신 있게 말하는 담용의 태도에 담민이 멀뚱한 표정을 자아냈다.

"이런 녀석하고는……. 처음으로 네 친구들에게 선심 좀 쓰겠다는데 왜 그렇게 놀라?"

"크, 큰형님 보너스 탔구나?"

"하하하. 우리 담민이 거리에 자리 깔아도 굶지 않겠네."

"와아—! 진짜예요?"

"하하. 짜식. 고기가 맛있으면 네 작은형과 누나들 먹을 것도 싸 가지고 가도록 하자. 오랜만에 목구멍의 때를 벗겨야 되지 않겠냐? 그리고 식사 끝나고 시장에도 들르자꾸나."

"시장에요?"

"으응. 네 옷도 좀 사고 신발도 사고 누나들 것도 사 줄 겸 해서지. 너무 낡았잖아?"

"우히히히. 제 옷과 신발을 사 주신다고요?"

"그래, 인석아.".

쓰쓰쓱.

헤벌쭉 웃는 담민의 머리를 마구 헝큰 담용이 은근한 어조로 물었다.

"근데 아까 내가 나타났을 때 한 말이 무슨 뜻이냐?"

"아! 갑툭튀요?"

"어! 그래, 갑툭튀."

"그냥 준말이에요. 생각지도 않게 갑자기 툭 튀어나온 사람이 있을 때나 아니면 그런 상황을 가지고 갑툭튀라고 해요. 우리 같은 애들만 쓰는 비속어예요."

"호! 그러냐?"

"예."

"가능하면 제대로 된 말을 쓰도록 해라. 은어나 비속어가 습관이 되어 입에 배면 나중에 사회생활을 할 때 자신도 모르게 튀어나와 지장이 많단다."

"명심하겠어요, 큰형님."

"좋아. 앞장서라."

"옙!"

씩씩하게 대답을 하고는 친구들을 쫓아가는 담민의 뒷모습을 보던 담용이 내심 한숨을 불어 냈다.

'후우ㅡ! 저 녀석을 저대로 둬서는 안 되겠구나. 방법을 찾아야겠어.'

아직 시간이 있다고는 하지만 담민의 비참한 운명을 아는 담용으로서는 또다시 잘못된 길을 가게 할 수는 없었다.

친구들 앞에서는 기를 꺾을 수가 없어 대범한 척했지만 마음은 무거운 납덩이를 끌어안고 있는 기분인 담용의 심정이었다.

동생들에게 웃음을 되찾아 준 담용

담용의 집.

"옴마나! 옴마나!"

담용과 담민이 들고 온 쇼핑백들을 풀어 보던 혜인이 수북하게 쌓인 옷가지와 먹을거리 그리고 여타의 물건들을 보고는 난리를 떨어 대더니 화장실로 쪼르르 달려갔다.

쾅쾅쾅.

"언니! 언니!"

"얘는…… 문 부서지겠다."

"얼른 나와 봐!"

"다 씻어야 나가지."

"아이, 지금 씻는 게 문제가 아니라니깐. 대박이야, 대박!"

"뭐? 대박?"

"그렇다니까."

"아휴! 대체 뭐기에 그렇게 호들갑이니?"

"호호호. 나와 보면 아니까 빨랑 나오라고."

"아, 알았어. 잠시만 기다려."

"히히히. 나오면 놀라 자빠질걸."

입가에서 연방 웃음이 떠나지 않는 혜인이 자신의 묶인 옷
가지들을 잽싸게 챙기더니 자기 방으로 들어갔다.

삐이걱.

담민이 한 벌 쫙 빼입은 차림으로 방을 나서더니 어색한
웃음을 자아내며 담용을 쳐다보았다.

"헤헤. 큰형님, 저 어때요?"

"우와! 어느 귀한 댁의 도령이신가?"

감색 파카에 청바지 그리고 새 운동화를 신은 담민의 모습
은 마치 귀공자 같았다.

'헐! 옷이 날개라더니.'

당연히 담용의 시각에서 보는 귀여운 동생의 모습이었으
니 오죽할까.

"에헤헤헤. 큰형님도 참. 어떠냐니까요?"

"글쎄다. 얼굴은 분명히 막내인 담민이가 맞는데 옷이 날
개라서 그런가? 웬 의젓한 귀공자인가 해서 못 알아봤구나.
하하하."

"에이, 지금 놀리는 거죠?"

"하하하. 아니다. 정말 좋아 보이는구나. 진즉에 사 줬어야 했는데 미안하다."

"헤헤. 지금이라도 사 주셨잖아요. 다른 옷도 입어 볼게요."

"그래그래."

벌컥!

"아니, 대체 뭐기에 혜인이가 그렇게 난리를…… 어머나!"

머리의 물기도 채 말리지 못한 혜린이 욕실에서 나오다가 거실이 난장판이 되어 있는 것을 보고는 화들짝 놀랐다.

"어머! 어머! 이게 다 웬 것들이래?"

"흠. 이 오빠가 큰마음 먹고 지른 것이니 너도 입어 보아라."

"오, 오빠! 오빠가 무슨 돈이 있어서……."

"어허! 이 오빠는 그동안 모아 놓은 돈이 없는 줄 알았더냐? 도둑질한 것 아니니까 안심하고 입어 봐라. 혹시라도 사이즈가 맞지 않으면 현대쇼핑센터에 가서 바꾸면 된다."

"어머머. 이거 색깔도 예쁘고 너무 조오타."

자주색 패딩 잠바를 들어 보던 혜린이 자신의 몸에 맞춰 보더니 함박웃음을 자아냈다.

"호호호. 제게 딱 맞아요."

"아무렴. 이 오빠가 동생들 사이즈는 죄 꿰고 있잖느냐?"

"호호호. 맞아요. 그동안 오빠가 동생들 옷을 모두 사 줬으니 모를 리가 없죠."

해맑은 웃음을 자아내던 혜린이 치마와 바지를 동시에 들더니 눈을 동그랗게 뜨며 담용을 쳐다보았다.

"어머! 두 벌씩이나 샀어요?"

"그래. 그동안 낡은 옷 입고 다니느라 애썼다."

"전 괜찮아요. 입을 만해서 입고 다닌걸요."

"알아. 하지만 한창 멋을 낼 시기에 그건 아니지. 그리고 크리스마스잖니?"

"호호호. 그러고 보니 크리스마스 선물인 셈이네요."

"그래. 그리고 이참에 백화점에 가서 네 정장도 두 벌쯤 사자꾸나."

"저, 정장을요?"

"응. 이제 졸업도 하고 면접시험도 계속 봐야 하니 캐주얼 차림은 곤란하지 않겠느냐?"

"그야 그렇지만…… 세탁소에서 빌려 입어도 돼요."

"그건 아니지. 남의 입성에 맞는 옷이 어찌 네게 어울릴까?"

담용이 서류 가방을 뒤지더니 미리 준비해 둔 봉투 두 개를 꺼내 혜린 앞으로 내밀었다.

"……?"

"하나는 네 정장을 살 돈이고 하나는 생활비다."

"새, 생활비요? 그건 오빠가 맡아 오셨잖아요?"

"난 이제 졸업할란다. 이제부턴 네가 맡도록 해라."

"네에……. 근데 이게 얼마예요?"

혜린이 정장값이라고 내놓은 봉투를 들고 속을 들여다보니 만 원권 지폐와 수표가 가지런히 들어 있었다.

"이백오십만 원 넣었다."

"어머나! 이, 이백오십만 원요?"

"그래. 나도 여자들 옷값이 장난이 아니라는 것쯤은 알고 있다. 물론 그것으로도 어림없다는 건 알고 있다만 사정이 여의치 않으니 우선은 그 정도에 맞춰서 사 입도록 해라. 그리고 오십만 원은 구두값이다."

"구, 구두값까지? 오, 오빠. 이거면 충분해요. 옷도 몇 벌을 사고도 남고 구두를 사기에도 충분한 금액이에요."

"제대로 된 옷이라면 두 벌 값으로 모자랄 것이다만 정 모자란다 싶으면 오빠에게 말해라."

"고, 고마워요. 오빠."

담용의 말에 감격했는지 혜린의 눈에 습막이 비치더니 이내 글썽글썽해졌다.

"저런, 저런! 그까짓 걸로 눈물을 흘리다니. 내가 그동안 네게 얼마나 못난 오빠였는지 이제야 알겠구나."

"어머! 아, 아니에요. 오빤 최선을 다해서 동생들을 보살펴 오셨어요. 그러니 그럼 말씀은 마세요."

"하하. 알았다. 생활비는 삼백만 원을 넣었다."

"네에? 사, 삼백만 원요?"

또 한 번 깜짝 놀란 혜린이 생활비가 든 봉투를 얼른 집어

들어 들춰 보기에 바빴다.

"그래. 그동안 너나 동생들에게 용돈도 제대로 못 주고 또 제대로 된 음식을 먹이지 못한 것 같아 이번만은 그렇게 넣었으니 아끼지 말고 쓰도록 해라. 혜인이랑 담민이 용돈도 넉넉히 주고."

"오빠⋯⋯."

"다음 달부터는 이백만 원씩 꼬박꼬박 내놓으마."

"오, 오빠⋯⋯."

"또, 또 그런다. 근데 넌 안 입어 볼 거냐?"

"호호. 나중에요."

금세 제모습을 찾은 혜린이 어지럽게 흩어진 물건들을 주섬주섬 정리할 때 현관문이 열렸다.

딸깍.

"다녀왔습니다."

새시 공장의 일을 마치고 곧바로 도서관으로 갔던 담수가 집으로 돌아왔다.

"어머! 오늘은 일찍 오네."

"응. 형님이 일찍 들어오라고 전화를 주셔서⋯⋯. 어? 이, 이게 다 뭐야?"

현관문을 들어서던 담수가 어지럽게 널려 있는 물건들을 보고는 어리둥절한 표정을 지었다.

"호호호. 오빠가 큰맘 먹고 질렀대."

"뭐? 우리 짠돌이 형님이 돈을 질렀다고?"

"호호. 그렇다니까. 여기 네 옷도 두 벌 있으니까 맞는지 입어 봐."

"내 것도 있어?"

"그럼. 그것도 두 벌씩이나 돼."

"아이쿠! 형님, 보너스라도 받으셨나 봐요?"

"그래, 인석아."

"하하. 저야 좋긴 하지만 곧 군대 갈 놈이 뭔 옷이 필요하다고……."

그러면서도 혜린이 건네주는 옷을 냉큼 받아 들고는 잽싸게 자기 방으로 들어가는 담수였다.

'쩝! 짠돌이라……'

담수에게 그런 말을 들어도 할 말이 없는 담용이었다.

그만큼 단 한 푼도 허투루 쓸 여유가 없었을 정도로 팍팍한 살림살이였던 것이다.

벌컥!

"짜안一!"

문을 거칠게 열고 나온 혜인이 허리에 손을 척 걸치고는 마치 모델처럼 포즈를 취했다.

"어머머. 혜인아, 예쁘다."

"어허! 뉘 집 귀한 따님이신고?"

담용과 혜린이 놀랄 정도로 감색 파카에 엷은 빛깔의 청바지 차림의 혜인은 정말 예뻤다.

거기에 자주색 운동화까지 더해져 단정하면서도 독특한 분위기를 풍기는 하이틴 세대다워 보였다.

"에헤헤헤. 진짜?"

"그럼."

"다른 옷도 입어 보지 그러냐?"

"헤헤. 쑥스러워서…… 나중에 입어 볼게요."

혀를 날름 내밀어 보인 혜인이 제 방으로 쏙 들어가 버리자 곧 담수가 나왔다.

"누나, 배가 고픈데 나만 먹으면 돼?"

"아니, 우리도 안 먹었어."

"아! 혜린아, 숯불갈비집에서 소갈비를 좀 사 왔다."

"어머! 소갈비요? 비쌀 텐데……."

"이왕 지르는 것 아니더냐? 아낄 때 아끼더라도 잘 먹을 땐 잘 먹어야지."

"호호. 맞아요. 그동안 너무 옹색하게 살아서 어리둥절하긴 하지만 틀린 말은 아니네요."

"하하하. 역시 내 동생이다. 나와 담민이는 먹었으니 너희 셋만 먹으면 될 게다."

"아! 담민이를 만나서 같이 먹고 들어왔군요."

"우연히 그렇게 됐다. 그리고 준비가 다 되면 내가 할 말이 있으니 내게 커피 한 잔만 타 다오."

"네에—!"

잠시 후, 두 자매가 부지런히 수선을 피운 끝에 푸짐한 밥
상이 차려졌다.

실내가 온통 숯불갈비 냄새로 진동을 하는 가운데 커피를
살짝 입에 댄 담용이 입을 열었다.

"모두 먹으면서 들어라."

"네."

"예."

"흠. 내가 이번에 운이 좋았는지 바이어를 잘 만나 돈을
좀 벌었다."

"어머나!"

"어머! 그, 그래요?"

"와! 형님, 축하해요."

담용의 발언에 무척이나 기뻐하는 동생들이다.

"혀, 형님, 어, 얼마나 벌었는데요?"

"대략 일억 팔천만 원 정도 된다."

"읍! 커, 커컥!"

"어머머머! 이, 일억 팔천······!"

담용의 일억 팔천이란 말에 갈비를 뜯던 담수가 그만 사레
가 들렸는지 황급히 입을 가리며 켁켁거렸고, 혜린과 혜인은
듣고도 감이 오질 않는지 그저 멍한 표정만 지을 뿐이었다.

담민은 무슨 얘기가 오가는지도 모르고 갈비를 뜯는 데만

열중하고 있었다.

한창 먹을 나이라 그런지 그렇게 먹고도 또 배가 고픈 모양이었다.

"오, 오빠, 그게 정말이에요?"

"그렇단다. 무려 삼백만 달러짜리 계약이었거든."

"우와! 삼백만 달러! 그게 대체 얼마야?"

"금액이 뭐 그리 중요하냐? 이 형이 돈을 벌었다는 게 중요하지."

"헤헤. 하긴 그러네요. 혹시 성과급을 받은 겁니까?"

"하하. 잘 아는구나."

"그거야…… 연봉으로는 계산이 안 되는 금액이니까 당연하지요."

"큰형님! 우리 집 사요!"

"엉? 지, 집?"

안 듣는 척하면서도 다 듣고 있었는지 담민이 대뜸 집을 언급해 담용은 조금 놀랐다.

"그래요. 이 집은 너무 좁아요. 전…… 큰형님이 거실에서 자는 게 정말 슬퍼요."

그렇게 말하고는 고개를 푹 숙이는 담민은 갈비를 신경질적으로 뜯었다.

"다, 담민아."

"히잉. 그렇게 해요. 큰형님도 따뜻한 방에서 주무시는 걸 보고 싶단 말이에요. 어헝엉엉엉…….”

"……!"

갑자기 대성통곡을 하는 담민을 본 담용과 동생들은 그만 할 말을 잃었는지 아무런 말도 못 했다.

저 어린 마음에도 큰형이 추운 거실에서 웅크리고 자는 것이 못내 마음이 쓰였던 모양이다.

담민의 통곡이 아니더라도 모두들 알고 있으면서도 일부러 회피하고 있는 문제였던 터라 막내의 울음에 모두 코가 시큰해지고 눈자위가 붉어지고 있었다.

"오, 오빠. 우리 막내가 철이 없는 줄만 알았는데 이제 보니 그게 아니었나 봐요."

"그, 그렇구나."

"그래요, 형님. 저도 새벽에 일어나서 나올 때면 거실에 감도는 찬 바람 때문에 몸이 다 으슬으슬하더라고요. 그러니 이참에 따뜻한 집으로 이사를 가는 것도 괜찮다고 생각해요. 누나 생각은 어때?"

"나야 찬성이지만 큰오빠의 말을 더 들어 봐야 알 것 같아."

"형님, 혹시 그 돈으로 사업이라도 할 생각이십니까?"

"아니. 난 사업가 체질이 아니라서 그럴 생각은 전혀 없다."

이 말은 담용의 진심이었다.

담용에게는 사업이 아니라도 할 일, 즉 돈 벌 일이 태산같이 쌓여 있었기 때문이다.

더군다나 약간의 능력이 생겼다고 해서 일확천금의 요행을 바라는 마음조차도 없다.

　　고로 굳이 골치 아픈 사업을 할 이유가 없는 것이다.

　　"그렇다면 담민이의 소원을 들어주는 건 어떻습니까?"

　　"흠. 너희 모두가 그러길 바라느냐?"

　　"네, 오빠. 그동안 말을 안 하고 속으로 삭여 왔지만 막내가 저희가 할 말을 한 거예요. 오빠도 이젠 따뜻한 방에서 편하게 주무시도록 하세요."

　　"혜인이도 찬성이에요, 큰오빠."

　　"저도요."

　　스윽.

　　담수까지 찬성하자, 뜬금없이 담민이 손을 번쩍 들었다.

　　"인마, 그거 무슨 뜻이야?"

　　"나도 찬성이라고……."

　　담수가 묻자 담민이 기어들어 가는 목소리로 대답했다.

　　"푸하하하, 의뭉스러운 놈. 철없다고 여겼더니 속에 능구렁이 한 마리를 키우고 있었구나."

　　"칫! 작은형은 내가 맨날 생각 없이 사는 줄 아나 봐."

　　"그래그래. 지금처럼 제발 생각 좀 하고 살아라. 부탁한다, 막내야."

　　"치이."

　　"자, 자. 모두의 생각이 그렇다고 하니 집을 사는 것으로 하자."

"와아! 잘 생각하셨어요, 오빠."

"헤헤헤. 큰오빠, 난 내 방이 있는 집으로요."

"그래그래. 모두에게 방이 돌아갈 수 있도록 신중하게 찾아보도록 하자. 그리고 요즘은 이사하는 철도 아니고 하니 3개월 후쯤 옮기는 것으로 하자. 어떠냐?"

"그래요, 오빠."

"형님, 요즘 IMF 영향으로 집값이 많이 떨어졌대요. 제 생각으로는 꽤 괜찮은 아파트를 구입할 수 있을 거예요."

"흠. 이 형은 마당이 있는 단독주택이었으면 싶구나. 돈이 모자라면 융자를 조금 받더라도 말이다."

"어머! 그게 좋겠어요. 전 조그만 화단에서 꽃을 가꾸고 싶어요."

"나도, 나도. 큰오빠, 난 내 친구네 집처럼 대문을 온통 장미로 두르고 싶어요."

"큰형님, 전 마당에 기둥을 박아서 샌드백을 설치해 몸을 단련시킬 거예요."

"하하하. 그러려면 결국 무리가 되더라도 단독주택을 사야겠구나."

"형님, 집을 사신다면 제가 군대 가기 전에 이사해야 해요."

"아니, 왜?"

"왜라뇨? 휴가라도 나오면 집을 찾아갈 수 있어야 하잖아요?"

"오호! 그거 잘됐다. 군식구 하나 줄일 기회가 생겼으니 얼마나 좋으냐? 하하하."

"맞아요. 호호호."

"얼라리요? 혜인이 너 용돈 준 사람이 누군데 그렇게 웃어 대냐?"

"어머! 그렇구나. 흡!"

"이런! 속 보인다, 인마."

"에헤헤. 작은오빠, 쌀랑해."

"에구. 싫느니 죽지."

담수와 혜인이 설왕설래하는 것을 지켜보던 담용이 입을 열었다.

"자, 자. 내 얘기 아직 안 끝났다."

"형님, 오늘따라 할 말이 많으신가 봐요?"

"하하. 돈을 손에 쥐니 무서운 게 없어져서 그런가 보구나."

"오빠, 말씀해 보세요."

"그래. 집은 내일부터라도 알아보기로 하자. 마침 회사에서 이번 공로로 휴가를 줬으니 잘됐구나."

"어머! 휴가를 받았다고요?"

"응. 큰 계약을 성사시켰으니 당연한 것 아니냐?"

"어머나! 잘됐다. 언제까진데요?"

"시무식 때는 출근해야 할 테니 일주일 정도지 아마?"

"우와! 자린고비 사장이 웬일이래?"

담용이 공휴일도 없이 일해 왔던 것을 알기에 혜인이 눈을 동그랗게 뜨며 놀라워했다.

"그건 그렇고 실은…… 기회를 봐서 회사에 사표를 낼 작정이다."

"아니, 왜요?"

"으응. 70~80년대에 성행했던 액세서리 업계가 90년대 후반기부터 사양길에 접어들기 시작하는 바람에 장래에 비전을 바라보기 어려워서 그런다."

"으음, 중국이나 베트남이 싼 인건비로 치고 올라오니까 그럴 거예요. 그럼 앞으로의 계획은요?"

"일찍부터 계획은 세워 뒀다만 아직 말할 단계가 아니다. 다만 몇 개월 쉬면서 재충전하는 시간을 가져 보고 최종 결정을 하고 싶구나."

기억의 저편에서는 사장과 전무가 해외로 도주를 하고서야 비로소 부도가 났음을 알고는 막막해했다지만 지금은 미리 대비할 수 있어서 걱정이 좀 덜 된다.

"그렇게 해요, 오빠. 그동안 너무 빠듯하게 살았어요."

"맞습니다, 형님. 제대하자마자 곧바로 취직한 데다 밤낮 없이 일해 오셨어요. 지금이 바로 재충전할 때가 아닌가 싶네요."

"흠. 모두들 그렇게 생각해 주니 고맙다."

"오빠, 언제쯤 사표를 낼 생각이에요?"

"글쎄다."

혜린이 묻는 말에 담용이 잠시 생각하더니 말했다.

"한 달 후쯤?"

"어머! 딱 좋네요."

"응? 뭐가?"

"오빠가 돈이 조금 생겼다고 하니 그동안 꼭 한 가지 해 보고 싶었던 것을 이루고 싶어서요."

"그래? 그게 뭐지?"

"가족 여행요."

"가, 가족 여행?"

"그래요. 부모님이 계실 때는 가끔이라도 갔지만 돌아가신 이후부터는 먼 나라 얘기가 됐지요. 마침 여유도 조금 생겼고 또 시기도 방학 때이니 이 기회에 가족 여행을 했으면 해요."

"어머! 언니, 그거 정말 좋은 생각이다. 난 무조건 찬성!"

"우와! 저도 찬성요!"

"오호! 형님, 누나 생각이 그럴듯한데요?"

혜린의 제안에 혜인을 시작으로 담민과 담수까지 동조하고 나섰다.

"오빤 어때요?"

"하하하. 분위기를 보아 하니 반대하면 나만 왕따 되겠구나.”

“헤헤헤. 큰형님도 요즘 뜨는 유행어를 사용하실 줄 아시네요.”

“인석아, 이건 유행어가 아니라 일본말 이지메(집단 따돌림)에서 유래한 아주 몹쓸 말이야. 알아들어?”

“에이. 그런 건 저와 상관없고요. 어쨌든 찬성이신 거죠? 그렇죠?”

“그래. 이 형이 반대할 리가 있느냐? 그렇지 않아도 나 역시 그런 생각을 하던 참이었다.”

“어머나, 그러셨어요?”

“응. 그동안 참으로 어려운 살림임에도 잘 견뎌 준 너희들에게 고마워서라도 여유가 생기면 같이 여행을 하고 싶었단다. 여행하면서 이런저런 많은 얘기를 나누고 싶었고 너희들이 먹고 싶어 하는 것도 많이 사 주고 싶었다.”

“큰오빠도 그런 생각을 했군요.”

“아무렴. 너희들을 고생시킨 당사자가 난데…….”

“푸훗! 오빠도 참…….”

“그래서 말인데 여행지로 호주가 어떠냐?”

“엥? 호, 호주?”

“어머나! 호, 호주라고요?”

담용의 입에서 호주라는 말이 튀어나오자 해연히 놀란 동생들 모두 믿기지 않는다는 듯 서로를 쳐다보더니 혜인이 확인하듯 되물었다.

"오, 오빠, 방금 오스트레일리아인 호주라고 하셨어요?"

"응. 그 호주 맞다."

"세상에. 거긴 너무 멀고 경비도 만만찮아서……."

"하하하. 왜? 이왕이면 화끈한 여행이면 좋지 않으냐?"

"그래도 그건 아닌 것 같아요. 너희들 생각은 어때?"

"누나 말이 맞아요. 국내에도 좋은 곳이 많은데 첫 여행지가 호주라니 좀 거시기한데요?"

"하지만 난 좋아. 갈 수만 있다면 말이야."

"맞아. 나도!"

"하하하. 혜린이와 담수는 반대고 혜인이와 담민이는 찬성이구나. 그럼 혜인이와 담민이 그리고 나 이렇게 셋만 가면 되겠네."

"우와ㅡ! 신 난다."

따악ㅡ!

"아얏!"

손을 번쩍 치켜들며 신 나 하던 담민이 담수의 손찌검에 비명을 내질렀다.

"이쒸! 왜 때리고 그래?"

"인마, 큰누나와 이 형을 떼 놓고 가는 게 뭐가 그리 좋아서 만세까지 불러?"

"아! 그럼 안 좋아? 귀빠지고 처음 하는 해외 나들인데……."

"인마, 집안 사정도 고려해 봐야지 무조건 찬성하면 어떡해? 이 철딱서니야!"

"히잉. 큰형님이 괜찮다고 하는데 왜 작은형이 딴죽을 걸고 그래?"

"하하. 담민이 말이 맞다. 내가 결정권잔데 담수 네가 왜 그러냐?"

"혀, 형님. 그럼 진심으로 하시는 말씀이세요?"

"암은. 진심이지 않고."

"오, 오빠. 여유가 좀 생겼다고 해서 그렇게 마구……."

"아아, 됐다. 아직 내 말이 끝나지 않았으니 마저 듣고 나서 말해라."

"아, 네. 죄송해요."

"괜찮아. 내가 왜 그런 말을 했느냐 하면……."

이어 담용의 입에서 호주가 여행지가 된 원인이 미첼의 초청에서 기인됐다는 말이 흘러나왔다.

"옴마나! 옴마나! 미첼이란 사람이 큰오빠를 너무 잘 봤네요. 작은오빠, 언니! 그렇잖아?"

담용의 말을 듣고 난 혜인이 호들갑을 떨어 대며 혜린과 담수에게 동의를 구했다.

"그, 그래. 잠시만 조용히 좀 해 봐."

혜인을 다독인 담수가 담용에게 물었다.

"형님, 그럼 형님 외에 한 명 정도는 그렇다고 쳐도 나머지 셋은 우리가 경비를 물어야 하는 거잖아요?"

"그런 셈이지."

기실 담용이 가족 여행지로 호주를 생각하게 된 이유가 바로 덤으로 한 명 정도 더 여행할 수 있다는 미첼의 제의에 의해서였다.

물론 미첼은 꼭 한 명이라고 못을 박지는 않았지만 담용은 그렇게 여겨 버렸다.

신세를 지는 것도 한도가 있음이다.

고로 세 명의 경비를 자신이 부담할 수 있다면 가능한 여행이었다.

"담수야, 그게 문제가 되냐?"

"아무래도 경비가 만만치 않을 것 같은데요?"

"그 문제도 이미 생각을 해 봤다. 실은 또 한 군데서 돈이 나올 예정이라 결코 무리하는 것은 아니다."

"에? 또, 또 돈이 나온다고요?"

"어머! 오, 오빠!"

"왜들 이리 놀라? 모르는 사람이 보면 꼭 내가 그동안 너희들 등쳐 먹고 산 줄 알겠다."

"오빠, 무슨 그런 말을……."

"그래요. 그런 뜻으로 묻는 게 아니잖아요?"

"하하하. 안다, 알아. 너희들이 계속 놀라니까 내가 다 민망해서 그런다."

"이번에는 어디서 돈이 나오는데요?"

"그것까지는 알 필요 없을 것 같으니 그렇게만 알아라. 다만 궁금해할 것 같아 금액은 알려 주도록 하마."

"어, 얼만데요?"

"일억 조금 못 될 거다."

담용은 도원과 같이 투자한 D건설의 주식이 확실하게 돈이 될 것임을 알고 있었기에 동생들에게 자신 있게 말해 주었다.

"헉! 이, 일억!"

"어쩜! 큰오빠 입에서 돈 얘기가 나오기만 하면 억이네. 호호호…… 아이, 신 나!"

"그, 그러게."

담수와 혜인 그리고 담민이 많이 놀랐는지 그저 어리둥절한 표정을 자아냈지만 혜린만은 조금은 염려의 기색이 어린 눈빛으로 담용을 쳐다보았다.

이를 눈치챈 담용이 혜린에게 담담한 미소를 지어 보였다.

"염려 마라. 세금 다 내고 떳떳하게 받는 돈이니까."

"아! 다행이에요, 오빠."

"하하. 녀석. 하지만 당장은 아니고 앞으로 3개월은 기다려야 생길 돈이야."

"형님, 확실한 거지요?"

"그래, 인마. 네가 입대하자마자 나오지 싶다."

"으악! 억울해. 그 턱을 못 먹고 가다니!"

"호호호. 작은오빠, 염려 마. 내가 큰오빠 졸라서 통장에 쏴 주라고 조를 테니까."

"어? 그래 줄래?"

"그럼. 나만 콱 믿어 봐."

"쩝. 글쎄다. 네 녀석이 떼먹지나 않으면 다행이겠지만 한번 믿어 보지, 뭐."

"우쒸! 기껏 생각해 줬더니 무슨 말을 그렇게 해?"

"하하. 알았다, 알았어."

혜인의 말에 너털웃음을 내보인 담수가 담용에게 물었다.

"형님, 그렇다면 호주로 결정이 난 겁니까?"

"그래. 아마 내 생각엔 시드니 북부에 있는 채스우드란 곳이 목적지가 될 것 같다."

"아! 미첼이란 분이 거주하는 곳인가 보군요."

"응. 그러니 가능하면 빨리 여권을 받아 놓아라."

"알았어요. 연휴 끝나자마자 바로 신청하지요, 뭐. 근데 형님은요?"

"난 군대에서 이미 받아 놨다."

"아! 맞다. 특수부대라 해외파병을 생각해서 미리 받아 놓게 했군요."

"그래. 그리고 성은 'Yuk'로 통일하도록 해라."

"어? 난 'Ryuk'으로 하고 싶은데요?"

"그건 안 돼. 내가 이미 'Yuk'로 했으니까 같은 가족이라면 받아들여지지 않을 거야."

"그게 그렇게 되나?"

"이름과 달리 성은 철자법이 같아야 신청을 받아."

"쩝! 할 수 없죠, 뭐."

"좋아. 그럼 여행 건은 결정된 것으로 하고……."

담용이 혜인을 시작으로 동생들 하나하나와 눈을 맞추더니 담민에게서 멈췄다.

아직도 게걸스럽게 갈비를 뜯고 있던 담민이 담용과 눈이 마주치자 뜯던 갈비를 슬그머니 내려놓았다.

"왜, 왜요?"

"담민아."

담용의 은근한 부름에 담민이 대번에 불안한 기색을 띠었다.

"예, 예?"

"녀석, 잘 밤에 너무 먹는 것 아니냐? 소화 안 되게……."

"에헤헤헤. 전 평소에 활동량이 많아서 끄떡없어요."

"하기야 그렇긴 하지."

담민에게서 시선을 떼지 않던 담용이 말을 이었다.

"담민아, 다른 게 아니고…… 너는 가족 여행에서 돌아오면 운동을 시작했으면 싶구나."

"헤? 우, 운동요?"

담용의 뜬금없는 말에 조금 당황한 담민이었지만 표정은 결코 싫지 않은 듯해 보였다.

"그래. 어떠냐?"

긁적긁적.

"저야 뭐…… 근데 무, 무슨 운동인데요?"

"네가 제일 자신 있어 하는 운동이 뭐냐?"

"헤헤. 격투기요."

"그런 격투기 같은 것 말고 대학에 들어갈 만한 스포츠 말이다."

"아! 그거라면 달리기가 제일 자신 있어요."

"호오! 그래? 단거리 아니면 장거리?"

"장거리요."

"장거리? 이유가 있느냐?"

"헤헤헤. 그게…… 이상하게도 친구들은 조금만 뛰어도 헥헥대는데 전 잘 지치질 않아서요."

"오! 정말이냐?"

처음 듣는 말에 담용이 반색하며 확인하듯 되물었다.

"그럼요."

"얼마나 뛰면 지치더냐?"

"그건…… 잘 모르겠어요. 지칠 때까지 뛰어 보질 않았으니까요."

"호오! 그렇단 말이지."

'혹시 황영조 선수처럼 선천적으로 심장이 발달한 것은 아닐까?'

그럴 가능성도 있었다.

'그게 아니라면……?'

담용은 또 하나의 원인으로 학교 등굣길을 꼽았다.

담민은 중학교 진학할 때 우선 배정에서 떨어져 학교가 집에서 제법 멀리 떨어진 중동 신도시에 내에 있었다.

게다가 성주산 언저리가 집인 탓에 가파른 언덕을 하루도 빠짐없이 오르내려야 하는 힘든 길을 오가야 했다.

고로 담민이 자신도 모르게 후천적으로 심장이 튼튼해진 것은 아닐까 하는 생각이 들었다.

'그럴지도 모르겠군.'

"혹시 너희 학교에 육상부가 있느냐?"

"있는 것 같긴 한데 연습하는 것 같지가 않던데요? 그다지 성적을 내는 것도 보지 못했고요."

"그거야 다른 곳에서 합숙훈련을 하면 그렇게 보일 수도 있지. 좋은 성적을 내는 것이야 쉬운 일이 아닐 테고……."

"그런가?"

담용의 말에 육상부를 연상해 보던 담민은 그래도 뭔가 미심쩍어하는 눈치였다.

"좋아. 이왕 말이 나온 김에 뜸들일 것 없이 여행 다녀오는 대로 이 형과 같이 육상부를 찾아가 보자."

"곧 3학년이 되는데 받아 줄까요?"

"그 문제는 내가 알아서 할 테니까 넌 신경 쓰지 않아도 돼."

"예."

두 사람의 대화를 유심히 듣고 있던 담수가 담용에게 물었다.

"형님, 담민이를 갑자기 왜 운동부에 넣을 생각을 했어요?"

"담수야, 담민이 성적이 어떻더냐?"

"그야…… 뒤에서 세는 거라면 5등 안에는 들걸요, 아마?"

"그럼 그 성적으로 대학을 갈 수 있을까?"

"턱도 없지요. 고등학교도 실업계로 가야 해요. 그것도 수준이 낮은 학교로요."

담용은 담수의 입에서 실업계란 말이 나오자마자 가슴이 뜨끔했지만 애써 누르고는 담담하게 말했다.

"공부할 의지가 없는 아이가 실업계를 간다고 해서 뾰족한 수가 있다더냐?"

"그렇다고 장래가 불확실한 육상이라니요? 우리나라의 육상계를 보면 더 말이 안 되는 것 같은데요?"

"하하. 난 담민이가 달려도 쉬 지치지 않는 장점이 있다는 것이 얼마나 다행인지 모른다. 물론 테스트를 해 봐야겠지만 이제 열다섯 살이라 재미를 붙이고 노력을 가미한다면 희망이 전혀 없지는 않을 것 같아."

"좋습니다. 육상을 한다고 쳐요. 그런 다음에는요?"

"늦은 감이 있긴 하지만 체육 고등학교 진학을 노려보다가 안 되면 체육대학 입학은 가능하도록 애를 써 봐야지 않겠냐?"

"아! 결국 체, 체육대학이 목표였군요."

"하하. 눈치챘어?"

"아항! 이제야 형님의 의도를 알겠습니다. 그러니까 담민이가 자질이 있어서 국가 대표라도 된다면 좋겠지만 못 되더라도 노력하기에 따라서 체육 교사라도 되었으면 하는 거군요."

"역시 담수는 두뇌 회전이 빠르구나. 그래, 제대로 짚었다."

"저보다는 형님이 담민이의 장래를 그렇게 멀리까지 내다보고 말씀하실 줄은 몰랐습니다. 역시 형님이시군요."

"헐! 대단할 것까지야."

"오빠, 정말 좋은 생각이에요."

"헤헤헤. 큰오빠, 저도 담민이 일은 대찬성이에요."

담수에 이어 혜린과 혜인이 장단을 맞추며 분위기를 몰아갔다.

"하하하. 모두가 좋다니 다행이다. 담민이 네 생각은 어떠냐?"

"헤헤헤. 공부보다 운동이라면 자신 있어요. 그동안 공부에 정을 붙이지 못해서 방황했지만 이제부터 운동이라도 제대로 해 볼 거예요."

"하하하. 그런 각오라면 됐다. 하지만 육상에 관계된 이론 공부는 필히 해야 한다. 왜냐면 이론이 겸비된 운동선수는 그만큼 발전이 있기 마련이니까 말이다."

"예. 제가 관심이 있는 분야는 뭐든 열심히 할게요. 너무 걱정하지 마세요."

"어쭈! 담민이 녀석, 이제야 활기를 찾았나 보네. 잘해 봐라. 이 작은형도 팍팍 밀어줄 테니까."

"호호호. 큰누나도. 파이팅!"

"에헴. 이 작은누나는 매일같이 힘을 낼 수 있는 영양식을 챙겨 줄게."

"헤헤. 고마워. 작은형 그리고 큰누나 작은누나. 나도 이 제부터 보란 듯이 열심히 해 볼 거야."

담수의 응원에 담민이 주먹을 쥐어 보이며 각오를 보여 주었다.

"하하하. 그래그래. 그런 의미에서 우리 하이파이브 한번 하자."

"어머! 그거 좋다."

"시작! 우리 막내 파이팅!"

"파이팅!"

짜악! 짝! 짝!

세 남매가 담민의 사기 진작을 위해 적극적으로 힘을 실어

주자 용기가 난 담민도 환하게 웃으며 손뼉을 마주쳤다.

'후후. 정말 다행이다. 진즉 담민이의 자질을 파악하고 조치를 해 줬어야 했는데……'

물론 의도대로 될지는 알 수 없는 일이지만 적어도 이전의 삶처럼 불행한 일을 겪지는 않으리라 여겨졌다.

어쨌든 오랜만에 집 안에 웃음꽃이 활짝 피고 보니 담용의 마음이 훈훈해지면서 한결 가벼워졌다.

변화의 시작

청소부들이 쓰레기를 치우는 시각인 이른 새벽이다.

인적도 없는 성주산 정상의 팔각정 밑에서는 여명도 트기 전인 시각임에도 가벼운 기합성이 토해지고 있었다.

"타앗!"

담용의 신형이 불쑥 솟는다 싶더니 앞으로 물레방아 돌듯 한 바퀴 빙글 돌았다.

이어 바닥에 가볍게 착지한 담용이 잠시 꼼짝을 않더니 이내 고개를 갸우뚱했다.

'이상하네. 올라올 때도 숨이 하나도 가쁘지 않더니 어려운 동작을 쉬지 않고 한 지금까지도 숨이 가쁘기는커녕 오히려 몸이 가뿐한걸.'

팍팍하던 살림이 뜻하지 않은 인연으로 인해 다소 여유가 생긴 담용은 늘 가슴 한편에 숙명처럼 짊어지고 있던 근심 걱정을 홀홀 털어 버리고는 가벼운 마음으로 집을 나선 터였다.

 집을 나선 이후 줄곧 달리면서 동시에 섀도복싱 동작까지 취하며 부지런히 몸을 놀렸음에도 호흡 한번 흐트러지지 않는 자신의 몸 상태에 담용은 오히려 마음이 불안해져 이마에 깊은 골이 잡혔다.

 '아무래도 이상이 있는 것 같은데 까닭을 모르겠군. 정밀검사라도 해 봐야 하는 것 아닐까?'

 자신의 몸 상태는 자신이 가장 잘 아는 법.

 담용도 자신의 몸 상태가 결코 이 정도까지는 아님을 잘 알고 있었다.

 그럼에도 몸 구석구석을 아무리 살펴도 특별히 이상이 있다거나 또 그럴 만한 징후를 발견할 수가 없었다.

 그럴 형편도 아니었지만 역발산기개세처럼 금세 힘을 촉발시키는 보약 한 첩 챙겨 먹은 적이 없었으니 당최 그 연유를 짐작조차 할 수가 없다.

 그러고 보니 근래에 들어 컨디션도 전에 없이 최상인 것 같았다.

 정확히 말하자면 지난번 곰방대 할아버지를 구한 이후라고 할 수 있었다.

바인더북

'거참. 그때 성주산을 대여섯 번 오르내렸다고 이럴 리는 없을 테고…….'

지금 기분 같아서는 앞공중돌기를 연속해서 세 번을 해도 가능할 것 같았다.

당연히 손을 짚지 않고 전방으로 세 바퀴 물레방아를 도는 동작이다.

그러나 체조 선수가 아닌 바에야 여태껏 단 한 번도 성공하지 못했던 동작이기도 하다.

'어디 한번 해 볼까?'

실험성이 다분한 모험이었지만 담용은 지금의 컨디션이라면 해낼 것 같은 기분이 들었다.

"차앗―!"

바닥을 찬 담용의 신형이 그 자리에서 학처럼 쑤욱 솟구쳤고 날갯짓을 하듯 양팔을 벌린다 싶더니 곧장 고개를 접는 것과 동시에 양팔로 무릎을 감쌌다.

이어서 빙글 한 바퀴 돌고는 착지와 동시에 고무줄 같은 탄력을 이용해 다시 한 번 솟구쳤다.

또다시 착지와 동시에 힘찬 앞공중돌기.

그렇게 연속해서 세 번 앞공중돌기를 마친 담용이 땅에 내려서자마자 다리를 한껏 찢으며 스완(백조) 자세를 취했다.

"응?"

골반이 약간 어긋나는 느낌이 든다 싶더니 이내 무리 없이 쫘악 펴지면서 사타구니가 땅에 닿았다.

"이, 이럴 수가!"

경악한 표정이 된 담용이 제풀에 깜짝 놀라서는 풀쩍 뛰어 바로 섰다.

"이, 이게…… 어찌 된 거지?"

컨디션으로 봐서는 세 번이 아니라 네 번 다섯 번 계속해서 할 수 있을 것 같은 기분이 든 담용은 그제야 자신의 신체에 변화가 있음을 어렴풋이 깨달았다.

더구나 완벽한 스완 자세라니!

엉덩이와 바닥은 언제나 가깝고도 먼 사이처럼 5cm가량의 거리를 두고 있었던 터였건만 그 벽이 깨진 것이다.

"어디 다시 한 번……."

도저히 믿기지 않는 신체의 변화에 담용은 이번에는 단 한 번도 시도할 생각조차 않았던 연속 동작을 해 볼 작정을 했다.

물론 달리 특정한 무술을 배운 적이 없는 담용으로서는 수만 가지의 응용이 가능한 특공 무술만 몸에 익히고 있어 특별히 부르는 호칭이나 이름 따위가 없는 무술 동작이다.

방금 시도했듯이 손을 짚지 않고 앞공중돌기를 연속해서 세 바퀴 도는 것이 지금 하려는 무술 동작의 첫 시작이라 틈만 나면 수련을 해 오던 차였다.

"후흡!"

약간은 긴장의 빛이 역력한 담용은 심호흡부터 했다.

하나 곧 '탓!' 하고 한 소리 호성을 지르더니 조금 전과 같이 앞공중돌기를 세 번 연속해서 돌았다.

처척!

땅에 발이 닿는다 싶은 순간, 용수철처럼 튀어 오르면서 재차 점프를 시도한 담용은 우측 발을 안에서 밖으로 걷어 내듯 차고는 곧 양발을 모았다.

이어 그 즉시 몸을 세차게 회전하더니 '슉!' 하고 번개같이 우측 발을 뻗어 상단 옆차기를 시도하고는 곧바로 신형을 멍석 말듯이 한 바퀴 돌려서는 몸을 한 일 자로 뉘여 그대로 떨어졌다.

한데 어느새 몸을 발딱 뒤집어서는 팔꿈치와 발끝을 이용해 살짝 바닥에 닿더니 이내 우로 세 바퀴 빠르게 바닥을 굴렀다가 곧바로 반대 방향인 좌로 세 바퀴를 굴렀다.

연이어 전방으로 멍석 말듯 구르는 탄력을 이용해 팔굽과 좌측 발을 힘껏 튕겨 이내 꼿꼿하게 섰다.

순식간에 끝나 버린 동작.

가히 번개 같은 몸놀림이 아닐 수 없었지만 숨소리 하나 거칠어지지 않았다.

"아! 되, 되는구나."

연속으로 이어진 몸놀림이라 숨이 찰 법도 했지만 그런 기미가 전혀 보이지 않는다.

형식도 격식도 없는 무술 동작은 적병들이 사방에 깔려 있는 적진의 한가운데에 떨어졌을 때를 대비해 시도하는 몸놀림으로, 담용이 절정기였던 시범단 단원 시절에도 해내지 못했던 동작이다.

그런데 어렵지 않게 해내는 자신이 신기하다기보다는 오히려 섬뜩해지는 담용이다.

"하아. 대체 내 몸에 무슨 일이 일어난 거지?"

고개를 절레절레 흔들던 담용은 방향을 틀어 습관적으로 소나무가 있는 곳으로 향했다.

소나무 뒤로 돌아간 담용은 심란한 마음을 풀기라도 하듯 곧장 정권을 내질렀다.

빡!

트르르르.

"엉?"

정권을 내질러 놓고는 채 거두지도 못한 담용의 눈이 휘둥그레졌다.

이유는 평소에 내지르던 강도 그대로 타격을 했을 뿐임에도 마치 망치로 타격한 것처럼 심한 잔떨림 현상이 일어난 때문이었다.

"뭐, 뭐야?"

앞으로 바짝 다가선 담용은 굵직한 소나무와 10cm 정도 간격을 띄어서 박아 놓은 말뚝을 이리저리 만져 보았다.

생나무를 대상으로 정권 단련을 할 수가 없어 단단한 참나무 말뚝을 천으로 둘둘 말아서는 정권 단련용으로 박아 놓았던 터였다.

"이상하군. 그대론데…… 얼라?"

담용의 눈에 광목천으로 수십 겹을 감아 놓은 바로 아랫부분, 즉 경계 부분이 쩍 벌어져 있는 것이 보였다.

"이럴 수가!"

자신의 주먹 한 방에 그렇게 될 리가 만무하다고 여긴 담용은 누가 일부러 부러뜨려 놨을 것이라는 의심이 들었다.

그러나 꼭 그런 기분이 들긴 했어도 하릴 없이 이런 구석진 곳까지 와서 쓸데없는 짓을 하지 않을 것이라 여겨져 생각을 접었다.

"거참."

한 번만 더 치면 뚝 부러질 것 같은 기분에 자신의 주먹을 살피던 담용이 문득 조금 전의 몸놀림을 떠올렸다.

"이거 아무리 생각해도 이상한데…… 혹시?"

불현듯 담용은 자신이 지금 두 번째 삶을 살고 있다는 데까지 생각이 미쳤다.

"맞아. 그것의 영향일지도……. 어디 다시 한 번."

뻐억!

빠지직!

반쯤 부서져 있던 말뚝이 맥없이 부서지고 말았다.

"헛!"

예감은 했지만 그대로 맞아떨어지자 담용의 입에서 놀란 헛바람 소리가 튀어나왔다.

"후우. 좋아해야 할 일이건만 왜 이리 마음이 싱숭생숭하고 불안하지?"

반드시 좋아할 일만도 아닌 것이 혹여 몸에 기형적 현상 같은 것이 생기지 않았는지 염려가 됐다.

"어라? 그리고 보니 얼얼해야 할 통증도 느껴지지 않네."

정권을 단련할 때마다 얼얼해 오는 통증을 꾸욱 참아 가며 수련을 하던 기억이 엊그젠데…….

그런 기억이 생생한 터에 주먹에 아무런 감각도 느껴지지 않으니 자신이 마치 괴물이 된 것 같은 기분이다.

"썩을. 대체 뭐가 어떻게 된 거야!"

뭔가 석연찮은 기분이 된 담용이 신경질적으로 주먹을 내질렀다.

뻑! 뻑! 뻐억!

빠지지직.

연달아 내지르는 담용의 정권 타격에 참나무가 여지없이 부서져 나갔지만 통증은커녕 감각도 느껴지지 않을 정도로 아무런 느낌이 없었다.

"후! 이런 현상도 새로운 삶의 여파에 의한 영향인가?"

이제는 더 이상 의심할 여지가 없었다.

새로운 삶을 얻은 지 불과 열흘도 안 돼서 자신의 몸이 정상이 아님을 자각한 담용은 더 이상 수련할 마음이 생기지 않아 팔각정으로 향했다.

　한계를 시험해 볼 마음도 없지 않았지만 우선은 마음부터 다스리는 것이 옳다고 여긴 때문이다.

　"종합 검진을 받아 봐야겠어."

　심신을 단련시키고자 온 길에 외려 무거운 마음만 안은 기분이 된 담용은 병원부터 가 보기로 마음을 먹었다.

　"날이 밝으려면 조금 더 있어야겠군."

　아직도 밝아질 기미가 보이지 않는 새벽은 코끝을 아리게 하는 차가운 기운만이 감돌고 있었다.

　털썩!

　팔각정의 난간에 앉은 담용은 날짜를 계산해 보았다.

　"그때가 12월 19일 새벽이었으니…… 오늘이 26일이면 7일이 지난 셈이군."

　지난 24일까지, 그러니까 크리스마스이브까지 미첼의 슬레이프사와 계약한 업무를 마무리하느라 정신없이 바빴던 날들이라 자신에게 이런 능력이 내재되어 있음을 알 시간이 없었던 것이다.

　"후우. 요즘 같은 세상에 이런 힘이 과연 필요할까?"

　생각하고 자시고 할 것 없이 정답은 '아니다'였다.

　인생을 살아가다 보면 골목길에서 불량배를 만난다든가

하는 예기치 못한 상황에 처할 때가 있긴 하다.

그럴 경우에는 이런 힘이 필요할 테지만 그런 쪽에 생업을 걸지 않는 이상에야 과연 몇 번이나 그런 경우가 생길까?

단순히 신체를 강건하게 만든 정도가 아닌 강력한 파워를 지닌 이능의 힘이었다.

문득 누군가 '다스리지 못하는 힘만큼 무서운 건 없다'고 말했던 것이 기억난다.

'힘을 조절하는 것도 숙제로군.'

정상적으로 사용할 곳이 없는 시대인 지금은 오히려 숨겨야 할 정도로 위험한 능력일 뿐 별 도움이 되지 않았다.

"훗! 옛날에 태어났으면 장군감이었을지도 모르지만 지금은 그저 격투기 시합에서나 써먹을까?"

자조적인 웃음을 머금던 담용은 새삼 자신이 확실히 누군가에게 이능異能의 능력을 부여받았음을 최종적으로 인정했다.

그동안은 하도 적응이 되질 않아 가끔은 하룻밤 만에 예지몽을 꿨다고 여기기도 했다.

그러나 이제는 그런 생각이나 감정의 찌꺼기마저 완전히 지워 버렸다.

"쯧! 그래도 힘이 없는 것보다 있는 게 낫지 않겠어?"

애써 합리화를 시킨 담용은 그만 하산하기로 했다.

집에서 차분히 마음을 다스리며 생각해 보는 시간이 더 도움이 될 것 같아서였다.

"아!"

막 일어서려다가 주저앉은 담용은 깜박했다는 듯 얼른 휴대폰의 폴더를 열어 보았다.

세 개의 문자가 떠 있었다.

'혹시……?'

문자를 확인해 보던 담용은 금세 실망스러운 표정이 되어 버렸다.

'쩝! 도원이에게서 온 문자만 두 개로군.'

다른 하나는 대출한 은행에서 보낸 안내 문자였다.

"후우! 크리스마스이브라는 핑계로 용기를 내서 조그만 선물과 함께 쪽지를 전하긴 했지만 전화나 문자가 없는 걸 보니 그녀가 나오지 않을 확률이 크겠구나."

크게 낙심한 빛이 역력한 담용은 힘없이 중얼거리더니 크리스마스이브 날이었던 출근길을 떠올렸다.

역시나 한결같이 무릎과 무릎 사이가 채 10cm도 안 되는 그녀의 앞에 섰던 담용은 그날만은 마음을 모질게 먹었다.

당연히 슬레이프사와의 계약 건으로 인해 기반을 잡은 것이 담용으로 하여금 용기를 내게 했던 것이다.

담용은 그녀가 내릴 서울대입구역을 한 정거장 남겨 놓은 봉천역에 닿았을 때 자신의 작은 성의를 담은 선물을 무릎에 올려놓고 처음으로 말을 건네고는 내릴 정류장이 아님에도 부리나케 내렸다.

담용이 처음 뱉은 말도 크리스마스가 핑계가 됐다.

-크리스마스 잘 보내세요.

담용이 마음으로 연모하는 그녀에게 조그만 선물을 건네면서 처음으로 한 말이었다.

선물 안에는 담용의 간절한 마음을 담은 쪽지도 함께 동봉했다.

그럼에도 아직 아무런 답신이 없었다.

그녀와의 약속 시간은 12월 31일 금요일 오후 4시였고 장소는 종로의 전통 찻집이다.

한 해의 마지막 날이라 대부분 오전에 종무식을 마치고 퇴근할 것을 예상해서 택한 시간이었다.

물론 그녀도 바쁜 일이 있을 수 있겠지만 담용은 그녀와의 만남을 밀레니엄 해까지 가져가고 싶지 않았다.

장소는 담용이 두 번째 직업을 가졌을 때 업무상 가끔 드나들던 종로에 위치한 전통 찻집 중 유달리 정감이 가던 집으로 골랐다.

또 그녀가 쉽게 찾아올 수 있도록 세세한 약도에다 찻집 전화번호까지 적어 놓았다.

크리스마스 선물은 이미테이션 액세서리로, 회사 샘플실

아가씨들이 개발품으로 만들어 놓은 것 중 하나를 골라 포장한 것에 불과했다.

단지 갓 개발한 제품이다 보니 현재로써는 세상에서 딱 한 개뿐이라는 점이 가치라면 가치였다.

"후우! 그녀를 생각하는 것만으로도 가슴이 설레는군."

성인이 된 이후 처음으로 이성에게 접근하는 담용인지라 그럴 법도 했다.

약속 시간까지는 아직 며칠 여유가 있긴 했지만 담용의 인생에서 이렇게 마음을 졸이며 초조하게 기다려 보기는 처음이었다.

"쯧! 내가 너무 일방적이었을지도 모르지."

만날 날짜도, 장소도 그녀의 사정을 전혀 고려하지 않은 막무가내식이라 거부감이 들었을 수도 있다.

아니, 그 전에 극단적으로 생각하면 그녀가 전철에서 내리면서 자신이 앉았던 자리에 쪽지를 그대로 두고 내렸을지도 몰랐다.

"에이, 인상으로 보아서는 그럴 리가 없어."

애써 부정하며 고개를 절레절레 흔든 담용은 말을 해 놓고도 불안한 마음이었다.

"허어. 뭘 그리 혼자 중얼거리고 있누?"

"……?"

"거참, 자네를 찾기가 왜 이리 힘드누."

"어, 어르신!"

담용이 벌떡 일어나 언제부터 와 있었는지 뒷짐을 지고 있는 곰방대 할아버지에게 인사를 꾸벅했다.

"그려. 날세."

"그동안 편히 지내셨습니까?"

"에잉. 편치 못했네. 아고고, 힘들어라."

"아! 여기로 앉으시지요."

담용이 얼른 앉을 자리를 소매로 쓱쓱 닦고는 앉기를 권했다.

"근데 편치 못하셨다니요? 혹시 그동안 편찮으셨습니까?"

"그런 말이 아니야. 모두 자네 때문에 편치 않았던 게지."

"예? 그게 무슨 말씀……?"

"데끼! 이 사람아! 가면 간다 오면 온다고 말을 하고 가야지. 핫바지 방귀 새듯 몰래 가 버리면 어쩌나?"

"아! 전 또……."

곰방대 할아버지가 그렇게 말을 하니 담용은 할 말이 없었다.

그 당시는 자칫 바인더북으로 인해 동생들이 잘못될까 저어해 어떤 인연이든 깊게 맺지 말자고 다짐을 했던 때라 곰방대 할아버지가 무사히 하산한 걸 보고 살짝 빠져나갔다.

곰방대 할아버지가 이를 두고 하는 말이었다.

"에고. 자네가 이리 일찍 올라올 줄 알았으면 진즉에 찾았을걸. 그동안 애먼 시간에 찾아다니느라 생고생만 했구먼."

"저를 찾으셨습니까?"

"암은. 대체 집은 어딘가?"

"아! 예. 정산 고등학교 우측에 있는 성주빌라에 살고 있습니다."

"에잉. 그것도 모르고 통장과 반장만 닦달해 댔으니…….
이름이라도 알았다면 동장에게 알아봐 달라면 금방 찾을걸.
그조차도 모르고 있었으니 여태 고생만 실컷 했지."

"죄, 죄송합니다."

"뭐, 죄송할 것까지는 없고……. 그 덕분에 나가 다 늙어서 할멈에게 지청구만 실컷 들었지 뭔가?"

"아니, 왜요?"

"왜긴 왜야? 생명의 은인을 아무렇게나 대접했다고 생난리를 쳐 대더군."

"하하. 제가 무슨 생명의 은인이라고……. 할머니께서 과잉 반응을 하셨군요."

"그게 아닐세. 저기 뭐시냐. 아! 내 말을 듣고 할멈이 윤선생을 찾아갔지 않았겠나?"

"예? 유, 윤 선생이라뇨?"

"아! 왜 있잖은가? 그때 본 중년 부부 말일세."

"아아. 예, 기억납니다."

"그 사람이 농협 옆에서 의사질을 한다는 소릴 듣고 할멈이 물어물어 찾아가서는 결국 이틀 만에 만났지."

"그, 그랬습니까?"

"암은. 윤 선생에게 당시의 자초지종 들은 할멈이 대뜸 돌아와서는 자네를 찾아오라고 성화를 해 대지 않겠나?"

"저, 저를요?"

"그럼 나가 자네 아니면 누굴 찾누?"

"……!"

"이제 자넬 찾았으니 할멈의 성화도 그치겠지. 그런 할멈이 아니었는데 이번에는 유달리 성화더구먼."

"예에."

"자네…… 이번에는 방귀 새듯 새지 말게나."

"어쩌시려고요?"

"저녁에 우리 집에 오게. 참! 할멈이 그러는데 그날 아침에 우리 집에 들렀던 청년이 자넨가?"

"예. 그냥……."

"그냥? 헐! 할멈 말이 자네일 것이라고 하더니 정말이었군. 할멈이 그랬지. 자네가 그날 뭔가에 씌어서 내 집을 찾았을 것이라고 말일세. 그 덕에 꼭 죽을 운명이었던 날 구했다고 하더군."

"하하. 그럴 리가요?"

"아닐세. 나이가 칠십이 넘으면 때때로 귀신도 눈에 보일 적이 있다네. 더구나 우리 할멈이 그런 쪽으로 가끔 풍수 짓을 해서 나도 종종 믿을 정도로 신통방통한 면이 있다네."

"그러시군요."

"암튼 오늘 저녁 7시까지 우리 집에 오게. 윤 선생도 온다고 했으니까."

"저를 만날지 어찌 아시고 그런 약속을 하셨습니까?"

"자넬 만나는 대로 모이기로 했으니 상관없다네. 연락만 하면 되니까."

"예에……."

다음 권으로 이어집니다

꿈의 도약, 로크에서 하십시오
(주)로크미디어에서 신인 작가를 모십니다

즐거운 세상, 로크미디어는 꿈을 사랑하고 도전을 두려워하지 않는 작가 분들의 참신한 작품을 기다리고 있습니다. 21세기 장르 문학계를 이끌어 갈 차세대 선두 주자 (주)로크미디어에서 여러분의 나래를 활짝 펴 보시길 바랍니다.

모집 분야 판타지와 무협을 포함한 장르 문학
모집 대상 아마추어 작가, 인터넷 작가
모집 기한 수시 모집

작품 접수 시 유의 사항

1. 파일명은 작가명_작품명.hwp형식을 갖춰 주십시오.
1. 파일에 들어갈 내용은 다음과 같습니다.
    — 성명(명인 경우 실명을 밝혀 주세요), 연락처, 이메일 주소.
    — 제목, 기획 의도.
    — A4용지 1장 분량의 등장인물 소개.
    — A4용지 2장 분량의 전체 줄거리.
    — 본문.
1. 작품이 인터넷에 연재되고 있다면, 게시판명과 사이트의 구체적이고 정확한 주소를 기재해 주십시오.

선택된 작품은 정식 계약 후 출판물로 간행되어 전국 서점에 유통됩니다.
작가 분은 (주)로크미디어의 전폭적인 지원하에 전속 작가로 활동하시게 됩니다.
※ 자세한 내용은 로크미디어 홈페이지(rokmedia.com)를 참조하세요.

(140 – 133)서울시 용산구 원효로97길 46 진여원빌딩 5층
(주)로크미디어 편집부 신간 기획 담당자 앞
전화 : 02 – 3273 – 5135
www.rokmedia.com   이메일 : rokmedia@empal.com

랩소디 오브 레인

Rhapsody of Rain

모두가 듣고 있지만 아무도 듣지 못했던 노래
삶과 세상 그 이면의 음악, 천상의 광시곡이 울려 퍼진다!
『랩소디 오브 레인』

어려서부터 피아노가 좋아 홀로 깨친 수재 이민호
가정 형편 탓에 피아니스트의 꿈을 접고 작곡가가 되지만
악성 뇌종양에 걸리고 애인에게 배신당해
몰아치는 폭풍우 속에 몸을 던지는데……

죽은 줄 알았는데 이게 웬걸? 눈떠 보니 다시 스무 살!

손에 들린 옥피리 '벽옥소'가 이루어 낸 기적임을 알아챈 민호는
천재 피아니스트로 각광받으며 그랜드슬램을 꿈꾸지만
벽옥소의 천음비전을 노리는 중국의 조직이 그의 숨통을 조여 오고……

전설의 피리를 둘러싼 추격의 서곡!
하늘의 소리를 탐하는 사람들의 활극이 펼쳐진다!

ROK
MEDIA
로크미디어

ROK SUPERIOR HEROES FANTASY STORY

한세 판타지 장편소설

십왕 연대기

내 하나의 소원은 졸업장이다.
금박을 두른 종이에 '졸업장'이란 금색 글과 내 이름이 박힌 졸업장.
그걸 받는다는 생각만으로도 나는 하늘을 떠다니는 듯한 환상에 빠지곤 한다.
그리고 환상에서 깨어나 전의를 불태운다.
이번에는 반드시! 기필코! 졸업장을 받고 말 거라고.
그래서 오늘도 나는 졸업장 받는 걸 방해하는 개자식들을 물리치고 학교로 간다.

－마왕의 일기 중에서

『킹 엘리온』『학사 김필도』의 **한세** 신작!
학교 가기 싫어 마계로 가출(?)했다가 60년(?) 만에 귀환한 왕자 레안
졸업장을 얻기 위한 그의 파란만장한 행보가 대륙을 뒤흔든다!

ROK MEDIA
롬미디어